KB275022

슬롯

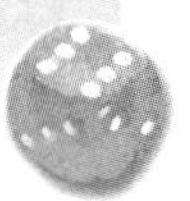

신경진 장편소설

문이당

작가의 말

《루카치 소설의 이론》이란 책을 읽었을 때가 기억난다. 워낙 어려운 책이라 듬성듬성 곁눈으로 읽고 책장을 덮었다. 아무것도 이해하지 못했지만, 역시 소설은 쉽지 않다는 감상이 남았다. 이상한 건 그런 결론을 내고도 소설은 도전해 볼 만한 가치가 있다는 생각이 들었다.

소설은 시대정신을 반영하는 거울이어야 한다. 이것은 다원주의가 판을 치는 세상에서도 다수의 합의를 이끌어 낼 수 있는 정의다. 그럼 내가 쓴 소설도 시대정신을 그려 내야 한다. 하지만 이 부분에서는 눈을 껌벅거리기만 하고 자신감이 없어진다. 왜일까? 대신 재미있는 소설을 쓰는 것에 집중해 보았다.

이 소설에서 가장 중점을 두었던 것은 '미래의 불확정성'이다. 1998년 IMF가 한참이던 해에 운 좋게도 캐나다로 유학을 가게 되었다. 그때 한국의 미래는 불확실했다. 2007년인 지금 돌아보면 모든 것이 눈에 보이지만, 순간순간 이루어지는 사선의 연속에 서 있을 때는 개연성이나 인과 관계를 제대로 짚어 내는 것이 불가능했다. 주식 시장이 폭락하는가 싶더니 어느 날에는 주식으로 대박을 맞은 사람들이 축배를 들었다. 부동산도 마찬가지여서 보통 사람들이 따라잡기 힘들 정도로 아파트 값이 치솟았다. 돈을 굴리지 않고 착실히 예금만 하던 사람들은 낭패를 봤다. 주인공이 되지 못한 사람들은 실망하지 않을 수 없었다. 삶이 우주의 무작위성에 기초하고 있다는 것은 위로가 되지 않는다.

카지노는 불합리한 구조적 모순을 축소해 보여 줄 수 있는 이상적인 공간이다. 다수가 잃고 소수가 이득을 취하는 곳이다. 양극화 현상이 극심해지는 우리 사회와 닮았다. 세상이 복잡 다양해지면서 미래에 대한 어설픈 예측은 심각한 재난으로 이어진다. 극단적인 예이긴 하지만, 주사위를 던지는 것과 무엇이 다른지 구분할 수 없을 정도로 삶이 불투명해졌다. 불가피하게 아픔이 잉태되었다. 내가 할 수 있는 만큼만 그 고통을 표현해 보고 싶었다.

방법론에서 고민이 따랐다. '어떻게 쓸 것인가?'에 대한 본격적인 사색에 들어가면서 시간이 걸렸다. 카지노에서 벌어지는 천태만상을 기술하는 것만으로는 부족했다. 아니 그건 내 스타일이 아니었다. 그런 이야기를 재미있게 풀어 쓸 작가가 있겠지만 내가 그런 식으로 글을 쓰게 되면 삼류 신파극으로 끝날 것이 뻔했다. 나는 누군가에게 교훈적인 이야기를 할 수 있을 만한 능력이 없다. 결국 개인의 비밀 일기를 보여 주는 형식을 취하게 되었다. 재미가 있고 없음은 순전히 독자가 판단할 일이다.

삶이 소설보다 훨씬 기묘하다는 것은 부정할 수 없다. 어쩌면 소설보다, 내가 소설가가 되었다는 사실이 더 극적인 것인지도 모르겠다.

우선 이런 기회를 제공해 준 《세계일보》 임직원 여러분들에게 감사한다. 특히 소설의 위기가 거론되는 현시점에 작가들에게 창작 의욕을 불러일으키도록 해준 과감한 결단에 경의를 표한다. 부족한 글을 뽑아 주신 심사 위원 선생님들께 진심으로 감사드린다.

　내가 이런 놀라운 일을 할 수 있었던 것은 가족이 있었기 때문이다. 언제나 큰아들을 믿어 주신 아버지, 어머니께 감사드린다. 결혼 후 십 년 동안 게으름을 피우며 소설을 쓴다는 일념(?)으로 버틴 남편을 기다려 준 아내 유희에게도 큰 선물이 되었으면 한다. 소중한 보물 아들 지수에게도 사랑한다고 말하고 싶다.

　앞으로 '소설 쓰기'라는 긴 여정이 펼쳐질 것이다. 내가 당장 무엇을 할 수 있을지는 잘 모르겠다. 다만, 일본 소설의 국내 시장 점유율이 과반을 넘었다는 것은 좀 생각해 볼 문제다. 욕심을 내면 그런 흐름을 돌리는 데 작은 역할을 맡고 싶다. 우리 소설이 우리 독자들에게 사랑받는 것은 긍정적인 일이다. 만약 내가 작은 도움이 된다면 오늘보다 더 놀라운 일이 될 것 같다.

2007년 3월

신 경 진

이 이야기는 도박과 여자에 관한 것이다.

　이렇게 말해 놓고 보니 쿨한 인간이 된 느낌이다. 마치 데비드 레빈이 그린 잭슨 폴록이 된 것 같다. 담배를 물고 있는 폴록의 캐리커처는 인생을 다 살아 버린 듯한 사내의 고독을 보여 준다. 말론 브란도가 오토바이 갱으로 등장하는 영화 〈위험한 질주(The Wild One)〉에 대한 질문을 받았을 때, 폴록은 「그 사람들이 거친 것에 대해서 뭘 알겠습니까? 거친 건 나죠. 내 안에는 어떤 야만이 있습니다」라고 대답했다.

　멋진 말이다. 마초 키드가 되려 했던 화가의 이미지와 딱 맞아떨어진다. 섬세하고 나약한 미소년이 우상화되는 요즘의 풍조와는 사뭇 다르다. 소설 《백경》에서 주인공 이슈멜이 '내 입가에 우울한 빛이 떠돌 때, 관을 쌓아 두는 창고 앞에서 저절로 발길이 멈춰질 때,

즉 내 영혼에 축축하게 가랑비 오는 11월이 오면 나는 빨리 바다로 가야 한다'라고 독백한 것처럼 남성적 풍모가 넘친다.

하지만 내가 과연 그런 사람인가에 대해서는 자신하지 못한다. 거친 인생은커녕 제대로 된 육체노동조차 경험하지 못했다. 하루 벌어 술과 여자를 사는 데 돈을 탕진하고 다음 날 다시 힘든 삶의 현장으로 돌아가는 험난한 인생은, 나와는 거리가 멀다. 그런 인생을 겪어 봐야 사내가 된다고 생각하지는 않는다. 그러나 거칠고 힘든 인생을 살지 않았다는 것이 자랑할 일도 아니다. 처음 만난 여자에게 「전 여태껏 아주 평범하게 살아왔어요」라고 말하면 안정적일 거란 인상을 줄 수 있을지는 모르겠다. 하지만 그것이 여자의 관심을 끌거나 호감을 주지는 못한다. 첫눈에 여자들의 환심을 살 만한 뛰어난 외모를 갖추었거나, 막대한 재산을 소유하고 있을 때는 다른 이야기가 되겠지만.

그래서 내가 '도박'과 '여자'라는 주제로 이야기하는 것은 상당히 어렵다. 내가 할 만한 이야기가 아니다. 차라리 일상의 따분함과 권태를 이야기하는 쪽이 어울린다. 큰 사고 없이 학교를 졸업하고 안정적인 직장을 갖기 위해서는 어떤 노력을 해야 하는지, 또는 가족 간의 불화나 이상과 현실의 괴리에서 오는 심리적 불안에 대해 말하는 것이 나다운 선택이다.

그런데도 이상한 짓을 하고 있다. '단지 멋져 보이기 위해서' 도박과 여자를 주제로 택한 것은 아니다. 변명을 하자면 그것도 내 평범한 일상의 한 부분이 되었다는 것이다. 삶을 주도하지 못하고 삶에 이끌려 살듯 도박도 내 의지와는 상관없이 일어났다. 태풍이 불어와 하루아침에 알거지 신세가 되는 것처럼 황당한 일이다.

접어 두고.

오래전 헤어진 여자 친구가 있었다. 그 여자는 내가 알고 지내던 대학 선배와 결혼했다. 그리고 비교적 많은 시간이 흐른 후(그동안 나는 캐나다에서 유학 생활을 했고 한국으로 돌아와 컴퓨터 프로그래머가 되었다) 내게 다시 연락해 왔다. 함께 도박을 하자고. 10억이라는 엄청난 금액의 원치 않는 돈(?)을 카지노에서 모두 써버리자고 했다. 당연히 그런 요구에는 응하지 않으려고 했다. 그런데 그가 이혼했다고 말하자 마음이 흔들렸다. 그래서 잠깐 생각한 후에 그 제안을 받아들였다. 그리고 2년 만에 처음 낸 휴가의 대부분을 도박을 하며 보냈다. 미친 짓이다. 쿨한 것과는 반대의 길이다. 어쩔 수 없다. 나는 잭슨 폴록도 아니고 이슈멜도 아니다.

결국, 이야기는 '도박'과 '여자'에 대한 것이지만 거칠지도 멋있지도 않다. 하지만 새 천년의 역사가 시작되는 시점에 일어난 그 일은 내게 중요한 사건이었다. 이미 과거가 되기는 했지만 의미나 가치와는 상관없이 내 기억 속에 남아 있다.

당신에게 헤어진 여자 친구가 있고, 그 여자가 어느 날 갑자기 찾아와 '10억을 함께 써버리자'고 제안을 해왔다고 상상해 보라.
절대 잊지 못할 것이다.

1

확률에서 이벤트란 일어날 수도 있고 일어나지 않을 수도 있는 독립적인 하나의 사건으로 정의된다. 라듐 원자 분해가 하나의 예이다. 좀 더 실질적인 예로 전자레인지의 고장 사항을 점검하는 일을 들 수 있다. 전자레인지를 점검하는 자가 고장 사항을 발견할 수도 있지만 그렇지 않을 수도 있다. 과학자들은 이렇게 특정한 배열 순서나 규칙이 없는, 연속적인 임의의 수를 난수라 부른다. 학문적인 영역에서 이 난수를 다루는 것이 확률이다. 동전을 던져 앞면이나 뒷면이 나올 확률은 50:50이다.

근대 이후의 모든 학문이 일상생활에 도움이 되었듯, 확률 역시 역사 발전에서 한몫을 담당했다. 하지만 확률이라는 정보가 정작 아무런 도움이 되지 않을 때도 있다. 돈을 걸고 동전을 던져 보면 알게 된다. 알 수 있는 것은 아무것도 없다. 다만 동전의 앞면 때론 뒷면이 떨어지는 것을 묵묵히 바라보는 것이 인간이 할 수 있는 전부이다. 카바나(Kavanagh, T. M.)가 지적했듯, 확률은 장기적으로 볼 때 일반적인 예측을 할 수는 있지만 가장 결정적인 것, 즉 구체적인 경우에 대해서는 말해 주지 못한다. 확률은 다음에 실제로 무엇이 일어날지에 관해서는 영원히 침묵을 지킨다.

그렇다면 어느 날 옛 애인이 함께 카지노에 가자고 연락해 올 확률은 얼마나 될까? 당연한 이야기지만 확률은 미미하다. 하지만 분명히 일어날 수도 있다. 아쉽지만 수학자들은 이런 이벤트 따위는 상관하지 않는다. 인간사가 복잡하고 피곤하게 느껴지는 것은 대부분의 일들이 이런 식으로 일어나기 때문이다. 불친절한 택시 기사를 만날 확률을 정의할 수 있는가? 설령 정의할 수 있다고 해도 불친절한 택시 기사를 피할 수 있는 필승 전략을 세울 수는 없다. 거리에 지나가는 택시들이 정해진 순서에 따라 이동하는 것도 아니다. 예측할 수 있는 것은 달려오는 것이 택시라는 사실과, 나를 목적지까지 이동시켜 줄 수 있다는 것뿐이다. 모든 것은 문을 열고 택시가 달리기 시작하면서 밝혀진다.

○○랜드로 가는 길은 생각보다 복잡했다. 카지노를 왜 그렇게 먼 곳에 지어 놓았는지 이해할 수 없었다. 어쩔 수 없이 고속도로 휴게실에 있는 여행 정보 센터에서 도움을 받았다. 여자가 지도를 꺼내어 길 안내를 해주었다. 그는 BMW가 눈에 거슬렸는지, 이야기 도중 M5와 수진을 번갈아 보았다. 그의 설명은 '간단하다'는 결론에도 불구하고 쫓아갈 수 없었다. 충주로 가서 제천으로 그리고 영월을 지나 태백으로 가는 길이 가장 짧다며 마치 길이 오직 하나인 것처

럼 말했다. 말을 마친 그는 만족스러운 미소를 지으며 빨리 나가라
는 눈인사를 했다. 그것이 BMW 탓이었는지 아니면 선글라스를 끼
고서 담배를 피우고 있는 수진 탓이었는지는 몰랐지만, 짧게 고맙다
는 인사를 하고 나왔다.

걱정대로 고속도로를 벗어나서는 모든 것이 불분명해졌다. 충주
라는 도시도 처음이었고 만나는 도로마다 익숙지 못한 지명의 표지
판이 나왔다. 수진은 자주 담배를 피웠다. 그는 아무 말도 없이 창밖
만 바라보았다.

제천을 지나면서 풍경은 사뭇 달라졌다. 강원도 특유의 높은 산들
이 좁은 도로를 호위하듯 둘러섰다. 이곳에서는 아무리 BMW라도
제 속도를 낼 수 없었다. 게다가 덩치 큰 트럭들이 느림보 걸음을 하
며 도로를 막고 있었다. 몇 번의 추월 후에 그래 봐야 아무런 소용이
없다는 결론을 내렸다.

불편한 감정은 카지노가 가까워질수록 증폭되었다. 수진의 침묵
이 계속되면 될수록 차의 엔진 소리가 크게 들렸고 좁은 길은 시야
를 좁혔다.

이번 여행이 결코 유쾌하지 못할 것이라는 예감을 지울 수 없었
다. 수진은 더 이상 나의 옛 여자 친구였던 존재로도 남아 있지 않았
다. 그가 이혼했다는 사실이 마음을 흔든 것은 부정할 수 없지만 그
것이 나와 수진 사이의 관계를 변화시킬 가능성은 없었다. 수진이
예전에 말했듯 나는 책임감 없는 인간이었고, 나 자신만을 생각하는
쪽이었다. 언뜻 새로운 장난감에만 집착하는 아이처럼 보일 수도 있
었다. '이 여자에서 저 여자로' 같은 경우는 아니지만 수진은 내게 있

어 끝난 여자였다. 이미 큰 잭팟이 터져 버린 머신이거나 도저히 잭팟을 기대할 수 없는 타이트 머신 같은 존재였다.

　라스베이거스에 막 도착한 많은 갬블러들은 여장을 풀기도 전, 급하게 카지노로 향하는 실수를 범하는데 이런 최악의 상황은 반드시 피해야 한다. 도박이란 결코 서둘러서 되는 일이 아니다. 들판에 야생화가 피기 위해서는 모든 주변 환경이 무르익어야만 하는 것처럼. 라스베이거스에 도착한 게이머들은 피곤하다. 피곤하면 육체는 긴장을 하게 되고 결국 두뇌는 올바른 판단을 내릴 수 없다. 수없이 지적했지만 도박은 두뇌 싸움이다. 결코 운에 의지해서는 안 된다. 카지노에서 운을 기대하는 것은 패자들의 습성이다.

　최악의 시나리오는 이런 것이다. '샤워도 하지 않고 곧장 카지노로 향한다. 바에 들러 위스키나 브랜디를 주문한다. 슬롯머신에서 나는 요란한 소음에 한껏 고무되어 이것이 진정한 자유라는 생각을 한다. 옆 사람과 쓸데없는 농담을 주고받은 뒤 테이블로 가서 가진 돈을 모두 털어 칩으로 바꾼다. 그러고는 오늘의 운은 어떨까 하는 심정으로 맥시멈 베팅을 한다.' 나는 이제껏 이런 사람이 이기는 것을 보지 못했다. 그렇다면 당신은 이렇게 해야 할까? 당연히 정반대의 수순을 밟아야 한다.

― 라스베이거스 전설, 스티브 핀, 《엄격한 베팅》

　체크인을 끝내고 예약해 둔 방으로 향했다. 이상하게도 카지노에 도착하자 불편한 감정이 거짓말처럼 사라졌다. 마치 제 집에 온 듯한 느낌이 들었다. 그것은 극렬한 대비가 주는 불가사의한 편안함이었다. 카지노로 오는 동안 본 것은 아직도 탄광으로 쓰이고 있을지 모르는 검은 산과 지명을 알지 못하는 마을의 가난이었다. 도로변에 인접한 집들은 금방이라도 쓰러질 것처럼 낡아 보였다. 시간을 돌려 놓은 듯한 그 장소는 향수나 애틋함과는 거리가 멀었다. 반면 카지노는 거대하고 현대적이었다. 중간 지대란 없었다. 순식간에 일어난 일이라 얼떨떨할 정도였다. 그런데도 카지노에 들어서자 모든 장면이 일상처럼 느껴졌다. 어떻게 그런 일이 가능한지는 직접 몸으로 확인하는 수밖에 없다.

예약을 해둔 방은 더블베드와 싱글베드가 놓인 트윈 디럭스였다. 오랜만에 특급 호텔에 온 터라 잠깐은 어리둥절했지만 무겁지도 않은 가방을 들어 주겠다는 벨 보이나 발레 주차 요원의 부담스러운 서비스 같은 이질적인 공기가 흐르는 것은 아니었다. 오히려 '데자뷔' 하고 키아누 리브스처럼 되뇌었다.

'너는 이곳이 낯설지 않아. 봐, 한 번쯤은 여기 와본 적이 있지? ……퍼펙트 시티. 그렇지! 너의 꿈' 하고 속삭이는 것 같았다.

호텔과 카지노는 층이 분리되어 있어서, 곧장 호텔로 들어가면 아래층에 위치한 카지노의 분위기는 읽을 수 없었다. 방으로 오는 동안 우리가 만난 사람은 극히 일부였다. 도로까지 그냥 주차해 둔 차들로 미루어 보아 사람들이 북적대는 곳이 틀림없었다. 하지만 그들 대부분은 호텔의 아늑한 분위기나 최상의 서비스를 즐기러 온 것이 아니었다. 우리의 목적도 마찬가지였다. 모두들 하나의 공통된 목적을 가지고 있었다. 다만 수진의 계획은 조금 달랐고 쉽게 이해할 수 있는 것도 아니었다. 10억이라는 큰돈을 모두 써버리겠다는 수진의 선언을 아무런 의심 없이 받아들일 수는 없었다. 그에게는 그만의 계획이 있을 것이고 조금 더 지켜본다면 상황은 분명해질 것이다.

비록 침대가 두 개 놓여 있었지만 호텔 방에 둘만 남겨진 어색함을 지우기는 부족했다. 예전에 우리가 서로의 비밀스러운 곳을 사진으로 찍어 보관할 만큼 가까운 사이였다고 해도 입 안이 마르는 것은 어쩔 수 없었다. 대담한 성격의 수진도 곤혹스러운 표정이었다. 어차피 들뜬 애정 행각과는 거리가 멀었기 때문에 가벼운 농담이나 수다로 반전될 분위기도 아니었다. 게다가 둘 다 카지노에는 처음 왔기 때문에 달리 할 말이 있는 것도 아니었다.

수진은 냉장고에서 냉수를 꺼내 마신 다음 주섬주섬 속옷을 챙겨 그대로 욕실로 들어갔다. 나는 나대로 TV를 켜고서 시선을 돌렸다. 하지만 마음에 드는 채널을 찾기 전에 눈이 욕실과 침실 사이에 놓인 유리벽에 꽂혔다. 수진의 벗은 몸이 눈에 들어왔다. 가슴이 철렁하고 내려앉을 만큼 놀라운 광경이었다. 과장된 표현일 수도 있지만 완전히 부정할 수는 없었다. 리모컨을 내려놓고 냉장고에서 맥주를 꺼냈다. 선반 위에 놓인 컵과 땅콩을 들고 와 다시 침대에 몸을 기대었다. 벽을 보니 여전히 수진이 몸을 씻고 있는 모습이 보였다. 맥주를 한 모금 마시고 나서 소렌스탐이 티샷을 날리는 장면을 보았다. TV로 보아도 아주 정확하고 호쾌한 샷이었다. 해설자가 한국 골퍼

들과 비교하며 목소리를 높였지만 욕실의 물소리는 아주 선명하게 들려왔다.

특급 호텔의 경험이 부족해서인지는 몰라도 불투명 유리로 된 욕실 벽은 처음 보는 것이었다. 사우나에서 종종 볼 수 있는 사각 유리로 모자이크 장식이 된 벽이었다. 얼굴이 보일 만큼은 아니었지만 벗은 모습을 확인하기에는 충분했다. 등과 엉덩이로 흐르는 선을 흐릿하게나마 그릴 수 있었다. 수진은 바깥의 상황을 전혀 모르는지 자연스럽게 샤워를 했다.

프런트에서 우리를 연인 사이로 짐작하고 이런 방을 줬으리라 생각해 봤다. 하지만 이해가 되지 않는 것은 마찬가지였다. 극단적으로 시아버지와 함께 방을 쓸 수도 있다. 물론 남편이 함께 있다는 전제 하에 말이다. 한국인들은 충분히 그럴 수 있다. 침대 두 개가 놓여 있다면 친구나 직장 동료들끼리도 함께 방을 쓸 수 있다. 특급 호텔에서 그런 일은 곤란하다는 원칙이 있다고 해도 평범한 사람들에게 방을 두 개나 빌리는 것은 쓸데없는 낭비다. 그런 사람은 특급 호텔에 오지 말라면 어쩔 수 없지만.

맥주를 마시며 TV로 주의를 돌리려 노력했다. 그런 광경을 몰래 본다는 것이 어쩐지 떳떳하지 않게 여겨졌기 때문이다. 카지노라는 장소가 워낙 이국적인 곳이라 독특한 인테리어를 했는지는 모르겠지만, 설계자의 의도만큼 즐길 수가 없었다. 그런 모습을 뚫어지게 보다가는 유쾌하지 못한 여행을 할 수도 있었다.

처음으로 수진이 내 눈앞에서 샤워를 한 곳은, 별로 기억하고 싶지 않은 자취방에서였다. 다세대 주택의 방은 두 사람이 누우면 꽉 찰 정도로 좁았다. 차가운 물조차 시원치 않게 나오는 부엌은 욕실을 겸한 공간이었는데, 수진은 앉은뱅이 의자에 엉덩이를 걸치고 앉아 데운 물을 끼얹었다. 가끔 훔쳐보는 얼굴로 물이 뿌려졌다.

생각해 보면 그리 궁상맞은 기억도 아닌데, 나는 그런 일을 떠올리는 것만으로도 목덜미가 서늘해졌다. 프로그램을 완전히 지웠는데도 하드 디스크에는 흔적이 남는 것처럼 불안한 느낌이었다. 삭제된 프로그램이 유령처럼 남아 새로 탑재된 프로그램에 서서히 영향을 끼치는 것이다.

소렌스탐의 마지막 퍼팅을 주시했다. 공은 홀의 가장자리를 빙그르르 돌더니 밖으로 튀어나왔다. 여기저기서 아쉬움의 탄성이 터져 나왔다. 골프는 해보지 않은 사람은 이해할 수 없는 운동이라더니 정말 그랬다. 결국 구멍에다 공을 넣으면 그만인 게임인데 사람들이 왜 그렇게 열중하는지 이해할 수 없었다. 미니 골프장에서 파를 성공시켰을 때 조금 기쁘기는 했지만, 여름 내내 무거운 가방을 들고 골프장을 돌고 싶은 유혹을 느끼지는 못했다. 중독성이 강한 스포츠라지만 어쩐지 야구나 축구 쪽이 좋다. 빠져 들기 위해서는 어떤 강렬한 계기가 필요한데, 골프는 몇 번의 시도에도 불구하고 빗나가기만 했다.

유혹이란 만인에게 해당되는 절대 요건은 아니다. 골프에 빠져 들 수 있는 사람과 그렇지 않은 사람이 있고, 마리화나를 피우지 않고서는 살아가기 힘든 사람이 있는가 하면 질색하는 사람이 공존하는 것이 세상이다. 이를테면 눈앞에서 마돈나가 〈라이크 어 버진(Like a virgin)〉을 부르며 옷을 모두 벗어 버린다 해도 발기하지 않는 사내도 존재한다.

샤워를 마친 수진은 입고 들어갔던 차림 그대로 욕실에서 나왔다. 샤워를 한 흔적은 젖은 머리칼뿐이었다. 나는 그동안 캔 맥주 하나를 비웠다.

「오빠도 씻어.」

수진은 침대 테이블에 놓인 빈 맥주 깡통을 보더니 냉장고에서 맥주를 꺼냈다. 그리고 말없이 TV를 쳐다보았다. 내 차례였다. 조금 망설이다 바지를 입은 채 욕실로 들어갔다. 샤워를 하는 동안 당연히 불편했다. 아무렇지 않게 행동한다는 것이 힘들었다. 내 몸을 남에게 보인다는 수치심과는 전혀 다른 문제였다. 사실을 알고 난 수진의 얼굴이 궁금했던 것이다.

하지만 그것은 괜한 기우였는지도 모르겠다. 수진의 얼굴에서는 아무런 변화도 감지할 수 없었다. 침대 위에 몸을 기대고 TV를 보고 있었다. 수진도 나처럼 별거 아니라는 표정이었다. 하긴 벗은 내 몸을 봤다고 해서 놀란 눈을 할 필요는 없었다. 달라진 것이 있다면 소렌스탐이 사라지고 알 파치노가 권총을 들고 마루를 어슬렁거리고 있는 것뿐이었다. 냉장고에는 버드와이저 두 캔이 남아 있었고, 머리가 마르길 기다리며 함께 맥주를 나눠 마셨다.

「이제 내려가 볼까?」

화장을 마친 수진은 화장대 앞에서 옷을 갈아입었다. 카펫의 잔털은 발가락 사이로 파고들 만큼 길었고, 짙은 백열등 불빛이 어깨와 뺨으로 쏟아져 들어왔지만 더위를 느낄 정도는 아니었다. 수진은 눈 깜짝할 사이에 민소매 원피스로 갈아입었다. 곁눈질했을 뿐인데도 수진의 흰 브래지어와 팬티의 잔영이 눈에 남았다. 몇 번의 손동작 만으로도 수진은 알몸이 될 수 있었다. 수진은 화장대 거울을 보며 마지막으로 진주 귀걸이를 했다.

그런 차림이 할리우드 영화 탓인지, 아니면 수진의 일상적인 외출 모양새인지 구분이 가지 않았다. 하지만 분명히 사람들의 시선을 끌 만한 차림이었다. 머리는 적당히 말라 있었고 치마는 걸을 때마다 무릎 위쪽 깊숙한 곳까지 보여 주었다. 가까이 가지 않아도 향수 냄 새가 코끝을 자극했다. 한동안 나는 맨발로 움직이는 수진의 동작을 쳐다보았다. 불필요한 행동은 없었지만 어딘지 모르게 서두르고 있 다는 느낌이었다.

수진이 사용하는 화장품은 모두 내가 모르는 브랜드 제품이었다. 수진이 화장을 하기 시작한 것은 대학을 졸업하고서였다. 종로였던 것으로 기억하는데, 처음으로 파마머리에 화장을 하고 나왔다. 나는 일병 휴가를 끝내고 복귀를 하던 중이었다. 그즈음 수진과 나의 관 계는 끝난 상태였다. 대신 수진과 기훈 선배에 관한 소문이 돌고 있 었다. 하지만 그런 일로 화를 낸다면 사내답지 못하다는 생각을 했 던 것 같다.

축하를 해주진 못했지만 사실을 받아들였다. 누군가 준법 생활을 하며 성실하게 인생을 살려는 나를 차버리고 열렬한 혁명 투사에게 돌아선 수진의 처사가 미숙하다는 지적을 했지만, 머지않아 수진의 선택이 옳았음이 밝혀졌다. 1년을 감옥에서 보낸 선배는 당시에도 쫓기고 있었다. 수배와 수형 생활을 해보지 못한 사람들은 그것이 얼마나 지독한 일인지 모른다. 그래서 나는 선배의 성공을 자연스럽게 받아들인다. 그렇다고 성공하려면 경찰에 쫓겨 다녀야 한다는 이야기는 아니다.

다만 불가사의한 것은 수진의 태도였다. 그날 함께 여관에 들어간 것과, 이후 내가 유학 중이던 캐나다로 결혼을 앞둔 그녀 혼자 여행을 온 것은 여전히 수수께끼였다. 그리고 이번에는 카지노다. 낯선 공간에서 복잡한 감정을 이끌어 내는 것이 수진의 특기인지도 모르겠다. 하지만 호텔 방을 나서는 그의 뒷모습은 내가 사랑했던 여자가 틀림없었다.

카지노는 자본주의의 최고 영역이다. 돈이 말을 하고 돈이 결정한다. 노골적이며 타협이란 존재하지 않는다. 불행히도 카지노의 덫에 걸린 많은 가난뱅이들은 더 이상 카지노에 있을 자격이 없다. 카지노는 그들을 내쫓지는 않지만, 그들이 돈을 따는 것도 허락하지 않는다.

궁극적으로 카지노는 가진 자들의 유희 공간이다. 돈을 잃어도 삶에 변화가 생기지 않는 자들을 위한 장소이다. 돌아갈 차비를 걱정하며 베팅하는 노름꾼들을 위한 곳이 아니다.

따라서 나는 카지노에 갈 때마다 최고가 되려고 한다. 최고급 옷과 향수, 최상급의 시가를 준비한다. 그 모든 것을 누릴 만큼 돈이 남아돈다는 이야기가 아니다. 베스트를 유지하는 것이 중요하다는 것이다.

그것은 곧 심리적인 안정으로 돌아온다. 플로어에 늘어선 딜러와 직원들에게 기죽지 않는다. 이길 때나 질 때나 나의 표정은 일정하다. 동양 사상의 무념무상의 상태가 되는 것이다. 지면 마음에 동요가 생기고 잃어버린 돈이 가슴을 내리치지만 그래도 미소를 잃지 않는다. 다음 게임을 위한 전략이다. 큰 승리를 하게 되면 호탕하게 웃어 준다. 대신 팁은 주지 않는다. 주더라도 아주 조금이다. 그런 행동이 나를 할리우드 스타들과 구분되게 한다. 그들이 수고한 노동의 대가는 카지노가 이미 지불했기 때문에 나는 미안하지 않다. 지더라도 겸손한 자세를 잃지 않기 때문에 팁이 적다는 이유로 나를 미워하는 딜러는 이제껏 만나지 못했다.

스니커즈나 샌들을 신는 것은 관광객에게 맡겨라. 베스트가 되는 것은 아무리 강조해도 지나치지 않다.

– 라스베이거스 전설, 스티브 핀, 《엄격한 베팅》

「얼마나 필요할까?」
「글쎄. 일단 분위기부터 알아보자.」
「분위기?」
「카지노라고 해서 계속 잃으라는 법은 없지. 서두르지 않고 게임을 한나면 분녕히 기회가 올 거야.」
「꼭, 카지노를 잘 아는 사람처럼 말하네.」
「책에서 봤어.」
「그럴 줄 알았어.」
엘리베이터는 부드럽게 지상으로 내려갔다. 마침내 문이 열리고 카지노 로비에 도착했다. 바닥과 벽면이 모두 대리석으로 장식되어 있었다. 언뜻 보아도 최고급 자재였으나 기가 죽을 정도는 아니었다. 새로 개장한 백화점에 들어선 느낌이었다. 생각했던 것보다 사람이 많지도 않았다. 그리고 그들의 모양새를 보자 안심이 되었다. 제대로 옷을 차려입은 사람은 우리 둘뿐이었다. 점퍼 차림에 낡은 구두를 신은 사십이 넘어 보이는 남자들이 대부분이었고, 영화나 소설에서 본 화려함은 없었다. 아직 학교에 들어가지 않은 것 같은 여자 아이가 풍선을 들고 뛰어다녔고 그 뒤를 임신한 여자가 쫓았다. 벽 한쪽엔 부스스한 얼굴의 중년 여자가 쪼그려 앉아 있었다.

카지노 입구의 첫인상은 우리가 기대했던 것과는 판이하게 달랐다. 나는 어느 정도 짐작을 했었지만, 수진은 충격을 받은 것 같았다. 높은 천장과 화려한 샹들리에, 그랜드 피아노의 아름다운 선율도 일상성을 넘지 못했다. 카지노 하면 떠오르는 세련된 이미지보다는 지방 도시의 낡은 대합실에 가까웠다. 사람들의 눈은 충혈되어 있었고 피로에 절어 보였다. 누군가 바닥에 침을 뱉는다 해도 전혀 어색하지 않을 광경이었다.

반면 직원들은 모두 반듯해 보였다. 잘 다린 정장을 입었고, 명찰은 금빛으로 빛났다. 환하게 미소 짓고 있었지만 잘나가는 대기업 직원이라는 거만함이 얼굴에 보였다. 그건 순전히 중소기업에 다니는 속 좁은 나의 콤플렉스였는지 모른다. 그들의 곧추선 허리와 바른 걸음걸이가 뻐딱하게 보였다. 무엇보다 그들이 너무 젊다는 것이 이해되지 않았다. 로비에서 본 직원은 같은 층에 위치한 카페의 직원을 포함해 열 명이 넘었는데, 한결같이 서른 안팎으로 보였다. 그래서인지 카지노 입구는 테마 파크처럼 보였다. 인테리어마저 거대한 동굴 형태였다. 권위나 전통 같은 무게감은 느낄 수 없었다. 누구나 와서 즐길 수 있는 공간이라는 의도라면 성공적이었으나, 그렇다면 값비싼 대리석과 실내 장식은 왜 필요한지 의문이 들었다.

수진도 실망한 표정이었다. 그가 턱으로 카페를 가리키며 앞장섰다. 짧은 머리에 꼭 끼는 바지를 입은 불량한 표정의 사내가 수진이 지나가는 것을 쳐다보았다. 나는 그의 겨드랑이에 찔려 있는 손가방의 용도가 궁금했다

카페의 여종업원은 발목까지 내려오는 긴치마를 입었고 머리는 반듯하게 빗질이 되어 있었다. 걸음걸이도 그에 걸맞게 우아했다. 하지만 조금 피로한 듯 낮은 목소리였다. 미소를 짓고 있었지만 진심은 아닌 듯한 표정이었다. 오히려 미니스커트에 헤픈 웃음을 짓는 쪽이 훨씬 편할 것 같았다.

「이제 어쩌지? 카지노는 처음이라…….」

「여기도 사람 사는 곳이야. 어쩌면 비행기를 타는 것보다 안전할지도 몰라.」

수진은 내 말을 듣고서 주위를 다시 돌아보았다. 그러고는 무릎이 드러난 자신의 치마를 보았다.

「옷을 잘못 입은 것 같아.」

「나이트클럽과는 좀 다르지.」

「그런 말이 아냐.」

「너답지 못해.」

「뭘?」

「주위 눈치 보는 것.」

「아냐. 난 항상 사람들의 시선을 두려워해. 오히려 오빠가 그렇지.」

「…….」

대화는 거기서 잠깐 끊겼다. 그동안 여자가 주스와 커피를 가져왔다.

「안 좋은 일이 너무 많았어. 그래서 정신이 없는 것 같아. 사실 오빠와 이렇게 있는 것도 기대하지 않았어. 고맙기도 하고 미안하기도 해.」

「그럴 필요 없어. 그리고 안 좋은 일은 빨리 잊어버리는 편이 나아.」

「말처럼 쉽지 않아.」

「노력해야지.」

「…….」

「영국으로부터 독립을 했을 때 인도는 두 개의 나라로 나뉘어졌어.」

「파키스탄?」

「맞아. 힌두교도만 인도에 남았고 회교도들은 북쪽으로 올라가 그들만의 국가를 세웠어. 인도 인구가 엄청나다는 건 알지? 일시에 이동이 시작되었는데 무려 천만이 넘는 숫자였어. 그리고 이주를 하는 동안 백만 명이 희생되었지.」

「희생?」

「죽었어. 전시도 아니었는데.」

「왜?」

「증오 때문에. 서로를 미워했거든. 상상해 봐. 긴 여행을 하면서 도중에 상대를 만나면 싸우는 거야. 수적으로 우세한 쪽이 승자가 되는 거지. 학살이 얼마나 처참했는지, 딸이나 아내가 강간당하기 전에 먼저 제 손으로 죽여 버리는 일도 있었대.」

「…….」

「그렇게 보면 우리 일이라는 것은 아주 하찮은 경우인지도 몰라. 서로를 죽이고 싶은 정도는 아니니까.」

「내가 기훈 오빠를 미워한다고 생각해?」

「아니. 꼭 그래서라기보다, 안 좋은 일이란 대개 사람들 간의 관계에서 비롯되니까, 해본 말이야.」

「맞아. 하지만 이건 전혀 다른 상황이야. 오빠는 이해하지 못하겠지만.」

말은 그렇게 했어도 수진은 심각해 보이지 않았다. 그보다는 앞으로 벌어질 일들을 걱정하는 것 같았다.

「돈은 어떻게 할까?」

「지난번에도 말했지만 네 돈을 쓸 생각은 없어. 너 정도는 못 되지만 나도 그렇게 가난뱅이는 아냐. 돈을 잃겠다는 생각에 동의할 수 없어. 어렵겠지만 이기려고 할 거야. 자신은 없지만, 뭐 어떻게든 되겠지. 잃어도 널 원망하지는 않을 테니까 걱정하지 않아도 돼.」

「순순히 내 돈을 받을 거라고는 생각하지 않았어.」

「다행이네.」

「설마 내 돈을 의심하는 건 아니지?」

「…….」

「기훈 오빠의 돈이라고…….」

「…….」

「그 정도로 분별없지는 않아.」

「이제 시작할까? 목적은 달라도 여기 온 이유는 같으니까.」

기훈 선배가 자본가가 되리라고는 예상치 못했다. 나만이 아니라 선배를 알고 있는 많은 사람들이 공통적으로 그렇게 느꼈을 것이다. 선배는 급진적이었고, 방법론적인 면에서도 말 그대로 과격파에 속했다. 진심은 아니었겠지만, 남의 눈을 피해 '김일성 교시'를 읽는다고도 했다. 그것이 과장된 이야기라면, 민주화 운동을 했고 진정으로 노동자, 농민, 빈민의 친구가 되고자 했던 깨인 학생이었다고 표현의 수위를 낮출 수도 있다. 그게 그거지만.

아무튼 놀라운 일이다.

대중을 선동하는 타고난 리더십과 정세 판단을 꾸준히 해온 결과물이라고 하면 할 말은 없지만 의외의 일이다. 오히려 386세대의 전형처럼 흔하게 의회주의자가 되었다면 쉽게 수긍했을 것이다. 그런 점에서 보면 나는 여전히 미숙하며 둔한지도 모르겠다. 선배는 젊고 언제든지 마음만 먹으면 정치판으로 나갈 수 있으니 말이다. 이혼이 치명적인 약점이 될 것까지 없다면 그런 가능성은 살아 있다.

카지노에 들어가기 위한 1차 시도는 보안 요원의 저지로 잠깐 미뤄졌다. 그의 지시대로 우리는 입장권을 사기 위해 되돌아 나왔다. 돈을 잃어 주겠다는데도 값을 지불해야 한다는 것이 좀 이상했다. 전 세계의 모든 카지노가 입장권을 받는지는 모르겠지만, 선뜻 이해되지는 않았다. 보안 검색대에서도 번거로운 일이 일어났다. 검정 슈트의 남자가 호주머니에서 동전과 라이터를 꺼내도록 했다. 누군가에게 몸수색을 당하는 것이 안전을 위한 조치라고는 해도 기분 좋은 일일 수는 없었다.

도박사는 아니지만 기 싸움에서 지고 들어가는 느낌이 들었다. 감시와 통제의 주도권은 카지노 측이 확실하게 가지고 있었다. '조용히 놀다 가라'는 식의 엄포성 침묵이 느껴졌다. 하지만 불편한 감정은 눈앞에 펼쳐진 거대한 광경 앞에서 곧 물거품처럼 사라졌다. 카지노가 그곳에 있었다. 어디로 발길을 옮겨 놓아야 할지 몰라 잠시 동안 그대로 서 있기만 했다.

2

　독서의 가장 큰 장점은 간접적인 경험을 거의 무한대로 할 수 있다는 것이다. 하지만 일반론일 뿐이다. 카지노에 들어선 순간부터 트레이닝을 한다고 읽었던 모든 정보는 까맣게 잊혀졌다. 시험 준비를 하기 위해 읽었던 책들이 막상 시험에서 전혀 도움이 되지 않는 것처럼. 수진도 처음 보는 광경 앞에서 길 잃은 아이처럼 주위를 두리번거렸다. 놀이 공원이나 동물원처럼 안내 지도가 있는 것도 아니고, 바닥에 화살표가 그려져 있지도 않았다. 속으로 침착하자고 되뇌었지만, 어떻게 시작해야 할지 모르기는 나도 마찬가지였다.

　수진이 팔짱을 끼지 않았다면 그런 상태가 상당히 오랫동안 지속되었을 것이다. 수진의 머리칼에서 풍겨 오는 향이 흥분된 마음을 진정시켜 주었다.

　「어떻게 하지?」

　「일단 한번 둘러보자. 그런 다음…….」

내부의 조명은 어둡지도 밝지도 않았다. 적황색의 카펫은 걷기에는 편했지만 두근거리는 마음을 가라앉히기에는 복잡한 배색이었다. 붉은색은 냉정을 유지하는 데 방해물이 되었다. 카지노의 인테리어가 사소한 것들조차 플레이어에게 미칠 영향을 염두에 두었다는 것을 확인할 수 있었다. 하지만 카지노의 숨은 의도를 간파했다고 해서 달라지는 것은 없었다. 머리는 여전히 어지러웠고 흥분은 쉽게 가라앉지 않았다.

중간 중간에 긴 슬롯머신 떼가 미로를 만들고 있어서 매 순간 어디로 갈지 선택해야만 했다. 무질서한 시장 통을 헤매는 것과는 질적인 차이가 있었다. 시장에서야 아무리 많은 물건과 상점, 상인이 있다고 해도 별로 문제 될 것이 없다. 설령 카오스 상태인 인도의 오래된 골목을 배회한다고 해도 그 편이 나을 듯싶었다. 낯선 환경일지라도 어차피 관광객일 뿐이다. 하지만 카지노는 달랐다. 차원을 달리한 장소였다.

예상했던 것만큼 사람이 많지는 않았지만, 모두 제각각 움직이고 있었기 때문에 그들과 부딪히지 않으려면 신경을 곤두세워야 했다. 우리는 엉뚱없는 초보자로 보였겠지만 그런 시선을 보내는 사람은 없었다. 모두들 아주 심각한 얼굴이었다. 무엇인가에 몰두해 있는 눈동자였다. 자세가 흐트러진 것과는 상관없었다. 사람들보다는 슬롯머신과 테이블에 더 눈이 쏠렸다. 그들이 카지노의 주인이었고, 사람들은 그들의 종이었다. 목적지를 정하지 않고 걷는 것이 어려웠다. 하지만 흥분한 탓인지 피로감은 없었다. 저녁 시간이었고 배가

고플 때가 되었지만 허기도 느껴지지 않았다. 한 장소에서 카지노 전체를 볼 수 있는 구조가 아니었기 때문에 무작정 걷는 것이 관찰과 탐색을 하는 데 별 도움이 되지는 않았다. 큰 그림을 그리는 것은 불가능했다.

그렇다고 무턱대고 베팅을 하기에도 부적당한 타이밍이었다. 그래서 비교적 여유가 있는 룰렛 테이블에 멈추어 서서 공이 떨어지는 것을 관찰했다. 룰렛은 인터넷 게임을 통해 경기 운영 방식이나 전개를 알고 있었기에 익숙하다고 생각했지만, 실제로 공이 떨어지는 것을 보니 모니터를 통해 보는 것과는 엄연한 차이가 있었다. 공이 낙하한 지점은 28이었다. 유일하게 그 자리에 칩을 올려놓은 여자가 웃었지만 잃어버린 칩도 많은 터라 허망한 웃음에 가까웠다. 28이라는 숫자와 나의 연관성을 떠올려 보았다. 나이, 주민등록번호, 생일, 학번, 심지어는 군번까지. 아무런 관련이 없었다. 그러므로 내가 28이란 숫자에 칩을 놓았을 확률은 미미했다.

그런 다음 빅휠을 관찰했다. 빅휠은 룰렛보다 심심해 보였다. 게다가 내가 알고 있는 정보로는 '절대 빅휠에 돈을 걸지 마라'는 분명한 결론이 있었기 때문에 별 재미를 느끼지 못했다. 아니 그런 구체성보다는 전반적인 분위기에 적응할 수 없었기 때문일 것이다.

「우리도 해볼까?」

수진이 기다리다 지쳤는지 먼저 말을 건네 왔다.

「아니, 우선 밥부터 먹자.」

수진은 안심한 표정으로 고개를 끄덕였다. 식당은 카지노 2층에 마련되어 있었다. 에스컬레이터에 오르자 카지노의 전체 모습이 눈에 들어왔다. 아래에서 시야가 막힌 상태로 무작정 걷던 것과는 차이가 있었다. 어지럽게만 보이던 사물이 점차 머릿속에 자리를 잡았다. 어쩌면 이것은 행운의 징조일지도 모른다는 생각이 들었다. 전체 그림을 그려 보는 것이 가장 중요하다. 그런 다음 세세한 부분으로 들어가는 것이다. 책에서 읽은 많은 전문가들의 조언처럼, 쉽게 베팅하지 않은 것도 일조했다.

「아까 룰렛에서 나온 28. 아깝지 않아?」

「왜?」

「우리가 처음 만난 날이 2월 8일이야. 베팅했으면 이겼어.」

어쩌면 수진도 카지노에 들어선 순간부터 목표를 수정했는지도 모른다. 그런 기억을 떠올린 수진이 자연스러운 것인지, 아니면 내가 비정상적인 것인지 판단할 수 없었다. 수진은 내 대답은 상관없다는 표정으로 웃었다.

식당은 아늑했고 생각을 정리하며 긴장을 풀 수 있는 공간이었다. 거리가 있어서 아래층에서 들려오는 소음도 거의 신경 쓰이지 않았다. 뷔페 가격은 카지노인 점을 감안하면 비싼 편이었지만 음식을 먹으면서 그런 생각은 줄었다. 중식, 한식이 주였고 각은 음식 고려가 있었다. 흔히 볼 수 있는 호텔 수준의 뷔페로, 특별한 감상은 없었지만 꼬집어 흠잡을 만한 것도 없었다. 다른 손님들 역시 음식 맛은 상관없다는 표정이었다. 말 그대로 배를 채우고 있을 뿐이었다. 그들이 먹는 속도는 여느 뷔페와는 달랐다. 함께 온 이들과 별다른 대화를 나누지도 않았고, 접시를 비우고 서둘러 담배를 피운 다음 자리에서 일어났다. 그들의 신경은 아래층에서 일어나고 있는 일에 집중되어 있었다. 한결같이 여유가 없었고 어떻게 보면 팽팽한 긴장 속에 있는 것처럼 보였다. 값비싼 뷔페보다는 직장의 구내식당에서 볼 수 있는 광경이었다. '찌든 일상사를 벗어나 잠시나마 일탈을 제공하는 휴식 공간'이라는 선전 문구는 허위에 불과했다. 그들은 아주 열심히 일을 하고 있었다.

손님들의 진지한 표정과는 대조적으로 직원들의 얼굴에는 생기가 넘쳐 났다. 그들은 교육받은 이상으로 충실한 미소를 보이며 손님들의 시중을 들었다. 어떻게 보면 주객이 전도된 상황이었다. 손님들은 높은 담벼락에 올라간 고양이 같았고, 직원들은 공을 줍기 위해 잔디 위를 달리는 강아지처럼 보였다.

「난 상관없지만, 오빠는 이길 수 있겠어?」

「아니. 목표를 바꿨어.」

「…….」

「최대한 적게 잃는 쪽으로.」

수진은 디저트로 딸기를 한입 베어 먹은 다음 냅킨으로 입술을 훔쳤다.

「하나도 변하지 않았어. 겁쟁이.」

에스컬레이터를 타고 아래층 게임장으로 내려가기 전, 난간에 기대어 카지노 내부를 전체적으로 둘러보았다. 중앙에는 사람들이 앉을 수 있도록 테이블과 의자가 마련된 넓은 공간이 있었고 옆에는 바가 있었다. 하지만 그 바는 술은 없고 간단한 음료와 담배, 샌드위치를 파는 매점 같은 곳이었다. 왜 그렇게 넓은 공간을 비워 둬야 하는 것인지 알 수 없었지만 나름의 이유가 있을 것이다. 언뜻 보아도 핸드볼 경기를 할 수 있을 만큼 넓었다. 바 뒤로 공항의 관제탑처럼 보이는 구조물과 카지노 전체를 볼 수 있는 발코니가 있었다. 마침 직원으로 보이는 사내 둘이 뭔가 이야기를 나누며 밑에 있는 사람들의 움직임을 관찰하고 있었다.

그 빈 공간 주위로 머신과 테이블이 뒤섞여 있었다. 나머지는 사람들이었다. 사람들의 움직임은 빠르지 않았지만 그 광경은 거대한 트랙을 연상시켰다. 방향은 정해져 있지 않았지만 모두들 일정하게 움직이고 있었다. 높은 천장은 푸른빛의 은하계로 장식이 되어 있었다. 물론 그런 하늘을 쳐다보는 사람은 없었다. 별 장식 이외에도 셀 수 없이 많은 카메라가 그들을 내려다보고 있었지만 누구도 의식하지 않았다. 카지노에서 할 일이란 아주 간단했다.

스스로를 프로 도박사라고 일컫는 무리들은 크게 두 부류로 나눌 수 있다. 한쪽은 수학적 확률을 맹신하는 학구파로, 분석과 관찰력을 장점으로 하여 무모한 베팅을 삼가며 철저히 통계에 의해 행동하는 자들이다. 다른 한 부류는, 도박은 결국 승부를 가르는 것이므로 상대방의 기를 제압하는 것이 가장 중요하다는 믿음을 갖고 있는 자들이다.

나는 라스베이거스에서 이런 자칭 도박사들을 수없이 상대했다. 그중에는 세계 포커 우승자도 있었고, 카드 카운팅(card counting)으로 무장한 블랙잭 마니아와 조직적인 바카라(baccarat) 군단의 일원도 있었다. 심지어는 슬롯머신을 상대로 경기를 펼치는 승부사도 있었다. 어느 쪽이든 그들은 지칠 줄 모르고 승부를 펼쳤고, 자신들만의 독특한 베팅 전략과 승리 비법을 가지고 있었다.

하지만 불행하게도, 그들 대부분은 허풍이 세거나 거짓말쟁이거나 협잡꾼이었다. 그들이 이기는 경우는 아주 적었으며, 얼마 동안 연승을 이어 간다 해도 결국에는 파멸의 길을 걸었다. 모든 도박사들이 비참하게 패배하는 것은 아니지만 소수의 성공한 도박사들의 실생활은 일반인들과 별다를 바 없다. 그들은 도시 근교에 아담한 집을 소유하고 있으며, 카지노에서 보내는 시간보다 월마트와 맥도날드에서 보내는 시간이 더 많다.

욕심을 버린 도박사들은 작은 승리에 만족해야 하고, 그런 그들을 카지노는 두려워하지 않는다. 카지노를 상대로 이기는 사람이 있다는 풍문이 돈다고 해서 카지노에 손해가 되지는 않기 때문이다. 오히려 카지노는 많은 사람들이 그런 소문을 듣게 되기를 내심 바란다. 그런 소문은 카지노 근처의 작은 바에서 시작해서 단숨에 베이징까지 날아간다.

하지만 말할 것도 없이 현실은 냉정하다.

…….

내가 라스베이거스에서 살아남은 이유는 단 하나다.

나는 두 부류의 도박사들이 가진 장점을 모두 섭렵하기 위해 노력했고, 한편으론 나만의 기발한 실험과 도전을 시도해 왔다. 하지만 내가 이길 수 있었던 것은, 그런 인위적인 노력 때문이었다기보다는 계획되었던 것이 아닌가 하는 생각이 든다. 그것이 카지노의 술수이든, 가족과 친구들의 응원이든, 아니면 신의 가호가 깃든 것이든 지금은 알 수 없지만, 나는 선택받았다. 하지만 당신도 그렇게 될 수 있을 거라는 생각은 100퍼센트 착각이다. 미안하지만.

– 라스베이거스 전설, 스티브 핀, 《엄격한 베팅》

마침내 수진의 첫 베팅이 시작되었다. 카지노 입구에서 가까운 룰렛 테이블이었다. 수진과 나는 각각 100만 원과 10만 원을 칩으로 교환했다. 식사를 하는 동안 룰렛에 대한 기본 게임 방식을 수진에게 설명했다. 룰렛으로 시작한 것은 단 한 가지 이유에서였다. 바카라와 블랙잭 테이블은 도저히 파고들 자리가 없었다. 어깨너머로 게임을 지켜보는 것조차 힘들 정도였다. 아침 일찍 자리를 잡아서 그 자리를 되파는 경우가 있다고 들었는데 사실인 듯했다.

게다가 카드의 순서조차 모르는 수진에게 단시간에 경기 방식을 설명하기는 힘들었다. 일곱 살 난 꼬마에게 차를 맡기는 꼴이었다. 카드 테이블에 비해 룰렛 테이블은 비교적 여유가 있었다. 룰렛보다 바카라나 블랙잭의 승률이 높다고 생각하는 모양이었다.

딜러는 여자인 수진이 100만 원을, 남자인 내가 10만 원을 내자 우리를 번갈아 보았다. 대각선으로 앉은 손님들도 마찬가지였다. 하지만 수진 역시 나처럼 천 원짜리 칩으로 베팅하는 것을 확인하자 자신들의 일로 급하게 돌아갔다. 맥시멈이 30만 원인 테이블이었다.

첫 베팅은 아웃사이더로 시작했다. 수진은 이븐(even, 짝수)에, 나는 레드(red)에 열 개씩의 칩을 걸었다. 결과는 블랙(black) 10이었다. 수진의 승이다. 곧이어 딜러가 수진에게 열 개의 칩을 더 얹어 돌려주었다.

「얼마야?」

「2만 원.」

「겨우?」

「홀짝. 확률은 반반이야. 만 원을 걸었으니 만 원을 딴 거야. 끝에 제로와 더블 제로가 보이지. 하우스 어드밴티지야. 색은 녹색, 홀도 짝도 아니고. 저기에 공이 떨어지는 횟수가 많아지면 플레이어에게 불리해.」

칩을 정리하던 딜러가 우리의 대화를 들었는지 가벼운 눈인사를 했다. 아직 연분홍 빰을 지닌 젊은 여자였다. 다른 테이블의 상황도 마찬가지로, 대부분의 딜러들은 이제 막 대학을 졸업했을 것 같은 앳된 얼굴이었다. 놀이동산에서 흔히 볼 수 있는 앨리스 분장을 한 퍼레이드 요원이나 아이스크림과 솜사탕을 파는 여자 아이들과 차이점이 없었다. 딜러를 그런 식으로 만만하게 보이게 한 것은 카지노의 의도된 장치일지도 모른다. 베팅을 하는 고객들이 딜러를 껄끄러워해서야 장사가 잘될 수 없을 것이다. 순전히 내 생각이긴 하지만.

룰렛은 온라인 게임에서 한 것과는 상당한 차이가 있었다. 연습 삼아 컴퓨터로 했던 것과 실제로 돈을 교환한 칩으로 베팅을 하는 것은 전혀 달랐다. 일단 확률을 높이는 것이 어려웠다. 옆에 앉은 중년 남자처럼 무작정 칩을 깔 수가 없었다. 가능한 많은 숫자에 베팅을 하는 것이 가능성을 높이는 유일한 방법이지만, 그러면 도박을 하는 이유도 그만큼 줄어든다. 모든 곳에 칩을 놓는다면 결국 카지노만 이득을 보는 것이다.

간단하고 분명한 룰이었지만 실제로 칩을 놓고 게임을 해보니 전혀 감이 잡히지 않았다. 승과 패가 몇 차례 반복되는 동안, 점점 복잡한 미로 속에 발을 들여놓았다는 불안감이 들었다. 그리고 게임에 익숙해지자 이미 칩은 반으로 줄었다. 말 그대로 칩이 줄어든 것이지 그 이상을 의미하지는 않았다. 딜러가 칩을 쓸어 가는 사이, 나는 커피를 마시며 잃은 돈을 생각해 보았다. 아주 현실적인 문제였지만 피부로 느껴지는 건 없었다.

내게 유일했던, 그리고 나를 떠나갔던 여자가 옆에 있다. 그를 완전히 잊었다고 생각했지만 현실에서 나는 아주 이질적인 공간에서 그와 함께 이상한 놀이를 하고 있다. 현실 감각이 떨어졌다. 이런 식이라면 결과는 불 보듯 뻔하다.

작정을 하고 학습을 통해 배운 베팅 전략을 실행해 보기로 했다. 제일 처음 시도한 것은 '빅 넘버(big number)' 전략이었다. 간단히 설명하면, 빅 넘버란 룰렛 테이블 전광판에 있는, 이전에 이루어진 38번의 스핀에서 나온 숫자들 중에서 가장 많이 출현한 숫자를 가려내어 그 숫자에다 베팅을 하는 방법이었다. 언뜻 단순해 보이지만 몇 가지 필요조건이 있다. 하지만 그런 걸 모두 기억해 낼 수는 없었다. 미리 공부를 했다고는 해도 역시 시험 준비와는 나를 수밖에 없었고, 그런 전략이 성공하리라는 확신도 없었다. 그리고 빅 넘버 전략이 비교적 적은 횟수 내에서는 확률상 같은 숫자가 반복적으로 나오는 경우가 많다는 이론에 근거한다는 점도 내게는 좀처럼 납득이 되지 않았다. 말 그대로 그럴 수도 있고 아닐 수도 있는 것이다. 대개의 경우 그런 불확실성에 근거한 이론은 전략으로 채택될 수 없다는 것이 내 생각이었다. 하지만 별다른 방법이 없었으므로 실행해 보았다. 역시 쉬운 일이 아니었다. 우선 나 말고도 베팅을 하는 사람들이 많았고, 내가 한두 숫자에 베팅한 반면 대부분의 사람들은 많은 칩으로 많은 숫자에 베팅했다. 수진은 다른 이들의 방법이 마음에 드는 모양이었다. 시간이 지날수록 그는 더 많은 숫자에다 칩을 놓았다.

열 번의 스핀이 끝나고 확인한 것은 나의 패배였다. 운이 좋지 못해서인지 빅 넘버는 나타나지 않았고 공은 이리저리 튀었다. 다행히 베팅한 칩이 많지 않아서 출혈도 적었다. 수진이 한 번 베팅하여 잃은 정도였다. 하지만 다음번에는 수진이 맞혔고 결과적으로 열 번의 스핀이 끝난 다음, 수진은 내가 잃은 정도의 칩을 땄다. 그렇다고 도박사들의 이론을 무작정 부정하지는 않았다. 현실과 동떨어진 이야기를 하거나 근거 없는 이론을 제시하는 이들은 비단 도박사들만이 아니다. 그리고 그들에게 실망하기에 내가 한 시도는 아직 터무니없이 적었다.

「무슨 재미로 하는 건지 잘 모르겠어.」

수진의 말대로 우리는 룰렛에서 재미를 보지 못했다. 다시 말해 칩을 잃고 있었다. 수진은 자신이 왜 카지노에 온 것인지를 잊고 있는 듯했다.

시간이 지날수록 분명해지는 것은 룰렛으로 인생이 바뀌거나, 소위 말하는 대박을 터트리는 일은 없을 거라는 것이었다. 가진 돈에 비하면 터무니없이 적은 돈이 오갔고, 아주 조금씩 잃었다. 이런 식이라면 수진의 경우 처음 정했던 목표를 이루기에는 시간이 너무 부족했다. 수진 역시 그런 점을 알아차렸는지 점점 게임에 몰두하지 못했다. 테이블에서 그렇게 시시한 표정으로 게임을 하는 사람은 우리 둘뿐이었다. 스핀이 이루어지고 공이 떨어질 때마다 모두의 신경은 한곳으로 쏠렸다. 가벼운 탄성과 실망을 감추는 어두운 눈빛이 교차했다. 하지만 그들 역시 한 방으로 끝을 보겠다는 자세는 아니었다. 장거리포의 4번 타자라기보다는 단타 위주의 1번 타자였고, 폭발적인 힘으로 달려가는 스프린터가 아닌 지구력과 인내가 요구되는 장거리 선수였다.

영화에서 봤던 환호와 흥분은 없었다. 그런 것을 기대한 것은 아니었지만 흔히 야바위 하면 떠오르는 장면에도 미치지 못했다. 대부분은 피곤해 보였지만 진지했다. 그리고 게임을 즐기는 것 같지도 않았다. 그런 광경은 나로서는 선뜻 이해가 가지 않았다. 다이사이(tai-sai) 테이블과 룰렛 테이블을 오가며 사이드 베팅을 하는 남자는 부지런히 칩을 놓으며 열중하고 있었다. 하지만 진정으로 승리를 갈구하는지 의심이 갈 정도로 무표정한 얼굴이었다. 자신의 베팅이 맞았을 때는 재빠르게 딜러에게서 칩을 받았고 반대의 경우에는 뒤도 돌아보지 않고 옆 테이블로 자리를 옮겼다. 그런 것을 포커페이스라고 하지는 않을 것 같았다. 룰렛은 포커페이스가 위력을 발휘하는 경기가 아니다. 따라서 그의 움직임은 기계적인 것이라고 봐야 할 것 같았다. 메모리가 없는 룰렛 같은 게임에서 확률은 언제나 동일했다. 이전 게임에서 1을 제외한 모든 숫자가 나온다고 해서 다음번에 1이 나올 확률이 높아지는 것은 아니기 때문이다.

'이번에 17이 나올 거 같았어'라는 결과론은 있었지만, '다음번에 어떤 숫자가 나올 거야' 하는 예측은 들리지 않았다. 그런데도 사람들은 결과를 분석하는 데 집착했다. 어쩌면 우리 둘만 모르는 어떤 교묘한 작전이 숨어 있는지도 몰랐다. 몇몇은 카지노에서 제공한 룰렛 종이에 부지런히 지난 결과를 기록해 나갔다. 앞선 결과를 복기하는 것이 게임에 도움이 될 수도 있을 것이다. 그러나 수학적 확률은 변함없었다. 대부분은 가진 칩을 가능한 많은 자리에 베팅하는 전략을 폈다. 하우스 어드밴티지 때문에 이 역시 도움이 될 것 같지는 않았지만, 오랜 시간 경기를 하는 동안 심리적 안정을 주는 측면이 있었다. 시간이 지날수록 어려운 게임이라는 생각이 들었다.

빅 넘버 전략이 먹히지 않자 '딜러 시그니처(dealer signature)' 전략으로 수정해 보았는데 이것도 별 효과는 없었다. 반복된 훈련으로 기계화된 딜러들은 공을 스핀할 때 같은 양의 힘을 사용하게 되고, 그 결과 공이 한 숫자는 아닐지라도 일정한 구역으로 떨어질 확률이 높다는 것이 이 이론의 핵심이다. 책을 읽는 동안에는 그럴 수도 있겠다고 생각했지만, 막상 공이 이리저리 튀는 것을 보니 그것도 독자를 현혹하는 상술이라는 쪽으로 무게가 실렸다.

내 칩이 점점 줄어들어 바닥을 보이기 시작하자 수진이 일어날 것을 종용했다.

「이러다간 날 새겠어.」

수진의 말대로였다. 하지만 이런 식으로는 계획했던 돈을 전부 써버릴 수 없다는 의미인지, 아니면 내 생각처럼 게임에 지고 말 것이라는 결론에 이르렀기 때문인지는 명확하지 않았다. 어느 쪽이든 상관하지 않기로 했다.

　나는 카지노로 오기 전 다짐 비슷한 것을 했었다. 그것은 지방 자치 단체의 행정 구호처럼 분명하지는 않았지만, 제임스 조이스의 소설처럼 이해하는 데 오랜 수고를 들여야 할 만큼 난해하지도 않았다. 내용의 핵심은, 건방지게 말하면 변증법에 있었다. 즉, 사물이 변하는 것은 세상의 이치이기 때문에 변화를 받아들여야 한다는 것이다. 이렇게 말해 놓고 보면 대단한 것 같은 기분이 들기는 하지만 어쩔 수 없다. 내가 변한 만큼 수진도 변했기 때문에 순순히 변화를 받아들이는 자세가 필요했다.

　향수를 뿌리고 값비싼 옷을 입은 수진이 낯설어 보일지라도 민감하게 반응할 필요는 없었다. 어떻게 생각하면 학생회 사무실에서 빈 병에다 시너를 담으며 경찰서 대공과에 장난 전화를 하던 그때보다 좋아진 것이다. 예전에 운동권이었다고 해서 아직까지 플래카드 만들며 시민운동을 하라는 법은 없다. 수진 쪽에서 본다면 예전이나 지금이나 변함없이 게으르게 사는 내가 더 답답해 보일 수도 있었다. 이데올로기에 갇히기에는 둘 다 아직 젊고 돈으로 자유를 살 수 있다면 기꺼이 살 수 있는 나이다. 나른 부분이 많다고 생각했지만 닮은 구석도 많았다. 결정적인 순간에 길이 엇갈린다고 할지라도 상대방을 탓해서는 안 된다.

　유의해야 할 점은 그가 던진 함정 속으로 빠지지 않기 위해 의식적으로 행동해야 된다는 것이다. 설마 수진이 여기저기 구멍을 파놓고 기다리지는 않겠지만, 그런 일이 일어나지 말라는 확신도 없었다.

구멍의 속성상 한 번 빠지면 쉽게 나올 수 없다.

「감상이 어때?」

「잘 모르겠어. 좀 더 생각을 해봐야겠어.」

수진은 손에 들고 있던 남은 칩을 내려다보며 말했다.

「어쩌면 나도 오빠처럼 생각을 바꿔야 할 것 같아.」

다음으로 선택한 곳은 다이사이 테이블이었다. 룰렛 테이블보다는 많은 사람들이 모여 있었다. 대부분의 사람들이 서서 사이드 베팅을 했기 때문에 말 그대로 야바위 분위기가 물씬 풍겼다. 테이블 위로 그려진 어지러운 레이아웃에 비해 경기의 룰은 아주 간단했다. 세 개의 주사위를 던져서 그 조합을 알아맞히는 게임이었다. 방금 룰렛을 했던 터라 수진은 쉽게 적응하는 눈치였다. 다이사이란, 대소를 일컫는 말로 세 주사위의 합이 10 이하일 경우에는 소(小)가 되고 그 이상일 경우에는 대(大)가 된다. 즉, 어느 쪽에 칩을 걸지 생각하기만 하면 되는 게임이다. 로마 제국의 인기 게임이었던 타불라와 유사하고 오늘날의 크랩스(craps)이라는 주사위 게임과도 관련이 있다.

「하우스 어드밴티지는 뭐지?」

「트리플이야. 세 개의 주사위 모두 같은 숫자가 나오면 크지도 작지도 않은 숫자가 되는 거야. 대소에 베팅한 사람들의 돈을 모두 카지노가 가져가.」

「트리플이 나올 확률은?」

「35분의 1.」

「그렇게 빨리 계산이 돼?」

「아니. 책에서 읽었어.」

「오빠다워.」

「트리플이 맞으면 24배를 돌려줘. 천 원을 베팅하면 2만 4천 원을 돌려받게 돼.」

「그럼…… 대충 하우스가 30퍼센트 정도의 이득을 보는 거네.」

「정확히 30.5퍼센트지.」

「흠…….」

「전문가들에 따르면 아주 멀리해야 할 게임이야.」

「전문가?」

「도박사들.」

수진은 물끄러미 나를 올려다보며 웃었다.

「그럼 우리에게 꼭 맞는 게임이네.」

나는 베팅을 하지 않고 수진의 게임을 지켜보았다.

수진은 내가 말하지 않았음에도 다른 곳에는 베팅을 하지 않고 오직 대소에만 베팅을 했다. 대소에만 걸게 되면 하우스 어드밴티지가 불과 2.8퍼센트에 불과했다. 따라서 내가 읽은 책의 저자들은 한결같이 다이사이를 하게 되면 대소에만 걸라는 조언을 했다.

그래서였는지 수진은 불과 30분 만에 룰렛에서 잃은 칩을 복구하고도 10만 원짜리 노란색 칩을 여섯 개나 더 획득했다. 우리가 서 있던 자리는 대에 가까운 쪽이었는데 연속으로 대가 나왔다. 소가 있는 자리에서는 사람들이 한숨을 쉬고 있었지만 우리 쪽은 양상이 달랐다.

「줄을 타기 시작했어.」

　테이블에 앉은 누군가 그런 말을 했다. 초짜라도 그 말의 뜻 정도
는 쉽게 이해할 수 있었다. 딜러의 얼굴에는 아무런 변화가 없었다.
두 명의 딜러는 칩을 가져오는 것과 돌려주는 데에만 온 신경을 집
중하고 있었다. 게임은 순식간에 진행되었다. 동전을 던지는 것과
마찬가지로, 독립적인 사건의 연속이기 때문에 수학적 확률은 변함
없이 진행된다. '줄을 타는 것'은 단지 사람들의 시각적 인식에 불과
했다. 하지만 연속적인 대의 출현은 주위를 소란과 혼돈으로 이끌었
다. 여기저기서 불확실한 예측과 전망이 나왔다. 흐름을 타야 한다
는 주장이 강한 지지를 받는 듯했다.

　다음 베팅에서 많은 칩이 대로 쏠렸다. 계속해서 대에 베팅을 한
수진으로서는 망설일 이유가 없었으나, 이제 막 베팅을 시작하려고
하는 나로서는 멈칫하지 않을 수 없었다. 이전 결과는 생각하지 않
는 것이 합리적인 판단이겠지만, 도저히 그렇게 할 수가 없었다. '대
가 연속으로 나왔기 때문에 다음은 소가 나올 것이다' 아니면 '주사
위의 흐름상 이번에도 대가 나올 것이다' 하는 근거 없는 생각이 들
었다. 벨이 울리기 전까지 어떤 식으로든 결론을 내야만 했다. 어느
누구도 말을 걸진 않았지만, 은밀한 유혹이 시작되고 있었고 몸은 복
종하고자 했다. 수진을 가볍게 한번 본 다음 수진의 손에서 노란색
칩을 세 개 꺼내어 들었다. 수진은 가늘게 움찔했지만 묵묵히 나의
다음 행동을 지켜봤다. 칩을 테이블 위에다 올려놓자 기다렸다는 듯
벨이 울리고, 딜러의 길게 펴진 팔이 허공을 갈랐다. 세 개의 주사위
가 투명한 원형 박스에서 이리저리 도는 동안 주위에 이렇다 할 동

요는 없었다. 30만 원은 생각하기에 따라 큰돈일 수도 있었고, 잊어도 될 만한 돈이기도 했다. 하지만 돈의 액수와 상관없이 이번 베팅은 룰렛에서 했던 것과는 현격한 차이가 있었다. 결과에 상관없이 이런 베팅은 치명적인 실수라는 생각이 본능적으로 들었다. 명백히 과장된 심리 상태였지만, 부정할 수 없는 현실이기도 했다. 머리가 텅 비워졌다는 것이 옳은 표현이었다.

인간의 눈으로는 쫓아갈 수 없는 속도로 회전과 충돌을 반복한 다음, 마침내 세 개의 주사위가 표면에 안착했다. 내가 서 있는 각도에서는 주사위의 윗면을 제대로 볼 수 없었다. 하지만 발을 세우고 고개를 드는 수고를 할 필요도 없이 곧바로 테이블 위로 불이 들어왔다.

대였다. 주사위의 조합은 4, 5, 6. 합이 15인 아주 큰 수였다.

「거봐. 내가 대라고 했지. 줄을 탄다고.」

누군가 크게 소리쳤지만 그것이 환호의 목소리인지 아니면 소로 베팅한 이의 후회와 원망의 목소리인지는 구분되지 않았다. 탄성과 한숨이 뒤섞인 소음 속에 수진의 목소리도 있었지만 나는 듣고 있지 않았다. 기쁨을 표현하기에는 부적절한 타이밍이었고, 그렇다고 승리 자체를 아무 일도 아니라는 듯 태연한 척할 만큼 노련하지도 못했다.

딜러가 세 개의 칩을 얹어서 돌려주고 나서야 심장 박동은 천천히 가라앉기 시작했다. 나는 바로 뒤돌아 나왔다. 수진은 만면에 웃음을 띤 채 뒤따랐다.

「제법인데.」

「뭐가?」

「이겼잖아. 30만 원이야. 기쁘지 않아?」

「좋아. 하지만 뭔가 찜찜해.」

「괜히 그러는 거지? 오빠 월급을 생각해도 적지 않은 돈인 것 같은데.」

「그렇긴 하지.」

「조금 더 해보지. 왜 그냥 나왔어?」

「히트 앤드 런.」

「그것도 책에서 본 거야? 아무튼 너무 기분 좋다. 합하면 모두 100만 원이야. 이러다 우리 부자 되는 거 아냐?」

룰렛 테이블에서와는 전연 다른 얼굴을 하고 있었지만 수진을 탓할 수 없었다. 누구나 승리를 기뻐한다. 목적이 다른 수진도 예외일 수는 없다. 하지만, 내 마음속에는 위험의 경고가 여전히 울리고 있었다. 환전을 하기 위해 발걸음을 재촉하는 동안에도 그것이 무엇인지 좀처럼 잡히지 않았다. 손에 든 노란색 칩을 세 개 집어 수진에게 주었다.

「뭐야?」

「좀 전에 빌린 거.」

「가지고 있어. 나도 이만큼이나 있는데 뭘.」

수진은 자랑스럽게 노란색 칩을 펼쳐 보인 후 팔짱을 꼈다. 여느 때보다 발걸음이 가벼워진 걸 느낄 수 있었지만 나의 웃음은 시원스럽지 못했다.

환전소에서 칩을 지폐 뭉치로 바꾸는 동안 나를 억누르는 불안의 실체가 무엇이었는지 알 수 있을 것도 같았다. 결론이 어떻든지 나는 소심한 인간의 틀에서 벗어나지 못할 것이다.

　카지노는 도박 이외에는 아무것도 할 수 없게 설계되어 있었다. 환전소 앞의 바에서 무료 커피를 한 잔씩 받았지만 어디에도 쉴 만한 공간은 없었다.
　「이제 뭘 하지?」
　수진의 목소리는 나와는 반대로 조금 들떠 있었다. 힐끔힐끔 그를 쳐다보는 사내들의 눈초리에도 익숙해진 모양이었다.
　「일단 저기에 앉자.」
　사람들로 둘러싸인 테이블과는 대조적으로 슬롯머신에는 빈자리가 드문드문 보였다.
　「사람들이 왜 도박에 빠져드는지 이해할 수 있을 것 같아.」
　대꾸 없이 수진의 얼굴을 보았다.
　「잠깐이나마 일상에서 벗어나고 싶은 거야.」
　「대신 값을 지불해야지.」
　「항상 부정적이야. 이기면 되지.」
　「……」
　「농담이야. 심각하게 듣지 마. 여기 온 이유를 잊은 건 아니니까. 오빠도 알겠지만 난 도박에 빠질 사람도 못돼. 걱정하지 않아도 돼.」
　수진의 말처럼 걱정해야 할 사람은 그가 아니라 나였다. 수진은 내가 모르는 분명한 선이 있었다. 그것은 쉽게 설명할 수 없다. 남자와 여자로서의 차이나, 논리와 감성의 차이만으로는 구별되지 않는 무엇인가가 있었다. 내가 그것을 인식하게 된 것은 오랜 시간이 흐른 후였다. 수진을 사랑하는 동안에는 그가 나와 다른 인간이라는 것을 인정하지 않았다. 내가 생각하고 움직이는 만큼 따라와 줄 것이라는 기대를 가졌었다. 그리고 그런 기대는 언뜻 실현 가능하게 보이기도 했다. 하지만 결론은 어긋나고 말았다. 수진이 왜 그런 선택을 한 것인지는 아직도 답을 내릴 수 없다. 하지만 만약의 경우 나는 도박에 빠질지라도 수진은 뒤돌아설 것이라고 확신할 수 있다. 수진과 헤어지고 난 다음, 남은 잔영은 언제나 같은 것이었다. 이전에 한 번 와본 동굴일지라도 어둠의 깊이는 변하지 않고 길을 잃기도 매한가지였다.

「이건 어떻게 하는 거야?」

「쉬워. 돈을 넣고 버튼을 누르기만 하면 돼.」

「주의 사항은?」

「글쎄.」

「오빠답지 않은걸.」

「영어로는 외팔이 강도라고 불러.」

「외팔이?」

「옆에 레버가 보이지. 그걸 조작해야 기계가 작동해서 붙여진 이름이야. 강도라는 의미는 설명하지 않아도 되겠지.」

「흠. 재미있어 보이는데.」

「잭팟이 나오면 그렇겠지. 하지만 큰 기대는 하지 않는 게 좋을 거야. 슬롯머신으로 돈을 벌었다는 소리는 듣지 못했거든.」

「그런가? 난 신문에서 본 것 같은데.」

「위의 배당판을 봐. 잭팟이 4000코인이야. 40만 원.」

「겨우? 시시하네.」

「대신 몇 억씩 나오는 기계보다는 확률이 높다고 봐야지.」

「그럼 하루에 한 번 정도는 나오는 거야?」

「그건 나도 몰라.」

「별로 도움이 안 되는 정보네.」

정확한 지적이었다.

「대신 처음 하는 사람에게는 운이 있다고 하니까. 해보는 것도 괜찮을 거야.」

시간이 지날수록 사람들의 수는 불어났고, 그만큼 테이블 주변은 더 번잡했다. 그렇다고 블랙잭이나 바카라 테이블에서 돈을 주고 자리를 살 생각은 없었다. 누가 자리를 팔지 알아보는 것도 거추장스러웠고, 그런 수상쩍은 거래를 한다는 것이 탐탁지 않았다.

「생각보다 재밌는데.」

수진의 크레디트(credit) 창의 숫자는 100에서 오르락내리락 했다.

「난 그냥 만 원을 삼켜 버릴 줄 알았는데, 그렇지 않네?」

수진의 말대로 버튼을 누를 때마다 코인은 조금씩 불어났다. 나 역시 슬롯머신을 해본 경험이 거의 없었기 때문에 흥미 있게 지켜봤다.

「헤뫼. 그렇게 있지 말고.」

「그럴까?」

처음으로 슬롯머신을 했던 것은 캐나다의 한 볼링장에서였다. 소다를 사고 남은 25센트로 2달러 50센트를 땄다. 단 한 번의 플레이였고 그 돈으로 함께 볼링을 했던 친구에게 콜라를 사주었다. 더 이상 게임을 하지 않은 것은 겁이 나기도 했지만, 엄밀히 말해 둔탁하고 낯선 기계를 상대하는 것이 달갑지 않아서였다. 하루 종일 컴퓨터를 끼고도는 생활이었지만, 슬롯머신은 컴퓨터와 첫인상 자체가 달랐다. 얌전하게 주인의 지시를 기다리는 컴퓨터와 달리 슬롯머신은 외양 자체가 상대를 압도할 만큼 인상적이었다. 번쩍번쩍 은빛이 도는 스테인리스 프레임과 천연색으로 화려하게 디자인 된 숫자와 그림들 모두, 영화 속에서 보던 것과는 달랐다. 익숙지 않은 사람에게는 릴이 돌면서 나는 기계음도 사방이 막힌 공간에서 들려오는 확인 불가능한 소리와 다를 바 없었다. 그리고 무엇보다 무슨 일이 일어나고 있는지 확인하기도 전에 급하게 결론을 내리는 기계는 몰인정 그 자체였다. 슬롯머신의 그림을 읽는 방법은 아주 쉽지만, 초보자에게는 만만하지 않다. 버튼을 누르는 것은 곰곰이 생각하는 것보다 훨씬 쉽기 때문에 머리보다는 손이 빨라지게 된다. 물론 여러 번 게임을 하다 보면 자연스레 알게 되겠지만, 새로 나온 현금 인출기를 시험해 보는 것과는 전혀 다른 경험이다. 그리고 바보가 아니라면 슬롯머신 앞에서 겁을 집어 먹지 않을 수 없다. 그 정도 돈쯤이야 하는 사람이라면 아무런 부담 없이 기계를 돌려 볼 수도 있겠지만.

「이길 수 있는 방법은 없어?」
「있지.」
「있어?」

농담을 할 생각이었는데 뜻밖에 진지한 눈으로 보고 있어서 잠깐 말문이 막혔다. 여자들은 항상 뜻하지 않은 상황에서 엉뚱한 표정을 짓곤 하는데, 특히 수진은 그런 점에서 월등했다.

「승리에 대한 확고한 신념.」

「신념?」

「그래.」

「그게 다야?」

「응.」

「누굴 바보로 알아?」

「농담 아냐. 여기 오기 전에 몇 권의 책을 읽었다고 했지. 핵심을 종합해 보면 결국 도박이란 치열한 정신력 싸움이란 거야. 그래서 도박을 하기 전, 가장 중요한 것은 이길 수 있다는 긍정적인 태도를 갖는 거래. 영어로는 '위닝 애티튜드(winning attitude)'라고 하는데, 어쨌든 그런 게 있어야 이길 수 있다는 거지.」

「너무 거창한 거 아냐?」

「좀 그렇지? 하지만 도박사들이 공통적으로 말하는 걸 보면 분명 효과가 있을걸.」

「신념이라…….」

대화를 하는 동안에도 수진의 손은 쉬지 않고 버튼을 누르고 있었다. 어느새 수진이 크레디트 창의 숫자는 300을 넘어섰다. 반대로 내 숫자는 줄곧 밑으로 곤두박질쳤다.

　현실 세계에서 '위닝 애티튜드'를 유지한다는 것은 환상에 지나지 않는다. 행운의 네잎 클로버나 토끼 발(액운을 막아 주는 부적)에 운명을 맡기는 거나 다름없다. 슬롯머신 플레이어들은 세상에서 가장 초

현실적인 믿음에 의지하는 사람들이다. 다시 말해 미신을 신봉하는 자들이다. 슬롯머신은 컴퓨터에 화려한 옷을 입혀 놓은 것이다. 그리고 컴퓨터는 플레이어가 이길 수 없도록 프로그램 되어 있다. 개중에 누군가 잭팟을 터뜨리겠지만 머신의 입장에서 본다면 잭팟이란 지불해야 되는 돈의 일부에 지나지 않는다. 따라서 슬롯머신에서 이기는 것은 순전히 운일 뿐이다. 플레이어가 낙관적인 자세를 유지하든 비관적인 태도를 취하든, 머신은 상관하지 않는다. 인간이 할 수 있는 일은 기회에 대해 리얼리티를 갖는 것이다.

- 프랭크 스코블릿, 《현대 슬롯머신의 비밀》

책 속의 내용을 떠올려 봤지만 달라지는 것은 아무것도 없었다. '기회에 대해 리얼리티를 갖는다'는 것이 무엇을 의미하는지 도무지 알 수 없었다. 나 같은 소시민이 세상에서 일어나는 일에 대해 리얼리티를 갖는다는 것은 불가능에 가깝다.

「오빠, 뭐해?」

「응?」

수진이 눈짓으로 크레디트 창을 가리켰다.

「돈.」

「…….」

딴생각을 하는 동안 내 크레디트는 바닥나 있었다. 지갑에서 만 원을 꺼냈다가 도로 집어넣었다.

「이런 데 소질이 없나 봐.」

「겨우 만 원 가지고.」

수진의 말대로 이제 시작에 불과했다. 낙담하기에는 아직 일렀다. 가져온 돈과 계획했던 시간을 고려하면, 이제 겨우 동굴의 입구에 서 있는 셈이었다.

「느낌이 이상하긴 한데, 재미는 있는 것 같아.」

수진의 크레디트 창은 500에 육박했다. 코인이 오를 때마다 기계는 요란한 소리를 내었다. 그리고 수진의 얼굴에도 감정 변화가 나타났다. 짧은 탄성을 내쉴 때에는 행복해 보이기까지 했다. 그것이 완벽한 환상에 불과할지라도, 현재 일어나고 있는 일인 것만큼은 확실했다. 기계는 아주 조금씩 유혹의 손길을 뻗쳐 왔다. 유혹이 일시적인 환영이라는 것을 자각해도 어디서 그것을 끊어야 할지 판단할 수 없었다. 어디에도 빨간 불의 위험 신호는 보이지 않았다.

네 번째 지폐가 기계로 빨려 들어갔지만 '4만 원 정도야' 하는 가벼운 생각이 들었고, 다이사이에서 땄던 금액이 남아 있어 돈을 잃고 있다는 인식도 할 수 없었다.

「오빠, 그러지 말고 자리를 옮겨 봐.」

「왜?」

「옆을 봐. 비어 있는 자리가 많아. 굳이 안 되는 기계 앞에 앉아 있을 필요는 없지.」

나는 고개를 돌려 주위를 살폈다.

여러 세기 동안 여자는 '초자연적인 힘'을 가지고 있다는 이유로 화형대에서 불타 죽었다. 그런 초자연적인 힘에는 인간관계의 결과를 예측하고, 거짓말쟁이를 찾아내고, 동물들에게 말을 걸고, 진리를 파헤치는 능력 등이 포함되었다.

......

50여 커플이 모여 있는 방에 들어갈 경우, 여자는 10분 정도 지나면 각 커플의 관계를 대충 파악한다. 여자는 그런 장소에 들어가면 탁월한 감각 능력을 발휘하여 서로 잘 지내는 커플이 누군지, 서로 싸우는 커플이 누군지, 누가 누구에게 관심 있는지, 어떤 여자가 우호적이고 적대적인지 금세 파악한다.

그러나 같은 장소에 들어간 남자는 전혀 다른 곳에 관심을 둔다. 그는 먼저 출구와 입구를 살핀다. 예전 두뇌 회로가 작동하여 가상의 공격이 발생할 경우 가능한 도피구는 어디인지 미리 보아 두는 것이다. 그다음에 그는 아는 얼굴이나 예상되는 적을 살피고 이어 방의 전체적 구도를 살펴본다. 그의 논리적 마음은 깨어진 창문이나 불 나간 전구 등 손보거나 수리해야 할 사항을 기록해 두는 것이다.

한편, 여자는 방 안에 있는 모든 얼굴을 살펴보고 누가 왔는지, 사람들 사이의 관계는 어떤지, 사람들의 전반적인 기분은 어떤지 등을 파악한다.

– 앨런 피즈, 바바라 피즈, 《말을 듣지 않는 남자 지도를 읽지 못하는 여자》

「저기 저 끝에 있는 거 해봐.」
수진이 복도에서 가장 멀리 떨어진 구석진 자리를 가리켰다.
「왜?」
「그냥 느낌이야.」
「…….」

자리를 옮기는 것은 문제될 게 없었지만, 수진과 나 사이에 공간이 생기는 것이 껄끄러웠다. 카지노에 들어와서는 계속 붙어 다녔기 때문에 거리를 두는 것이 왠지 낯설었다. 함께 백화점에 가서 따로 쇼핑을 하는 것과 비교해, 어느 쪽이 더 어색한 상황인지 두고 볼 일이었다. 엄밀히 말해 겨우 몇 발짝 떨어진 거리였기 때문에, 함께 게임하는 것으로 봐야겠지만 미묘한 감정 변화가 일어난 것은 분명했다.

수진이 찍어 준 기계는 화면 디자인부터 달랐다. 만 원을 넣으니 크레디트 창에 20이 들어왔다. 500원 머신이었다. 잠깐 멍했으나 크게 당황하지는 않았다. 25센트보다는 50센트 머신의 페이백(pay-back)이 더 좋고, 금액이 커질수록 확률이 높게 책정된다는 일반론을 떠올리며 버튼을 눌렀다. 리스크 역시 올라간다는 점도 부정할 수 없지만, 카지노에 온 이상 그런 일로 가슴 졸일 필요는 없을 것 같았다.

100원 머신과 500원 머신 사이에는 현격한 차이가 있었다. 맥시멈으로 베팅했기 때문에 실질적인 차이는 300원과 1,500원이었다. 만 원으로 겨우 여섯 번의 스핀만 가능했다. 몇 번 체리를 맞은 것을 제외하고는 계속 어긋났기 때문에, 돈이 들어가는 속도가 100원 머신과는 비교할 수 없었다. 멈춰야 한다는 생각이 들기도 했지만 손은 부지런히 지갑으로 움직였다. 확신이 있는 것은 아니었지만 한 번은 건너야 하는 시련으로 여겨졌다.

7만 원째 코인이 떨어지자 다섯 장을 한꺼번에 넣었다. 크레디트 창에 20 대신 100이란 숫자가 뜨는 것은 확실히 심리적인 안정을 주었다. 함정이긴 하겠지만, 쫓기듯 플레이를 하는 것보다는 나았다.

힐끔거리던 수진이 궁금함을 참지 못하겠다는 표정으로 다가왔다.

「뭐해?」

대답 대신 500원 숫자판을 가리켰다.

「500원이네.」

무모한 행위에 대한 질책을 예상했지만 수진의 다음 말은 엉뚱했다.

「조금 더 해봐. 포기하지 말고.」

그러고는 자리로 돌아갔다. '포기하지 말라'는 말의 의도를 쉽게 간파할 수 없었다. 수진이 나보다 게임에 빨리 적응해서 앞으로 벌어질 일을 확신하고 있는 것인지, 아니면 그에 따른 피해를 자신이 보상할 수 있다는 자신감인지 구별이 되지 않았다.

이런저런 생각으로 머리가 복잡했지만 기계가 보여 주는 그림은 단순했고 릴이 돌면서 나는 기계음도 여전했다. 100코인에서 시작해서인지 여유가 생겼다. 0을 향해 낙하하던 숫자가 점점 오르내리는 파동의 형상을 만들어 갔다. 그래프가 머릿속에서 자연스럽게 그려졌다.

수진의 등장이 아주 절묘했다는 생각이 들었다. 마치 1사 만루의 위기에 처한 투수가 마운드로 올라온 코치와 이런저런 이야기를 한 다음, 신기하게도 투구가 안정되는 효과와 같은 것이었다. 이전에 보지 못했던 그림들의 조합이 나왔고, 급격한 하강이 사라진 것만으로도 편안하게 플레이를 할 수 있었다. 맞는 빈도가 눈에 띄게 늘어났다. 그것이 책에서 말하는 '위닝 스트리크(winning streak)'인지, 아니면 페이 사이클(pay cycle)에 들어선 것인지 확신할 수 없었지만, 이전과는 확연히 달랐다.

　잠시 기계가 멎더니 크레디트 창의 숫자가 빠르게 올라갔다. 동시에 귀를 때리는 기계음이 요란하게 터졌다. 무슨 일이 일어나고 있는 것인지 분간이 되지 않았다. 그림의 조합은 대충 이해하고 있었고, 산술적인 계산은 기계가 자동으로 처리하고 있었다. 그런데도 눈앞에 벌어진 상황이 순간적으로 이해되지 않았다. 숫자가 올라가는 시간은 길지 않았다.

　「1488.」

　1400이 더해졌다. 바지 주머니에서 담배를 꺼내어 물었다. 수상한 낌새를 눈치 챘는지 수진이 걸어왔다.

　「어떻게 된 거야?」

　크레디트 창을 가리켰다.

　「어머, 왜 이리 많아. 이거 얼마야?」

　「70만 원이 좀 넘지.」

　「어떻게 된 거야. 그림이 이상한데?」

　수진의 말처럼 화면상에 나타난 세븐은 라인에 일치하지 않았다. 혼란은 아마 그것 때문이었던 것 같았다. 수진이 눈을 가늘게 뜨고 배당판을 보았다.

　「어머, 오빠! 맞았나 봐. 여기 봐. 세븐이 한 줄에 맞지 않아도, 세 개가 모두 나오기만 하면 1400코인을 준대.」

　수진의 말대로 영어로 그렇게 적혀 있었다. 정확히 눈앞에 그려진 그림과 일치했다. 그제야 입가에 미소가 번졌다. 대학 시절 실수로 랩(LAB)실의 유닉스(Unix) 시스템을 꺼버린 적이 있었는데, 별다른 추궁 없이 넘어갔던 그때와 비슷한 안도감이었다. 70만 원 상당의 잭팟이 터졌다고 생각하지 않고 기계의 오작동이 아닐까 잠시 의심하던 중이었다.

「안 좋아?」

「좋아.」

모든 일에는 타이밍이 중요한데, 그걸 놓쳤다.

「근데 왜 잭슨 폴록 같은 표정을 짓고 있어? 너무 포커페이스 아냐?」

「그래 보여?」

폴록의 훤한 이마와 주름살이 떠올라 웃음이 나왔다. 그가 그린 〈서부로 가는 길〉의 느낌과 카지노로 올 때의 이미지가 유사하다는 생각이 언뜻 들기도 했다. 슬롯머신의 기계음은 쇤베르크나 존 케이지 같은 작곡가들의 무질서하고 시끄러운 무조 음악을 듣는 것 같기도 했다.

「이거 내가 찍은 기계니까 반은 내 거야?」

수진은 아주 즐겁게 웃었다. 내가 사랑했던 여자의 얼굴이었다. 지나가던 몇 사람이 기계를 힐끔 보고서는 대수롭지 않다는 표정으로 돌아섰지만, 나는 그 순간을 오랫동안 즐기고 싶었다.

카지노에서 술을 제공하지 않는 것은 이상했지만, 입장권도 받는 카지노임을 감안한다면 불평할 일은 아니었다. '가볍게 한잔' 문화에 익숙하지 않은 사람들에게는 현명한 조처일지도 몰랐다. 시간이 지나면서 테이블 주위에 사람들이 불어났고, 슬롯머신도 점차 빈자리를 찾기 어려울 정도가 되었다. 게임은 하향세로 돌아섰지만, 비교적 많은 금액을 땄던 터라 손실은 없었다. 긴장감은 거짓말처럼 사라졌다. 다행인지 불행인지 수진의 형편도 마찬가지였다. 충분치 않았지만 이 정도면 잽을 날리겠다는 처음의 목표는 달성한 듯 보였다.

결국, 수진은 목표를 달성하지 못한 채 게임을 끝냈다. 늦은 시각이었지만 카지노를 빠져나가는 사람은 드물었다. 입장하면서 보았던 짧은 머리의 사내들이 저희끼리 담소를 나누고 있었다. 그들 중 한 명이 힐끔 우리를 쳐다보고는 이내 관심 없다는 듯 눈을 돌렸다. 그들의 눈에는 자신의 먹이가 누구인지를 잘 알고 있다는 여유가 넘쳤다.

「돈 필요하세요?」

누군가 그들의 말에 귀 기울일 것이다. 나와는 상관없지만.

강원도 오지로의 긴 자동차 여행이었지만 피로감은 없었다. 오히려 정신은 새벽이 되자 더 맑아졌다. 그런 상태로 방으로 돌아갈 수는 없었다. 간간히 녹차와 주스로 목을 축였는데도 시원한 맥주 생각이 간절했다. 바에 들어서자 수진의 얼굴도 한결 환해졌다. 스포츠 버리고 하기에는 고급스러운 느낌이 들었지만, 그런 짓은 상관없었다. 손님은 많지도 적지도 않았고, 대화를 나누기에 적당하게 조용한 음악이 흐르고 있었다.

밸런타인과 하이네켄을 시켰다. 수진의 선택이었다.

「땄어?」

「아니.」

「잃었어?」

「조금.」

「이상한데. 내 계산으로는 딴 것 같은데.」

「술값을 빼고 나면 그렇지.」

「술값?」

「여기서 들어가는 비용도 모두 게임의 일부로 봐야지. 가격표를 봐서 알겠지만 여기 술값 장난이 아니거든.」

「많이 변했네.」

「어떤 점에서?」

「그냥. 이것저것. 꼼꼼히 따지는 것과는 거리가 멀었잖아. 어떻게든 되겠지 주의 아니었어?」

「비슷하긴 하지만 조금 달라. 특히 돈 문제는.」

「그래? 내가 모르는 모습이 있었단 말이야?」

「부자들은 어떨지 모르겠지만, 다들 그렇잖아. 통장의 잔고가 제로가 되는 것은 피하고 싶으니까.」

「남자들은 모두 그런가? 전부 돈 타령이네.」

「…….」

갈증이 났기 때문에 첫 잔은 맥주에 타서 먹었다. 차가운 액체가 목을 타고 내려가자 귓속에 윙윙거리던 기계음이 마침내 떨어졌다. 귀에 익은 재즈 음악도 신경을 한결 안정시켜 주었다. 피아노의 중저음은 크고 푹신한 침대에 누워 있는 듯한 기분이 들게 해주었다. 카지노에 오고서 처음 느끼는 편안함이었다. 말은 그렇게 했지만 돈을 어느 정도 땄기 때문에 술값도 큰 부담이 되지는 않았다. 돈을 잃었으면 어땠을까 하는 생각이 들자 피식하고 웃음이 나왔다.

「왜 웃어?」

「그냥.」

「하긴 우스운 일이긴 해. 오빠와 내가 이렇게 다시 만나게 될 거라고는 생각해 본 적이 없거든. 이상하지 않아?」

「별로. 이유가 어쨌든 간에 넌 내가 필요해서 불러냈고, 나한테도 큰 손해는 아닌 것 같아 응했을 뿐이니까. 우연히 피서지에서 수영복 입고 민망하게 부딪힌 것과는 차원이 다르지.」

「왜 하필 수영복이야.」

「글쎄.」

「그렇게 자신이 없어?」

「그렇다고 할 수 있지. 마찬가지 아냐?」

「꼭 그렇지는 않아.」

목소리의 톤이 높았다.

「꽤 노력했단 말이야. 돈 벌어서 뭐했겠어. 시간도 남아돌고. 아이도 낳지 않은걸. 아직 미혼이라고 해도 믿는 사람들 많아.」

자조적인 웃음이었지만 명랑한 분위기를 삼킬 정도는 아니었다. 수신이 최고의 비너스 아닐지라도 그만의 매력은 분명히 있었다. 카지노에서와 달리 어둑한 조명 아래서 하얀 원피스는 훨씬 더 빛이 났고, 입술도 윤기 있게 보였다. 왼쪽 뺨을 받친 손목은 여전히 가늘었다.

「이혼 얘기 해봐.」

「그런 걸 꼭 물어야겠어?」

「하기 싫으면 안 해도 돼.」

대답 대신 수진은 맥주잔을 들이켰다.

「이렇게 대놓고 직접적으로 묻는 사람은 오빠가 처음이야.」

타인의 이야기에 주의를 기울이는 것은 여전히 힘든 일이다.

수진은 내가 경험하지 못한 결혼 생활에 대한 이야기를 들려주었다. 그는 과거의 여자 친구였지만 특별한 느낌이 들지 않았다. 타인의 결혼 생활이라는 것은 결국 시시한 이야기에 불과했다. 「그럴 수도 있겠지」라고 응답해 주는 수밖에 없었다. 실은 아무것도 모르면서.

아마 기훈 선배와의 잠자리에 대해서 설명을 했더라면 좀 더 관심이 생겼을 것이다. 페니스의 크기라든지, 들어왔을 때 느낌이 어떻게 다르다든지 하는 식으로. 당연하지만 그런 걸 물어볼 수는 없었다. 솔직히 말하면, 재미는 있겠지만 별로 듣고 싶은 이야기도 아니었다. 오히려 수진이 그런 이야기를 했다면 화를 냈을지도 모르겠다. 마음과 달리 현실에서는 교육받은 틀 속에서만 행동하는 법이니까.

술의 효과는 확실했다. 카지노로 오기 전까지 갖고 있던 긴장이 줄어들었다. 이기적이고 이성적인 체하는 나로서는 수진과의 동행이 마땅치 않았다. 잘못된 일을 하고 있다기보다는 현명하지 못한 행동이라는 생각이 제동을 걸었다. 수진과 절대 잠자리를 하지 않겠다는 이상한 다짐을 할 때부터, 일이 꼬이고 말 것이라는 예감이 들었다. 남녀 관계에서 섹스가 별 대수냐고 한다면 할 말은 없지만, 나로서는 신경이 쓰이는 문제였다. 다만 위안거리는 내가 그다지 수진과의 섹스를 그리워하지 않는다는 정도였다. 제아무리 벗어날 수 없

는 유혹이라도 과거는 과거였다. 확신이 있다면 일이 나빠질 가능성
은 그리 많지 않았다.

술병이 비어 감에 따라 그런 안도는 점차 확신으로 굳어 갔다. 카
지노라는 낯선 환경이 어깨를 굳게 했지만, 막상 경험을 하고 나니
별거 아니라는 생각마저 들었다. 살다 보면 좋든 싫든 위험을 받아
들여야 할 때도 있다.

수진은 테이블 왼쪽에 놓여 있던 냅킨 한 장을 빼내었다.
「여자가 있었어. 아마 그게 가장 큰 이유였던 것 같아.」
「짐작이지?」
「그럴 거야. 다른 사람들처럼 확인해 보고 싶지는 않았어.」
「그런 건 확실히 해두는 게 좋지.」
「어떻게?」
「나도 모르지. 하지만 짐작만으로 결정을 내릴 수는 없잖아. 어떻
게 해서든 정확히 해두는 것이 좋아.」
「그러니까 방법이 뭐냐고?」
「그렇게 집요하게 물어보면 나도 답을 못해.」
「거봐. 남들이 생각하는 것만큼 쉬운 일이 아냐. 나중엔 사람을 사
볼까도 했는데 결국엔 포기했어. 비참해졌거든. 내가 느낄 정도면
이미 끝난 거야.」
그의 판단은 옳았을 것이다. 기훈 선배는 매사에 주도면밀한 타입
이었다. 빈농 출신 모범생들이 갖고 있는 콤플렉스를 완전히 떨쳐
내지는 못했지만, 자신의 한계를 극복하려는 의지가 비범했고 생각

했던 바를 실천하는 것에도 철저했다. 변혁 운동에서의 주적은 낭만적 감상이라며 집회가 끝나고 이어지는 뒤풀이에 오래 머무르지 않았고, 술을 마시고 고함을 치는 아이들을 부정했다. 그가 얼마큼 마르크시즘을 이해했는지는 모르지만, 실천가의 행동 요령을 준수하고 자신에게 엄격했다는 점은 옆에서 지켜봤기 때문에 잘 안다. 가끔은 열정이 너무 과해, 나 같은 사람에게는 우스꽝스럽게 보일 때도 있었다. 비공개적이고 은밀한 회합을 즐겼고, 경찰의 눈을 피해 암행하는 스스로를 자랑스러워했다. 기습 시위에 나갈 때에는 눈에 보이게 흥분했고, 정보가 샐까 재차 다짐을 받았다.

사상적으로 헐렁한 나 같은 사람은 선배에게겐 믿을 수 없는 동료였다. 그는 한 번도 내게 그런 속내를 직접적으로 내비치지는 않았지만, 보안이 유지되어야 하는 1급 사항은 결코 알려 주지 않았다. 활동가로서의 행동과 학생회 간부로서의 책무는 엄격히 구별되었다. 그는 자신이 속한 자리에서 무엇을 해야 할지 정확히 알았다. 그런 점에서 보면 수배 도중 잠시나마 나에게 온 것은 아주 적절한 선택이었다. 경찰의 감시망에서 벗어나 있고, 학교 근처에 살며, 보안을 유지할 수 있는 상대로 나만 한 사람을 찾기는 쉬운 일이 아니었다. 그리고 경찰이 들이닥치지 않는 한 내가 선배를 신고할 가능성은 없었다. 게다가 나의 자취방은 수진을 제외하고는 드나드는 사람이 거의 없었기 때문에 소문이 새어 나갈 일도 없었다.

그가 내 자취방에 머무는 동안, 사적인 이야기를 제외하고는 별로 나눈 대화가 없었다. 무엇을 하며 지냈는지, 앞으로 어떻게 할 것인지에 대해서 말하지 않았다. 그의 머릿속에는 접촉하는 사람들마다 등급이 매겨져 있는지, 철저하게 그 선을 지켰다. 그에게 나는 3급 정도의 비밀을 공유할 수 있는 상대였을 것이다. 그렇다고 우리의 대화가 전부 시시껄렁한 농담만으로 채워진 것은 아니었다.

그런 선배가 여자와 바람을 피웠다면, 분명 남들과는 뭔가 달라도 달랐을 것이다. 게다가 상대가, 사랑하는 사람의 말을 잘 믿어 주는 수진이었으니, 선배에게 그런 일은 주유소에서 신용카드로 결제하는 것만큼 쉬웠을 것이다. 그의 성격으로 미루어 보아 공개적인 사랑은 재미가 반감하기 때문에 그의 애정 행각은 아주 비밀스럽고 신중했을 것이다. 그가 정치에 나서지 않는 이유도 같은 맥락일 것이다. 세상에 노출된 상태로 활동에 제한을 받기보다는, 가려진 곳에서 자신의 의도를 관철시키는 것이 그에게는 더 어울린다.

내가 이렇게 생각하는 것은 나름의 경험을 통해서이다. 나는 수진과 선배 사이에 뭔가 일이 일어났다는 사실을 한참이 지나고서야 알게 되었다. 그리고 그때는 되돌리기에 이미 너무 많은 일들이 일어난 후였다. 그렇게 감쪽같이 모를 수가 있느냐고 물으면 할 말이 없지만, 정신을 차리고 보니 한 차례의 해일이 할퀴고 난 다음의 해변이었다. 남은 것은 부서진 조각배의 파편과 깊은 바다에서 올라온 것처럼 보이는 정체불명의 잔해들뿐이었다.

「그것 말고도 일이 많았어.」
「하지만 여자 문제라면 확실히 해둘 필요가 있지 않았을까? 짐작만으로 결정을 내릴 수는 없잖아?」

「그야 그렇지. 하지만 오빠도 잘 알겠지만 자기가 하는 일을 누구
와 이야기하는 편이 아니라서…….」

술을 먹어서인지 수진의 눈동자는 한결 흐릿해져 있었다. 바에 들어
서기 전의 검은 눈동자와 비교해서 어느 쪽이 수진에게 어울리는지는
알 수 없었지만, 분명한 건 두 모습 다 나에게는 아주 친숙했다.

「그만두고, 오빠는 왜 결혼 안 했어?」

「그냥 그렇게 됐어. 너와는 상관없는 일이니까 신경 쓰지 않아도
돼.」

「말도 참 밉게 하네.」

「이제 그만 올라가자.」

「캐나다!」

수진은 생각이 났다는 듯 허공을 응시하며 짧게 탄성을 질렀다.

「…….」

「거길 내가 왜 갔는지 알아?」

「늦었다. 일어나.」

시계를 보며 보채었지만 수진은 의자에 깊숙이 몸을 기댄 채 움직
이지 않았다.

「그냥 그러고 싶었어. 이유는 나도 잘 몰라. 누군가 강하게 나를 잡
아 주면 벗어날 수 있을 것만 같았어. 뭔가 잘못될 거라는 예감이
들었거든. 그런 느낌 알지? 불안해서 견딜 수가 없었어.

어느 날 학교를 마치고 집에 가보니 낯선 아저씨가 있는 거야. 옷
도 깔끔하고 웃음도 많아서 나빠 보이지 않았는데 아저씨만 보면
자꾸 화가 나는 거야. 나중에 그 아저씨가 새 아빠가 되고 엄마는

68

행복해했는데도 화가 풀리지 않았어. 이상한 건 엄마가 죽은 다음
에도 아저씨에게 화를 냈다는 거야. 새 옷도 사주고 등록금도 대줬
는데……. 이 이야기 예전에 내가 했었지?」

「응.」

「지겨워도 참아. 이런 이야기는 오빠에게만 하는 거니까. 내가 좀
이상한 아이라는 것을 알게 된 것도 그때야. 화를 내는 방법이 공
부하는 거였거든. 속으로는 화가 많이 났는데 그걸 남들에게 보이
고 싶지 않았어. 그래서 방에서 꼼짝 않고 공부만 했어. 좀 쌀쌀맞
기는 해도 빗나가지는 않은 딸로 보였을 거야. 그때는 대학만 가
면 모든 것이 해결될 줄 알았거든. 처음엔 정말 그런 것 같았어. 내
가 생각하지 못하고 꿈꾸지 못했던 이상한 세계가 나타난 듯이 보
였어. 조금은 위험스러워 보이고 발을 조금이라도 잘못 내딛으면
떨어질 것 같이 아찔했거든. 그런 기분 알아? 조금 다르긴 한데 섹
스를 하다가 그런 비슷한 경험을 한 적이 있어. 지금은 아니지만.」

입술 끝이 자조적인 웃음으로 조금 올라갔다.

「우리 과의 지헌 선배 알지?」

아주 오랜만에 듣는 이름이라 기억해 내는데 조금 시간이 걸렸다.
그는 기훈 선배와 같은 학번으로 서클 연합 회상이었나. 기타를 살
치고 노래도 잘해서 여학생들에게 인기가 있었고, 나도 몇 번 술자
리를 함께 했던 적이 있었다. 핵심 인물은 아니더라도 운동권 내에
있던 인물이었고, 학생회에 자주 들락거려 서로 인사 정도는 하는
사이였다.

잘생긴 얼굴 탓에 여학생들과의 좋지 않은 소문도 있었다. 어이없

는 소문은 이상할 만큼 생명력이 질겨서 그를 볼 때마다 묘한 상상을 하기도 했다. 하지만 내가 직접 받은 인상은, 독일의 낭만파 시인에 정통해 있고, 그 당시 대학 내의 주류 세력에 대해 비판적인 시각을 가진 독특한 인물이라는 것이었다. 그런 그에게 운동권 학생들과 한방에 모여 집단 섹스를 한다는 멍에를 씌운 것은 좀 심한 비약이었다.

「고백은 아니지만, 그 선배를 잠시 좋아했었어. 대학에 갓 들어온 여학생에게 그런 선배는 사랑하지 않고는 버틸 수 없는 독약 같은 존재였어. 뭐랄까? 흔히 후광이 있다고 하잖아? 그런 거야. 거부하기에는 애절하고, 다가서기엔 너무 강렬한. 나 말고 선배를 좋아한 아이들이 많았어. 대부분 짝사랑으로 끝나고 말았지만.」

「그 선배가 인기 있다는 소문은 들었던 것 같아.」

「그건…… 일반적인 것과는 좀 달라. 정확하게 표현은 못하겠지만, 접근하지 못하는 것에 대한 동경 같은 거야. 그냥 잘생기고 멋있어서 좋아하는 것이 아니거든. 어릴 적에 젊은 남자 스님을 보고 나서 나도 스님이 되어야겠다고 마음먹는 것과 비슷해. 결론은, 이루어지지 않는다는 거야. 여자들은 이상하리만치 그런 것에는 감이 빨리 오거든. 저 사람에게 빨려 들어가서는 안 된다, 그렇게 다짐하면서도 막상 그를 보면 감전이 되는 거지. 그의 눈을 통해 세계를 보고 그곳에서 일어나는 일에 몸서리를 치는 거야.」

「무슨 소리야?」

「그럴 거야. 오빠 같은 사람은 절대 이해 못해. 그 사람 앞에 서면 곧 세상이 무너질 것 같은 착각에 빠져 들어. 그래서 모든 것을 버리고 싶은 유혹에 빠져.」

「히피 비슷한 거야?」

「아냐.」

「……」

「그건 유혹이야. 두려운 유혹. 저 사람과 함께 있다가는 파멸하고 말 것이라는. 하지만 쓰러져 가는 마지막 잔영이 너무 아름다워 쉽게 발을 뗄 수가 없어. 그래서 안절부절못하고. 청춘, 자유, 이상, 초월, 사랑 같은 형이상학적 단어에 감염되고 알 수 없는 열병에 이르는 거야.」

「히피 맞네.」

「하지만 결국엔 죽음을 생각해.」

수진은 내 말을 무시하고 말을 이어 갔다.

「인간은 모두 죽는 거니까.」

「그 선배가 그렇게 대단한 사람인 줄 몰랐는데.」

수진은 남아 있던 맥주를 길고 느리게 마셨다. 맥주잔을 내려놓았을 때는 한결 기분이 좋아진 것 같았다.

「그런 걸 '첫사랑'이라고 불러.」

「……」

「장대비가 내리는 밤이었어. 6월이었는데도 꽤 더워서 문을 열어 놓고 있었거든. 처음에는 남자 아이들도 끼어 있었고, 한방에 들어가기에는 사람들이 많았어. 그래서 그랬는지 처음으로 정신이 몽롱해질 정도로 술을 먹었어. 그런데 정신을 차리고 보니까 방 안에 나와 친했던 여학생 둘과 선배만 남아 있는 거야. 좀 이상한 밤이라는 생각이 들긴 했지만, 열린 문으로 빗소리가 마당을 때리고 있었기 때문에 불안한 느낌은 들지 않았어. 여자들은 가끔 온몸에 힘이 탁 풀려 버릴 때가 있는데 그날이 그런 날이었어. 무슨 말인지 알아? 아무튼 쓸쓸하기도 하고, 처량한 것 같기도 하고, 로맨틱한 것 같기도 한 그런 느낌이 뒤섞인 밤이었어.」

「술 탓은 아니고?」

「좀 진지하게 들어줘. 낮 동안 힘든 토론을 했기 때문에, 그때의 불안이 남아 있었어. 오빠도 잘 알겠지만 '이러다 정말 잘못되는 거 아냐?' 그런 생각이 드는 거지. 신입생이었으니까 혁명이니 타도니 하는 단어에 거부감이 생기지 않을 수가 없잖아? 아직 뭐가 뭔지 모르겠는데, 선배들이 너무 급한 거야. 세상이 당장에라도 무너질 것처럼 행동했어. 불을 켜기만 하면 불꽃이 타오를 것처럼. 그런 사람들 틈에 끼어 있다 보면, 오히려 지헌 선배 같은 사람이 더 믿음직해 보일 때도 있어. 회의적이고 염세적이지만 그런 점이 사람을 더 끌거든. 여자 선배 한 명이 지헌 선배를 조심하는 게 좋을 거라는 충고를 했었는데 순수한 의도는 아니었었어. 그 선배 누구보다 지헌 선배에 대해 비판적이었거든. 그런데 나중에 지헌 선배를 짝사랑한다는 소문이 도는 거야. 그때 내가 무슨 생각을 했는지 모르겠지만 술에 취해 누워 있는 선배 곁으로 가서 옆에 누웠어.」

「둘만 남았어?」

「아니. 여학생 둘도 있었지. 지금 생각하면 완전히 미친 짓이지만, 별로 이상한 행동도 아니었어. 내 행동이 얼마나 자연스러웠는지 선배나 남아 있던 친구들도 전혀 어색해하지 않았거든. 누군가 노

래를 불렀는데 마치 아이가 처음으로 자장가를 듣는 그런 느낌이
었어. 그래서 난 선배에게 팔베개를 해달라고 했어. 아주 깊은 잠
에 빠져 들 것처럼.」
「평범한 밤은 아니었겠군.」
「맞아. 이런 이야길 오빠에게 하다니 나도 정말 제대로 미쳤어.」
하지만 수진의 얼굴에 후회의 감정은 보이지 않았다.
「시간이 흘렀고 잠에서 깨어났을 때, 솔직히 말하면 잠든 척했을
뿐이지만, 방 안에 선배와 나만 남았던 거야. 열려 있던 문은 닫혔
고, 아직 비는 그치지 않았는지 창문 사이로 빗소리가 들려왔어.
아마 그때 빗소리가 아니었으면, 숨이 막혀 죽었을지도 몰라. 방 안
에는 먹다 남은 과자 부스러기와 술병들이 어지럽게 널려 있었어.」
「그렇게 낭만적인 분위기는 아니었겠는데.」
「몰라. 하지만 가슴이 뛰기 시작하는데 도저히 멈추지 않는 거야.
머리도 어지럽고 이제 뭘 어떻게 해야 하나 생각하려 해도 선배의
숨소리가 자꾸 끼어드는 거야. 일어나려고 했지만 온몸에 힘이 빠
져나가 고개조차 들 수가 없었어. 그렇게 버둥대는 순간에 선배가
깨어난 거야. 잠시 동안 선배는 어리둥절한 표정이었어. 하지만
거의 울고 있는 나를 보고는 쓱 안아 줬어. 부끄럽기노 했시만, 너
무 고마워서 가슴에 머리를 깊이 파묻었어. 그리고 아주 오랫동안
그 상태로 있었어. 선배는 움직이지 않았고 이대로 죽어 버린 것
은 아닐까 하는 정도로 감각이 없었어.」
「흠…….」
나도 모르게 낮은 한숨이 나왔다. 수진의 이야기를 제대로 따라

가지는 못했지만 내버려 두었다. 세상엔 그보다 더한 이야기가 얼마든지 있으므로 따지고 들 문제는 아니었다.

「하지만 그런 상태도 곧 깨졌어. 선배의 손이 청바지 단추를 열고 있었거든. 난 저항도 하지 못하고 선배의 팔을 쥐고만 있었어.」

「그만 하면 안 돼?」

「왜? 난 지금 굉장히 용기를 내서 말하는 거야.」

수진이 황당한 표정을 지었기 때문에 괜히 미안한 마음이 들었나.

「미안해, 계속해.」

「손에 힘이 들어가지 않아서 거의 무방비 상태였어. 그리고 이건 내가 자초한 일이라는 생각이 들자 아예 포기해 버렸어. 선배의 손이 팬티 위로 올라온 것이 느껴졌고, 뭔가 일이 잘못되고 있다는 생각이 들었어. 하지만 아무것도 할 수가 없었어. 두렵기도 하고 부끄럽기도 한 어정쩡한 상태가 된 거야. 왜냐하면 내가 꿈꾸던 사랑은 그런 것과는 거리가 멀었거든. 눅눅한 자취방에서 술에 취한 상태로 제대로 씻지도 못하고, 아무튼 최악이었어. 선배를 좋아했지만, 내가 사랑했던 선배의 모습은 좀 더 초현실적인 거였어. 보들레르를 읽고 라흐마니노프를 듣는. 그래서 좀 화가 났어. 내가 원하는 게 이런 거였나……. 도무지 이해할 수 없었어.」

「결국 같이 잔 거야?」

「아니. 처음의 흥분 상태와는 달리 끝은 너무 시시했어. 그냥 그것이 끝이었어. 크고 딱딱하던 손이 차갑게 식었어. 그리고 내 뺨과 머리칼을 어루만졌어. 그 손은 잊어버렸던 아버지의 손길 같기도 했고, 냉정히 질책을 하던 엄마의 눈길 같기도 했어. 맥이 풀리기도 하고 다행이다 싶어 눈물이 나왔어. 선배는 눈을 감았고, 잠을 자려는 것 같았어. 마치 아무 일도 일어나지 않은 것처럼.」

「…….」

「왜 그렇게 된 건지 나도 몰라. 하지만 남은 건 현실이었어. 그냥 선배 곁에 누워 있을 수만은 없었거든. 한참 동안 선배가 잠들길 기다렸어. 그리고 청바지의 단추를 잠그고, 조용히 일어나 밖으로 나왔어. 여전히 비는 내렸는데 우산이 없었어.」

「처량했겠네.」

「그래. 정말 바보 같았어. 그러고는 완전히 젖어 버렸지. 멀지 않은 친구의 자취방으로 가는 길이 그렇게 긴지 정말 몰랐어. 비가 내려서 일부러 눈물을 훔치지 않아도 되었던 걸 빼고는 정말 엉망이었어.」

「별로 기억하고 싶지 않겠네.」

「응.」

엘리베이터를 타면서부터는 의도적으로 좀 전에 있었던 게임에 대해서만 생각했다. 룰렛과 주사위 그리고 슬롯머신까지. 수진의 이야기는 충격적인 것도 아니었는데 카지노에서 빌어난 일들을 비현실적으로 느껴지게 하였다. 미처 교환하지 않은 카지노 칩들이 그나마 현실감을 주었다. 왜 이제야 그런 이야기를 한 건지 알 수 없었다. 남자 친구의 첫 경험 이야기를 듣는 것과는 질적인 차이가 있었다. 알기로는 내가 수진의 첫 남자였다. 증명할 수는 없지만 알 수 있다. 중요한 건 아니지만.

눈을 감았는데도 팬티 차림의 수진이 이불 속으로 들어가는 장면이 생생히 보였다. 침대는 딱딱하지도 지나치게 푹신하지도 않게 적당했고, 깊은 잠을 잘 수 있을 것 같은 기대를 주었다. 긴 비행을 마친 독수리가 지친 몸을 누이는, 절벽 사이에 마련된 둥지 같은 느낌으로, 아찔함은 있었지만 불청객이 날아오지는 않을 거라는 안도감도 있었다.

「그 선배 소식은 들었어?」

「응. 바다가 보이는 도시에서 학원을 하고 있대. 꽤 성공했다고 들었어. 이상한 일이지? 사람이 사는 것은 모두 비슷한 건데. 그 이야기를 듣는 순간 화가 났어. 나와는 전혀 상관없는 사람이 되었는데도 속았다는 느낌이 들었어.」

「……..」

그냥 학원이면 학원이지 왜 하필 바다가 보이는 학원일까?

「하지만 시간을 되돌릴 수만 있다면 다시 한 번 그때로 돌아가고 싶어. 그럼 나도 파도가 일렁이는 도시에서 아이들에게 영어를 가르치고 있을지도 모르잖아? 그렇게 생각을 하니까, 화가 조금 풀리는 거야. 나 좀 이상하지?」

「……..」

과거로 돌아가는 일은 원칙적으로 불가능하므로 나는 수진이 아이들에게 영어를 가르치는 장면 따위를 그려 보는 일은 하지 않았다. 그리고 건너편 침대에 누운 인간의 온기에 대해서도 생각하지 않기로 했다. 깊은 잠에 빠져 들 수 있을 거라는 기대는 예상 외로 맞아떨어지지 않았다.

3

마이클 조던은 CBS의 〈60분 쇼〉에 출연해 도박으로 멍청한 짓을 했음을 인정했습니다. 하지만 도박으로 생활과 가족을 위험에 처하게 하지는 않았다고 했습니다. 조던은 그의 도박벽이 살벌한 경쟁과 관련있다고 말했습니다. 하지만 그는 넘어서는 안 되는 선을 넘은 것을 인식했다고 하는군요.

「그건 정말 난처한 일입니다. 평생을 두고 후회할 일이죠. 거울을 보며 이렇게 말하게 되죠. 바보 같은 놈.」

농구의 황제, 조던의 고백이었습니다.

아침은 룸서비스로 대신했다. 점심을 먹어야 할 시각이었으므로 샌드위치 대신 한식을 시켰다. 샤워를 하고 양치질과 면도를 하는 동안 식사가 배달되었다. 수진은 주홍빛 라운드 티셔츠와 테니스용 흰색 반바지 차림이었다. 별다른 격식을 갖춘 것은 아니었지만, 캐나다의 모텔에서 속옷 차림으로 마주 앉아 라면을 먹던 때와는 확연히 다른 느낌이었다. 어느 쪽이 더 좋은 것인지는 모르겠다. 비교하는 것 자체가 우스운 일이다. 시간이 흐르면 살아 있는 모든 것은 변화에 적응하는 것이 자연의 섭리다.

방은 처음에 느꼈던 낯설음을 털어 버린 상태였다. 여기저기 수진과 내 물건들이 널브러진 우리만의 공간으로 완전히 변해 있었다. 수진의 가방에서 쏟아져 나온 물건들은 조금 이질적인 느낌을 주었다. 예전에 비해 좀 더 값이 나가 보이고 섬세하고 강렬한 빛으로 변해 있었다. 하지만 상상력의 테두리를 벗어날 정도는 아니었기 때문에 눈길이 오래 머무르지는 않았다.

간밤에 뜻하지 않은 이야기를 들려준 것에 비하면 수진은 차분한 얼굴을 하고 있었다. 내가 수진에게서 보기 원했던 얼굴과 표정, 몸짓이었다. 시간의 흐름 앞에 무너진 개울둑처럼 새로운 흐름과 깊이가 생겼지만 애틋한 향수의 근원을 싹둑 잘라 버린 것은 아니었다. 위험한 신호였다. 자칫하면 엉뚱한 길로 빠질 수 있다.

식사를 먼저 마친 수진은, 치약을 손에 들고 욕실로 들어가면서 아침 인사를 했다.

「처음 여기로 오자고 했을 때는 내가 미쳤다고 생각했어. 그런데 지금은 오빠가 미쳤다는 생각이 들어.」

호텔 방은 금연이었지만 개의치 않고 담배를 꺼내어 물었다. 담배가 떨어졌기 때문에 수진의 말보로 라이트를 집었다. 빈 맥주 캔에다 꽁초를 넣을 때쯤 수진이 욕실에서 나와서 화장대 앞에 앉았다.

「바로 내려가는 거야?」

「아니.」

「그럼?」

립스틱을 들고서 수진이 돌아보았다.

「수영장 가자. 수영복 가져왔지?」

「그렇긴 한데. 왜?」

「카지노에서 최대의 적은 서두르는 거래. 운동을 하며 생각을 정리해 두는 것이 좋을 것 같아.」

짧게 인상을 찌푸렸지만 수진은 이내 환한 웃음으로 답했다.

「좋아. 재앙을 잠시 미룬다고 해서 문제될 것은 없겠지?」

수진은 갈비탕을 먹던 때와는 달리 한결 가벼워진 몸짓으로 가방을 뒤적였다. 브라운 바탕에 붉은빛과 황금빛 적도의 꽃이 새겨진 비키니였다.

수영장에 간 것은, 단순히 그동안 읽었던 책에서 얻은 충고를 따르기 위해서만은 아니었다. 일반적인 사고를 하는 사람이라면 도박사들이 해주는 조언을 그대로 믿고 따르지는 않을 것이다. 사기라고 몰아붙일 필요까지는 없겠지만, 그런 정보를 100퍼센트 확신한다는 것은 전혀 교육받지 않은 어린아이거나 살아오면서 한 번도 타인의 말에 속아 보지 않은 사람일 것이다. 조금 양보한다면, 워렌 버핏의 자서전을 읽고 그가 제안한 투자 원칙을 좇아 주식 투자를 한다고 해도 성공이 보장되지 않는다는 정도다. 물론 주식 투자를 해보지 않은 사람으로서 확인해 볼 수 있는 사안은 아니다. 아무튼 그런 일이 일어났다는 보고가 흔하지 않은 것은 분명하다. 더구나 순전히 운에 의지해야 하는 도박일 경우는 말할 것도 없다.

내 생각이 어떠하든 수영장은 텅 비어 있었다. '모두들 카지노에 가버렸다'라고 생각할 수밖에 없었다.

비키니를 입었지만, 수진의 수영은 한가로이 노는 것과는 정반대였다. 힘차게 점프를 해서 물속에 들어간 후, 한 번의 휴식도 없이 계속 수영을 했다. 내가 열 바퀴를 돌고 풀에서 나왔을 때도 수진은 물속에 있었다. 20미터 레인은 본격적인 수영을 하기에는 짧았다. 수진은 수면 위로 고개를 내미는 것을 최대한 억제한 채 앞으로 나아갔다. 주변에 물이 거의 튀지 않았기 때문에 언뜻 보면 풀이 비어 있는 것처럼 보였다. 옆에서 같이 보조를 맞출까 하다 타월을 놓아둔 의자로 돌아가 길게 다리를 뻗고 누웠다. 방금 물속에서 나왔지만, 실내 온도는 추위가 느껴지지 않을 정도로 적당했다. 그렇게 얼마 동안 수진이 수영하는 모습을 지켜보기만 했다. 그것이 지겨워지자 두 가지의 가능성에 대해 상상해 보았다. 카지노에서 한 번쯤은 해볼 만한 상상이었다.

첫째, 한계를 뛰어넘어 넘치는 부를 획득한다.

둘째, 현재 하는 일에 최선을 다하여 밑바닥으로 떨어지지 않는 것에 만족한다.

그것은 동전의 양면이나 주사위처럼 동일한 확률을 갖고 있는 것이 아니다. 따라서 동일한 선상에 놓고 그런 가정을 한다는 것 자체가 위험천만이었다. 또한 어떤 것이든, 선택을 한다고 해서 예정된 결론에 이른다는 보장도 없었다. 후자의 경우조차 어쩌면 세 번째 가능성으로 인해 실행 불가능해질 수도 있었다. 마지막은 별로 그려 보고 싶지는 않지만 이런 것이다.

셋째, 평생 가난을 업고서 홀로 쓸쓸히 죽어 간다.

하지만 카지노 호텔의 수영장에서 그런 비참한 상상을 할 필요는 없었다. 가능성이 있다고 해서 그것에 발목이 잡힌다면, 누가 상상 따위를 할 것인가. 딜러가 블랙잭을 잡든, 룰렛 공이 제로나 더블 제로에 떨어지든, 세 개의 주사위가 트리플이 되든 상관없는 것이다. 그것이 무서우면 무대에 오르지 않거나 링 밖으로 나가면 된다. 겁을 내면 승패는 이미 결정되었다고 봐야 한다.

첫째, 엄청난 부를 획득한다.

시시콜콜한 과정은 생략한다. 로또 대박을 맞든, 주식으로 한 건을 하는, 뜻하지 않은 곳에서 어마어마한 유산을 받든 상관없다. 내게 돈을 버는 소질이 있어서 하는 일마다 성공을 거두고 매일 은행에 돈을 예금하러 가는 황당한 상상이라도 괜찮다. 그래야만 제대로 된 망상이며 헛된 공상이 되는 것이다. '어떻게?'라는 질문에 대한 대답은 미루어도 된다. 내가 뽑은 제비는 이미 부를 획득했기 때문이다. 고민해야 할 문제는 과연 그런 큰돈으로 무엇을 할 것이며, 내 인생에 어떤 변화가 일어날 것인가이다. 어리석어 보일지는 몰라도 그런 질문에 정확한 답을 할 수 있다면, 그런 '경우의 수'를 잡을 확률도 높아질 것 같은 느낌이 든다.

'돈이 주체할 수 없을 만큼 넘쳐 난다면 내 인생이 바뀔까?'

오래 생각할 필요도 없이 대답은 '예스'다. 일단 외적인 변화가 일어날 것이다. 자동차를 살 때 굳이 연비를 따지지 않아도 되고, 옷을 선택할 때에도 가격표는 보지 않는다. 머리에서 발끝까지 명품으로 휘감을 필요는 없겠지만, 인파로 넘쳐 나는 백화점의 바겐세일에 가지 않아도 된다. 이도 저도 귀찮으면 연예인처럼 세련된 코디네이터를 두고 사는 것도 괜찮다. 호텔에서 식사하는 것이 싫증 나면 전담 요리사를 구하면 된다. 최고의 가정식 요리 전문가로. 부동산 경기가 좋든 안 좋든 상관없이 제일 높고 가장 넓은 곳에 집을 마련한다. 전기세 따위는 말 그대로 껌 값이니까, 전력 소비량이 높은 최고 품질의 냉장고와 에어컨, TV를 놓는다. 홈시어터를 만들고, 교양미를 뽐내기 위해 이태리산 책장에 하드커버의 책을 채운다. 살아 움직이는 것이 옆에서 거치적거리면 짜증 나니, 내 마음을 제대로 알아주는 일제 로봇을 애완동물 대신 키운다. 왜 하필 일제지? 제일 비쌀 것 같으니까. 뭐 대충 그 정도인 것 같다. 그리고 가장 중요한 것이기도 한데 일 따위는 하지 않고, 그냥 빈둥거리며 놀러 다니는 것으로 일생을 허비하는 것이다. 그것만으로도 엄청난 변화다. 점쟁이가 사주로 뽑아 준 '아침은 파리에서, 저녁은 뉴욕에서'의 인생을 사는 것이다.

그러나 이런 상상조차도 한계는 있다. 이제껏 부자로 살아 본 적이 없고, 그들의 삶에 호기심을 갖지 않았으므로 구체성이 부족했다. 단지 유럽산 가구, 호화로운 여행, 값비싼 자동차 등으로 뭉뚱그릴 수밖에 없었다. 부자들은 디테일과 유니크를 따지는 인간들이다. 하지만 그런 세세한 것은 돈이 있고 여유가 있다면 자연스레 따라와 줄 테니 시간이 흐르기만 하면 된다. 이를테면 두바이에 가서「부르즈 알 아랍(Burj AL-Arab)의 스위트룸은 어딘지 모르게 기름 냄새가 난단 말이야」라며 있는 체하면 된다.

　그 정도면 외양의 변화는 충분하다. 다음은 내면의 문제. '과연 나는 변할 것인가?' 이번 질문에도 답은 단번에 나왔다. '예스'다.
　우선 욕구 충족부터.
　나는 사랑 따위를 구걸하지 않는다. 이게 제대로 된 건지는 모르겠지만, 그리고 많은 부자들이 찬성하지 않을지도 모르지만, 상상으로는 그럴 것 같다. 패륜아처럼 질펀한 섹스 파티를 즐기지도 않겠지만 적어도 욕구를 풀 수 없어 힘들어할 필요는 없을 것이다. 결혼은 해도 좋고 안 해도 좋다. 핵심은 언제나 여자가 있다는 것이다. 호화로운 식탁에 빠져서는 안 될 꽃처럼, 허전한 벽면을 가려 줄 거장의 그림처럼 그곳에 있어야 한다. 그게 무슨 내면이냐고 한다면 대꾸하고 싶지 않지만, 사랑은 어디까지나 추상적이고 관념적인 것이다. 여자와 자는 것은 내면의 문제라고 나는 믿는다.

　마지막으로 정치의 문제다. 사실 이런 문제는 내가 바라는 부자의 관점에서는 고려해야 될 대상이 아니지만 현실이 현실이다 보니 생각하지 않을 수 없다. 많은 부자들이 곧 정치에 관여하는 현실을 나만 외면할 수는 없다.

'그들은 왜 정치에 관여하는가?' 이번에도 답은 의외로 간단히 나왔다. '지키기 위해서다.' 골을 넣는 것도 중요하지만 승자가 갖추어야 할 필요조건으로 반드시 두꺼운 방패막이 필요하다. 개인적으로는 이탈리아의 빗장 수비 '카테나치오'를 경멸하지만, 그것 때문에 이탈리아는 위대한 팀이 되었다. 현대 야구에서 마무리 투수의 중요성이 점점 높아지는 것도 같은 맥락이다. 화수분이 있다면 모를까, 어느 정도에 이르게 되면 수성(守成)이 더 강조될 것이다. 따라서 싫든 좋든 정치에 참여해야 된다. 인간은 타인의 행복과 운을 부러워하지만 존중해 주지는 않는다. 돌아서서 시기하며 공평하지 않다고 불만을 터트리는 사람들이 그렇지 않은 사람들보다 많을 것이다. 그들은 내가 한눈을 파는 사이에 조직화해 내 것을 빼앗으려 들 것이다. 이건 달콤한 상상 속에서도 끔찍한 일이 된다. 그들의 모욕과 경멸을 받고자 부자가 되려는 것은 아니다. 아니, 그 정도에서 그치면 그래도 다행이지만, 강제적인 힘으로 내 것을 뺏으려 든다면 모든 수단과 방법을 동원해서 막아야 한다. 그런 점에서 본다면, 자본주의 제도 밑에 살고 있다는 것은 다행이 아닐 수 없다. 어느 날 자동차로 수류탄이 날아들고 배고픈 인간들이 떼거지로 몰려와 먹을 것을 내놓으라고 아우성을 친다면, 재즈를 들으며 최고급 프랑스산 와인을 먹는 것이 불가능해진다. 그렇다고 막무가내로 그들을 무력으로 제압할 수도 없다. 그런 시대는 끝났다. 이른바 타협의 시대인 것이다.

따라서 정치에 의지해야만 한다. 상식적이고 지각이 있는 우리 편을 될 수 있는 한 많이 만들어야 한다. 세련되고, 사람들에게 정체가 쉽게 밝혀지지 않을 인물이면 더욱 좋다. 내가 직접 정치에 나설 필요는 없다. 불필요한 스포트라이트를 받는 것은 지킬 것이 많은 사람에게는 금기 사항이다. 얼마의 돈과 명예를 갈구하는 인물은 흔하다. 그들이 대중을 교육시키고 제도를 정비하여 튼튼한 성을 쌓는 것이다. 내가 할 일은 넘쳐 나는 돈의 일부를 그들에게 나누어 주는 것이다. 많은 에너지를 '소비하는 자'가 더 많은 돈을 지불해야 하는 것은 당연한 일이다.

역시 돈이 많다는 것은 여러모로 유용하다. 그것은 나를 완전히 다른 인물로 변화시킬 것이며 새로운 세상으로 인도해 줄 것이다.

일단 변화가 일어나면 과거에는 불가능했던 일이 가능하게 되고 부정은 긍정이 된다. 그것이 바람직한 모습인지는 따져 볼 필요가 없다. 그런 일을 하는 동안 세상은 저 멀리 달아나 버린다. 꿈이 항상 달콤하지는 않지만 자의적인 상상 속이라면 거추장스러운 것은 모두 던져 버릴 수 있다. 제대로 된 상상은 논리와 이성에 개의치 않고 합리성을 따지지 않는다. 나는 얼마간 그런 상상을 즐기기로 했다.

「사는 거야?」

눈을 뜨니 비키니 차림의 수진이 젖은 머리를 털고 있었다.

「부자가 되는 상상을 했어.」

「오빠가?」

「그럼 안 돼?」

수진은 대답 없이 옆 의자에 앉았다. 타월을 둘렀지만 남아 있던 물이 머리칼을 따라 목과 가슴 사이로 흘러내렸다. 입술은 루이지애나 호수의 에메랄드 빛이었다. 손을 뻗어 공기를 확인해 보았다. 바람도 없었고 온도 역시 변함없었다. '왜 추위를 타는 걸까?'

수영장에 들어온 지 꽤 시간이 흘렀지만 아무도 나타나지 않았다. 안전 요원도 보이지 않았다. 아마 모니터로 누군가 우리를 지켜보고 있을지 모른다.

「좋았어?」

「뭐가?」

「상상.」

「글쎄. 좀 진부한 것 같아. 처음엔 꽤 재미있었는데 이것저것 사려다 보니 뭘 아는 게 있어야지. 돈을 쓰는 것도 쉬운 일은 아닌 것 같아.」

「예를 들면?」

「음…… 서울에서 가장 비싼 아파트가 어딘지도 모르겠고 옷 가게도 그렇고 자동차도 그렇고. 뭐 그런 거지. 세금을 어떻게 빼돌릴지도 잘 모르고.」

수진은 불분명한 미소를 지었다. 다행스러운 것은 부정적인 웃음이 아니란 거였다.

「그래서 오빠는 부자가 못 되는 거야. 부자들은 돈을 쓰는 것보다 돈을 버는 데 관심이 많은 사람들이거든.」

「정말?」

「정말.」

이상한 일이었다. 하지만 수영장에서 나누는 대화치고는 꽤 어울린다는 생각이 들었다. 건강에 도움이 되는 비타민이나 영양제가 무엇인지, 지난 올림픽 수영 부문에서 독일이 몇 개의 메달을 획득했는지, 그런 대화보다는 훨씬 재미있다.

「추워. 따뜻한 곳으로 가자.」

타월을 두른 채로 수진이 일어났다. 수영복에 눌려 있던 물이 허벅지와 종아리를 타고 흘렀다. 물 탓일까? 예전보다 종아리가 가늘어진 것처럼 보였다.

나는 수진에게 부자들의 그런 행동은 모순이라고 말해 주고 싶었다. 부자들의 신화를 그대로 믿어서는 곤란하다고. 돈을 많이 버는 것과 돈을 많이 쓰는 것에는 단절이 있을 수도 있겠지만, 결국 문을 나서면 같은 자리라는 것을. 하지만 내게 그런 말을 할 자격은 없었다. 곁에서 부자와 함께 살아 본 사람이 하는 말인지라, 나의 허황된 가정에서 출발한 상상 따위는 무시당하는 것이 당연했다. 그리고 확률적으로 볼 때 수진의 말이 옳을 것이다. 이유는 모르겠지만 그런 기분이 든다. 하지만 왜 수진의 추위가 나에게까지 전염되는 것인지는 잘 모르겠다.

수영장과 사우나가 함께 있었기 때문에 따로 거리를 옮겨야 할 필요는 없었다. 습식 사우나의 문을 열자 뜨거운 열기가 밀려왔다. 수영복을 입고 있는 것이 불편했지만 아무도 없다고 벗어 버릴 용기가 있는 것도 아니었다.

수진은 내 허벅지 위에 머리를 올리고 눈을 감았다. 긴 비행을 마친 새가 지친 날개를 퍼덕이며 둥지에 풀썩 내려앉는 듯한 동작이었다. 그러고는 몸을 비틀더니 가슴에 있던 수영복을 벗어 바닥에 내려놓았다. 강렬한 빛을 지닌 적도의 꽃은 사우나에는 어울리지 않는 것일까? 천장에 카메라가 있을까? 상관없는 일이었다. 이마에 땀방울이 맺힐 때까지 기다려 보기로 했다. 눈을 감고 다음 상상을 해보았지만 좀처럼 집중이 되지 않았다. 수진의 가슴 탓이 아니라 떠오르는 게 아무것도 없기 때문이었다.

둘째, 현재 하는 일을 계속한다. 어쩔 수 없이.

예측할 필요도 없다. 나의 노동이 대단하지는 않지만 누군가 그것을 필요로 할 것이고 그 보상으로 생활을 한다. 결혼이라든지 자식 문제라든지 그런 건 생각할 필요가 없다. 그렇게 살아왔고 앞으로도 그렇게 살면 된다. 기분이 나면 투표를 하고, 그렇지 않으면 곁에 있는 사람과 논다. 저축을 하고, 적당히 소비를 한다. 외로울 때도 있을 것이고 그렇지 않을 때도 있을 것이다. 아침에 일어나고, 밤에 잠을 잔다. 피곤할 때도 있지만 가끔 운동도 한다. 직장 상사에게 지적을 받고, 후배들에게 믿을 수 없는 사람이라는 말을 듣게 된다. 그것은 위기일 수도 있고 전화위복이 될 수도 있다. 상관없다. 상승을 기대하지 않는 대신 급격한 추락도 없다.

운이 나빠 출근길에 성수대교가 다시 붕괴될 수도 있다. 살 수도 있고 죽을 수도 있다. 하지만 아침에 집을 나설 때 그런 걱정은 하지 않는다. 내가 어떻게 할 수 있는 문제가 아니다. 누가 대신해 줄 수 있는 것도 아니다. 내가 던진 주사위가 아니기 때문에 큰 숫자가 나오든 작은 숫자가 나오든 아쉬움은 없다. 다만 수진처럼 누군가 갑자기 끼어들면 조금 곤란하긴 하다. 그렇다고 크게 달라질 것 같지는 않다. 서스캐처원 평원에도 가끔은 언덕이 나타난다. 그렇다고 바람이 영향을 받는 것은 아니다.

처음 사우나에 들어설 때의 열기는 시간이 흐르면서 자연스레 가라앉았다. 바다에 빠진 동전이 밑바닥으로 떨어지듯 조금씩 깊이를 더해 갔다. 감겨 있는 눈 속의 어둠도 점점 깊어진다는 생각이 들었다. 얕은 늪이 여기저기 있지만 고요해진 사방에는 낮은 풀들이 발걸음을 옮길 때마다 규칙적인 소리를 낸다. 하늘에 있는 새는 높게 떠서 내려오지 않는다. 왔던 길을 되돌아가도 새로운 길이 나타난다. 누군가 버려 놓은 물건들이 발끝에 채이기는 하지만 큰 소리를 내지는 않는다.

「오빠, 나 사랑했었어?」

꿈을 꾸듯 수진의 목소리는 낮고 깊었다. 눈을 감고 수증기가 뿜어지는 소리에 깊이 빠져 본다. 그렇게 하면 바다로 가는 길을 찾을 것도 같다. 온몸이 땀에 젖었을 때 눈을 떴다. 수진의 가슴에도 땀방울이 맺혔다. 이마에 올린 팔에도 땀줄기가 흘러내렸다. 한동안 그런 수진을 내버려 두었나.

이제 추위가 사라졌다.

그렇게 생각하자 안심이 되었다. 우리가 빠져나오자 수영장은 다시 텅 비었다. 무대에 오를 시간이 되었다.

4

도박을 직업으로 하는 것은 때로는 상당히 피곤하다. 여기저기서 궁금해하는 사람들이 생겨나고 조언을 구하지만 대부분은 의심과 불신으로 관계가 끝이 난다. 사람들이 믿어 주지 않는다는 점이 내가 이 세계에서 살아갈 수 있도록 만들어 주지만, 그들의 편협한 세계관을 대할 때는 어쩔 수 없이 화가 난다.

하지만 그보다 더 곤란한 것은 나를 동업자로 여기는 자들이다. 그들은 나의 화려한 이력을 알고 겉으로는 존경의 예를 표하지만, 돌아서서는 부러움과 시기가 뒤엉킨 감정으로 나를 깎아내리는 데 열중한다. 때로는 그것이 피할 수 없는 칼이 되어 돌아오기도 한다. 몇 해 전 같은 테이블에서 게임을 했던 사내가 라스베이거스 근교의 주차장에서 사체로 발견되었다. 뇌의 절반이 함몰되어 그 자리에서 즉사했다. 유서가 발견되지는 않았지만 자살이 명백했다. 경찰은 일찌감치 수사를 종결했고 장례를 허락했다. 지역 신문에서는 너무 흔한 일이라 그 사건을 단신으로만 보도했다. 경찰이 찾아오지 않았으면 나 역시 관심을 둘 사건이 아니었다. 하지만 운이 없게도 그의 수첩에서 내 이름이 나왔다.

'그가 속임수를 쓰는 것 같다'라는 짧은 문장을 두고 경찰은 꽤나 끈질기게 나를 추궁했다. 자살 사건에는 관심이 없다는 듯, 엉뚱한 질문만을 퍼부었다. 결국 속임수를 알고 싶으면 매니저 '빅 엉클'을—노년에 접어든 데이비드 씨는 아직도 서너 군데의 카지노 고문을 맡고 있다—찾아가 확인해 보라고 답해 주었다. 경찰 중 한 명은 자신과 함께 게임을 해보자는 제안까지 했다. 시간이 흐르면서 묻혀 버렸지만 내 명성에는 꽤 많은 흠집이 났다. 소문을 들은 몇몇 카지노가 나의 출입을 막기도 했다. 이후 오해는 풀렸지만 본의 아니게 휴업을 해야만 했다

　　……

카지노 도박은 본질적으로 손님들 간의 전쟁이다. 그들이 없으면 판을 벌리지 못한다. 수익이 나는 구조는 아주 명료하기 때문에 카지노는 매출에만 열을 올리면 된다. 누가 이기든 누가 거지가 되어 길바닥에서 주검으로 발견되든 상관하지 않는다. 많은 사람이 오랫동안 게임을 하기만 하면 카지노는 백전백승이다. 그래서 무수히 생겨난다. 어떤 부류는 게임을 카지노라는 공룡과의 싸움이라고 착각하고, 또 다른 부류는 옆 사람이 이기면 자신이 이길 확률이 줄어드는 것으로 착각한다. 이 점이 카지노 도박을 더 어렵게 만든다.

피곤한 일이다.

얼마 전 수소문 끝에 그의 무덤을 찾아서 꽃을 두고 왔다. 저승에서

는 나를 의심하지 않기를.

– 라스베이거스 전설, 스티브 핀, 《엄격한 베팅》

방에서 옷을 갈아입고 카지노로 내려갔다. 수진은 벨트가 없는 느슨한 면바지에 나이키 운동화를 신었다. 화장도 한결 가벼웠다. 나는 같은 청바지에 면 셔츠만 바꿔 입었다. 카지노로 신혼여행을 오는 사람들이 있는지 모르겠지만 우리가 부부로 보일 가능성은 있었다.

경험했던 일을 반복하는 것은 쉽다. 입장권을 사서 카지노로 들어가는 것이 모두 자연스러웠다. 어리둥절해할 필요도 없었고 마른침이 넘어가지도 않았다. 입장권을 살펴보니 특별 소비세와 교육세 그리고 부가세가 포함돼 있었다.

'흠, 카지노가 아니라 정부가 가져가는 돈이었군' 하고 생각했지만 영문을 모르기는 마찬가지였다. '그럼 카지노가 국영 기업인가?' 맞는 것 같기도 하고 아닌 것 같기도 하다. 관심 없다. 이런저런 생각을 하기도 전에 카지노의 정경이 펼쳐졌기 때문에 잠깐 어지럼증이 났다. 어제와 똑같은 모습이었다. 마치 터널 속으로 들어온 것처럼 같은 장면이 반복적으로 곁을 지나갔다.

「오늘도 이길 수 있을까?」

수진의 말뜻을 제대로 이해하지 못한 것도 똑같았다.

일단 카지노에 들어서자 시간 개념이 무너졌다. 자연광은 어디로도 들지 않았고 대합실이나 공공건물 실내에서 흔히 찾아볼 수 있는 벽시계 같은 것도 없었다. 카지노 내부에서는 지난밤과 오늘 낮의 차이를 알아차리기 힘들었다. 플레이어들에게 미칠 영향은 당연히 부정적이었다. 카지노 측의 의도적인 장치일 것이다. 손목시계로 몇 시인지 확인했다. '이기든 지든 두 시간 플레이 후 휴식을 취한다.' 전략가들이 들려준 충고를 실행해 보기로 했다. 첫 번째 공략 대상은 빈자리가 비교적 많은 룰렛 테이블이었다. 수진도 고개를 끄덕이며 옆에 앉았다. 각각 30만 원씩 환전을 하고 칩을 받았다. 딜러가 권해 준 색깔을 선택하고 보니 어제보다 칩의 수가 확연히 적었다. 수진의 표정에는 변화가 없었으나, 나는 잠시 딜러의 얼굴을 쳐다보았다. 둥그스름한 얼굴에는 피곤한 기색이 역력했다. 하지만 딜러가 실수를 한 것 같지는 않았다.

「맥시멈 베팅이 만 원이야.」

수진이 낮게 말했다. 지난밤 테이블은 맥시멈이 5천 원이었다. 그러고 보니 우리가 받은 칩은 천 원 칩이 아니라 5천 원 칩이었다. '테이블에 앉기 전에 베팅 상한선 정도는 읽었어야 했는데' 하는 후회가 들었다. 첫 안전 수칙부터 지키지 않은 것이다. 경험이 없다는 것이 확률 게임인 도박에서 어떤 결과를 이끌어 낼지는 두고 볼 일이었지만, 이런 식이라면 도박사들이 세워 준 계획을 실행해 보는 일이 거의 불가능하지 않을까 생각되었다. 5천 원 칩을 다시 돌려주자 딜러가 물끄러미 쳐다봤다.

「천 원 칩으로 바꿔 주세요.」

무표정한 얼굴이었지만 즐거워하지 않는 것은 분명했다. '딜러를 귀찮게 하는 것이 룰렛에서 유리할까?' 아닐 것이다. 풍문을 믿지는 않지만 능숙한 딜러는 원하는 숫자에 정확히 공을 떨어뜨린다고 했다. 만약 소문이 사실이고 둥그런 얼굴의 딜러가 바로 그들 중 한 명이라면 내가 베팅한 숫자에다 공을 떨어뜨릴 확률은 낮아질 것이다. 난 그를 피곤하게 했으니까.

수진은 칩을 교환하지 않고 바로 베팅에 들어갔다. 수진과 나는 대각선으로 마주 보고 앉았다. 내가 앉은 자리 가까이에는 높은 수들이 있었다. 허리를 굽히고 손을 길게 뻗으면 중간 숫자까지 칩을 놓을 수 있었지만 보기 흉한 동작이었다. 멋 부리려고 게임을 하는 것은 아니지만 그렇게까지 하고 싶지는 않았다. 하지만 테이블에서 가장 좋지 않은 자리에 앉은 것만은 틀림없었다. 이번에도 전략가들의 지시를 어겼다.

나는 25번에서 36번까지 칩을 놓았고 수진은 세컨드 더즌(2nd dozen)와 서드 더즌(3rd dozen) 사이에 칩을 놓았다. 하지만 룰렛은, 전문가들의 경고처럼, 테이블의 레이아웃을 보며 하는 게임이 아니기 때문에 그런 것은 별로 문제되지 않았다. 문제는 룰렛이 도는 회전판이었다. 회전판의 숫자와 레이아웃의 숫자는 아무런 연관이 없다. 즉, 내가 25번에서 36번까지의 숫자에다 베팅을 했지만 그것이 회전판의 특정 지역에 베팅한 것은 아니라는 것이다. 그것은 룰렛 플레이어라면 반드시 알아야 할 사항이지만 인간의 눈이 머무르는 곳은 자신이 돈을 건 레이아웃이기 때문에 오류에 빠지기 쉽다. 가령, '이번 판엔 반드시 높은 숫자가 나올 줄 알았어'라는 착각을 하게 된다. 실제로 25에서 36까지의 높은 숫자는 회전판 여기저기에 분포해 있기 때문에 확률에 아무런 영향을 미치지 않는다.

이외에도 물리적으로 균형을 완벽하게 맞추는 것이 어렵기 때문에 회전판이 어느 정도 기울게 되고 그래서 특정 숫자들이 빈번하게 나온다는 주장과, 딜러들의 손놀림 때문에 공정한 확률이 깨진다는 음모론 같은 것들도 있다. 카지노가 자신들에게 유리하게 게임이 진행되도록 실제로 어떤 장치를 하는지는 모르겠지만, 수학적인 확률은 변함없다.

공은 23에 떨어졌다. 회전판이 그려진 쪽지를 보니 23은 24나 25에서 멀리 떨어져 있다. 그런데도 레이아웃을 보고 있으면 아쉬움이 들지 않을 수 없었다. 좀 더 허리를 굽혔으면……. 23은 수진이 베팅한 숫자였다. 그것도 사방을 꽉 채운 풀 베팅이었다. 각 라인마다 복잡한 베팅·이름이 있었지만 어쨌든 수진은 인사이드 베팅에서 얻을 수 있는 최대 금액을 받았다. 9개 칩 베팅에 총 135개의 칩이 돌아왔다. 맞지 않은 칩이 대략 30개 정도니 그것을 제하고도 100 정도가 남았다. 게다가 내가 천 원 칩인 반면 수진은 5천 원 칩이었다. 수진과 내가 같은 편이라면 결과적으로 이긴 것이다. 그것도 아주 크게. 수진은 만면에 웃음을 지으며 남아 있던 칩을 모두 노란색 칩으로 교환했다. 그리고 내게 둘을 주었다. 20만 원. 나는 지고도 칩을 벌었다.

「왜? 벌써 그만두는 거야?」

「히트 앤드 런. 오빠에게 배웠어.」

「겨우 첫 게임인데?」

「그냥. 느낌이 좋지 않아. 난 슬롯이나 할래. 더 할 거지?」

「응.」

우리의 대화를 딜러도 들었을 것이다. 수진이 자리에서 일어나자

기다렸다는 듯, 딜러 교체가 있었다. 마치 커튼이 내려지고 새로운 무대가 오르듯 모든 것이 바뀌었다. 새 딜러는 짧은 머리에 안경을 쓴 젊은 남자였다. 키도 크고 덩치도 컸다. 목소리도 우렁차서 천장까지 닿을 태세였다. 맞은편에 앉은 중년 남성과는 서로 안면이 있는 듯 농담을 주고받았다. 수진이 휴대폰을 흔들고 사라지자 나는 대화를 나눌 사람이 없어졌다. 고개를 들고 사방을 둘러보았지만 수진의 모습은 보이지 않았다. 수진은 어떻게 그렇게 빨리 결정을 내릴 수 있었을까? 승리의 기쁨을 좀 더 누려 볼 시간이었는데. 다음에 일어날 일이 느낌으로 전달되었을까? 의문이었다.

잠깐 딴생각을 하는 사이 기계적인 베팅이 끝나고 룰렛이 돌았다. 공은 더블 제로에 떨어졌다. 내가 있는 자리에서 더블 제로에 베팅하려면 자리에서 일어나거나 딜러의 손을 빌지 않고는 힘들었다. 당연히 나는 맞지 않았다. 더 심각한 것은 거의 빈자리 없이 베팅이 되었는데 유일하게 더블 제로만 비어 있었다. 베팅에 참여한 사람은 모두 다섯 명이었는데 그곳에는 누구도 베팅을 하지 않았다.

「아쉽습니다.」

딜러는 테이블에 놓인 칩을 남김없이 쓸어 갔다. 한 무더기의 칩이 파도에 휩쓸리듯 가차 없이 테이블 밑으로 사라졌다. 플레이어의 기를 죽이려는 것인지 그저 우연이었는지 쉽게 구분이 가지 않았다. 전 판과 마찬가지로 큰 손실은 아니었지만, 딜러가 쓸어 가는 칩을 보니 아주 크게 진 것만 같았다. 다른 이들이 잃은 칩은 나와는 상관없는데도 그랬다. 수진의 판단이 의아하지 않을 수 없었다. '자리를 떠난 수진이 옳았고 그렇지 못한 나는 잘못되었나?' 좀 더 지켜볼 일이었지만 확인을 하려면 대가를 지불해야 했다. 단기간의 승부라면 치명적일 수도 있었지만 가진 칩을 모두 잃는다 해도 준비해 둔 돈이 많으니 여유를 가지기로 했다. 3분의 1은 낮은 확률은 아니다. 처음부터 더블 제로가 나오긴 했지만 두려워할 필요는 없었다. 무서우면 처음부터 돈을 걸어서는 안 된다. 포커페이스.

열두 번째 게임이 끝난 다음의 확률은 정확히 3분의 1이었다. 운이 있다면 있는 것이지만 이기고 있는 것은 아니었기 때문에 대단한 것도 아니었다. 조금씩 잃고 있었다. 지난번 게임과 별다르지 않았다. 변화가 필요했다. 계속해서 마지막 열두 숫자에다 베팅했다. 문제는 내가 거는 칩의 수를 조절해야 한다는 것이다. 이런 식이라면 정말 모든 것을 운에다 맡기는 꼴이었다.

도박의 승리 원칙 첫째, 적게 잃고 크게 이긴다.

내가 그 리듬을 타게 되면 이기고 아니면 지게 된다. 말 그대로 도박을 해야 한다. 칩의 양을 조절하기 시작했다. 그렇게 마음을 다지자 내 생각을 읽기라도 하듯 다시 딜러가 교체되었다. 둥그런 얼굴의 여자 딜러가 또다시 나타났다. 흉조인지 길조인지는 두고 볼 일이었지만 선택의 여지는 없었다.

'길조다.' 선택을 하고 칩을 더블로 올렸지만 보기 좋게 빗나갔다. 딜러는 또다시 23을 건져 올렸다.

'반복된 훈련으로 기계화된 딜러들은 공을 스핀할 때 같은 양의 힘을 사용하게 되고, 그 결과 공은 한 숫자는 아닐지라도 일정한 구역으로 떨어질 확률이 높다.'

딜러 시그니처 전략이 떠올랐지만 배는 이미 떠난 뒤였다. 세컨드 더즌에 베팅을 하는 것은 판을 턱없이 키우는 꼴로 위험했다. 숫자를 맞춘다고 해도 베팅한 돈이 크면 아무 소용이 없었다. 흥분하면 안 된다. 칩의 양을 줄이고 담배를 물었다. 이번엔 정확히 32로 떨어졌다. 맞았지만 기쁘지 않았다. 기대했던 것과는 정반대의 결과였다. '적게 걸면 이기고, 많이 걸면 진다.' 좋지 않은 상황이었다. 딜러와 내 궁합이 맞지 않는 것일까? 하지만 32였고 풀 베팅을 했기 때문에 손해 본 것은 아니었다.

'어때? 아주 흥미로운 기계를 발견했는데. ㅋㅋ'
수진에게서 문자 메시지가 왔다. 주위를 둘러봤지만 수진은 없었다. 왕창 토해 내는 루즈 머신을 발견했다는 것인지 아니면 말 그대로 재미있는 기계를 만났다는 것인지 의미가 모호한 메시지였다.

바뀐 딜러의 세 번째 게임은 한 사내의 등장으로 잠시 지연되었다. 그는 테이블에 앉지도 않고 딜러에게 여러 장의 수표를 툭 하고 내던졌다. 딜러가 돌려준 칩은 모두 300만 원이었다. 수표를 확인하고 칩을 세고 콜을 하면서 시간이 흘렀다. 그의 칩은 모두 만 원짜리였다. 나의 천 원 칩과는 열 배 차이가 났다. 사내는 아무렇지 않다는 듯 껌을 질겅질겅 씹었다. 나이는 20대 후반이나 30대 초반. 구레나룻을 길렀고 큼지막한 선글라스를 꼈다. 그 때문에 표정을 읽기가 어려웠다. 겨드랑이에 작은 백을 들었고, 요란한 장식이 달린 휴대폰을 든 손에는 모두 다섯 개의 반지를 끼고 있었다. 디자인과 색상 모두 각

양각색이었다. 나와는 정반대 위치에 칩을 놓기 시작했다. 그의 손을 빠져나온 칩은 정확히 제자리에 안착했다. 마치 자석이 달려 있는 것처럼 한 치의 오차도 없었다. 인사이드에 들어간 칩만 대략 30. 다음은 아웃사이드 베팅. 퍼스트 더즌(1st dozen)에 15. 1~18에 30. 이븐에 30. 레드에 30. 쫓기는 표정은 아니었지만 그의 동작은 쉼 없이 이어졌다. 인간의 손놀림이라기보다는 로봇의 팔처럼 보였다. 재빠르게 베팅을 마친 후 고개를 좌우로 흔들며 다시 껌을 씹었다.

그의 등장으로 판이 비정상적으로 커졌음에도, 아무도 그에게 별다른 관심을 보이지 않았다. 유심히 그를 관찰하는 것은 나뿐이었다. 테이블에 앉은 사람들은 그를 흘끗 보긴 했지만 모두 자신의 베팅에만 몰두했다. 딜러조차도 무표정한 얼굴이었다. 휠이 돌았다. 그가 선 자리에서는 휠이 도는 것이 아주 잘 보일 것이다. 나는 그의 얼굴에 드러난 표정으로 공의 낙하점을 판단해 보기로 했다.

「29, 블랙 앤드 오드(black and odd).」

표정에 변화가 없었다. 껌을 씹는 속도에 미묘한 변화가 있었을까? 하지만 그것만으로는 정확히 해독할 수 없었다. 콜을 마친 딜러가 테이블에 마킹을 했다. 29 주위로 약간의 칩이 놓여 있었다. 그와 내 칩은 없었다. 그는 아웃사이드 베팅을 한 칩마저 모두 없었다. 정반대의 경우만 잡은 것이다. 퍼스트 더즌, 1~18, 레드, 이븐. 그렇게 놓기도 힘들 것이다. 딜러가 사방에 널려진 칩을 모두 쓸어 가자 천 원짜리 칩 몇 개만 테이블에 남았다. 단 한 번의 게임에 칩의 절반을 잃었는데도 그는 여전히 고개를 좌우로 돌리며 껌을 씹었다.

하지만 그보다 더 이상한 것은 나였다. 왜 줄곧 칩을 놓던 29를 빼

버렸을까? 그를 관찰하려다 주의를 빼앗겨 버린 것일까? 의문이었다. 수진이 떠나고 계속 함께 게임을 했던 40대 여성이 그 점을 주목했는지 나를 잠깐 보았다. 29에는 그의 칩이 놓여 있었다. 정확히 어디에 칩을 놓았는지 기억나지 않았다. 어쩔 수 없는 일이었다. 하필이면 일기를 써오지 않은 날에 일기장 검사를 받는 것처럼. 살다 보면 그런 억울한 일은 종종 일어난다. 그렇다고 자신이 아닌, 다른 무엇인가를 탓해서는 안 된다.

딜러가 여자에게 칩을 돌려주고 다시 베팅이 시작되었다. 낡은 오렌지색 점퍼를 걸친 여자는 쉴 새 없이 담배를 피웠다. 이른 시각인데도 눈은 충혈되어 있었고 파마머리는 제대로 정리되지 않아 고개를 숙일 때마다 앞으로 쏟아져 내렸다. 장대비가 퍼부어도 수레를 이끌며 언덕길을 올라가야 하는 사명감. 내가 중구난방으로 생각에 몰두해 있는 반면, 여자는 오로지 승부 자체에 매달리고 있었다.

껌을 씹는 사내의 두 번째 게임이 시작되었다. 그는 이전과 같은 자리에 똑같은 양의 칩을 올렸다. 역시 기계적인 움직임이었고 망설임은 없었다. 거대한 바위가 맹렬한 속도로 추락할 때의 굉음이 들리는 듯했다. 자신의 운을 맹신하는 태도로 칩을 올릴 때부터 파멸의 전주가 시작되었다. 행운이 그를 비껴가리라는 것은 정해져 있는 듯했다. 어쩌면 그는, 내가 가보지 못한 세계에서 활약하는 악명 높은 무법자인지도 몰랐다.

하지만 승부는 쉽게 갈렸다.

「31, 블랙 앤드 오드.」

오렌지색 점퍼 여자의 칩은 이번에도 그 자리에 놓여 있었다. 물론 내 칩도 있었다. 여자의 메마른 입술이 옆으로 벌어졌다. 그는 내게 눈인사를 해왔다.

「뒤쪽으로 올 줄 알았지.」

여자가 당당하게 선언한 것과는 달리 사내는 안면 근육을 이용해 불편한 심기를 드러내었다. 딜러는 또다시 무표정한 표정으로 그의 칩을 모두 쓸어 갔다. 그리고 승자들은 얼마 되지 않는 전리품을 나눠 가졌다. 여자가 딜러에게 칩 하나를 던져 주었다. 나는 팁을 주는 것이 번거롭고 쑥스럽기도 해서 그저 쳐다보기만 했다. 팁을 받았다고 해서 딜러가 좋아하는 것 같지도 않았다.

껌을 씹는 사내는 겨드랑이에 있던 손지갑을 열고 다시 수표 뭉치를 딜러에게 던졌다. 또다시 300만 원. 똑같은 영상이 돌고 바위가 굴러가는 소리가 들리고 운명이 제 갈 길을 가고 있었다. 다시 33. 딜러의 손이 차갑게 선을 그었다. 그의 칩은 어김없이 낭떠러지 밑으로 사라졌다. 순식간에 내 한 달 노동의 대가보다 많은 돈이 사라졌다. 하지만 타인의 일이었으므로 실감이 나지는 않았다. 사내는 여전히 서 있는 채로 껌을 씹었다.

「아저씨가 운이 좋네.」

여자가 나를 보며 시원스레 웃었다. 이번에도 오렌지색 짐피 의자와 내가 승리자였다. 나는 겸연쩍은 웃음을 지었다. 승리는 좋았지만 상대적으로 그의 불행의 무게가 너무 무겁게 느껴졌다. '나와는 아무런 상관이 없는 일이다.' 하지만 마음의 동요는 어쩔 수 없었다. 사내는 눈을 테이블에 고정시킨 채 아직 반 정도 남아 있는 칩을 손으로 세고 있었다. 다섯 개의 반지가 덜그럭거리는 소리를 내었다.

그리고 베팅을 하기 전 전화기 폴더를 열었다.

「야, 블랙잭에서 딴 거 한 번에 다 잃었다. 그쪽으로 갈게.」

딜러를 포함한 테이블 주위의 모든 사람들이 그의 대화를 들었다. 그는 좀 더 빠른 속도로 껌을 씹으며 테이블을 노려보고는 등을 돌려 걸어갔다. 걸어가면서도 그의 목은 좌우로 움직였다. 마치 그것이 사내의 일상인 듯.

사내의 전화 통화가 아니었으면 내 심리 상태는 좀 더 무거웠을 것이다. 버스에서 넘어져 아픈 것보다 남들의 시선이 더 짜증 나 그런 말을 했는지는 몰라도, 그의 말은 이곳이 운명을 결정짓는 곳이 아닌 노름판이라는 것을 확인시켜 주었다. 타인에게 산사태가 나든 해일이 덮치든 나와는 상관없었다.

그가 사라지자 오렌지색 점퍼 여자는 칩을 이동시켰다. 사내가 아픔을 맛본 자리. 기다렸다는 듯 공이 떨어졌다.

「12, 레드 앤드 이븐.」

이런 걸 도박의 묘미라고 하는 것인지는 몰라도 여자는 충분히 음미하고 있었다. 그가 절실히 원했던 자리에 딜러는 공을 떨어뜨렸다. 사내가 있었더라도 공이 그 자리에 떨어졌을까? 딜러의 얼굴을 보았지만 답은 '노'였다. '12, 레드, 이븐'은 그의 부재가 만들어 낸 결과였다. 그가 다시 베팅을 했다는 가정은 전혀 다른 이벤트이다. 서로 다른 이벤트가 동시성을 갖기란 불가능하다.

그가 불운을 끌고 다니는 사내인지는 몰라도 그가 사라짐으로 해서 내 운이 다했다는 것도 확실해졌다. 그의 운명의 바위가 사라진 자리에 나의 작은 돌들이 구르고 있었다. 게임이 진행될수록 점점 더 많은 돌들이 흘러내렸지만 나는 자리를 뜨지 않았다. 어차피 겪어야 할 일이었다.

친근하고 화려한 광고에도 불구하고 카지노는 당신의 친구가 아니다. 카지노 소유주와 관리인은 당신이 이기는 것을 보려 하지 않는다. 카지노는 당신이 편안히 즐기도록 해줌과 동시에, 금전적으로 당신을 파괴하기 위해 존재한다. 그들은 당신이 경제적으로 순종적인 양 떼가 되어 주길 바란다. 그들이 이끄는 곳은 금전적 괴멸과 살육의 땅이며, 당신이 불가능한 꿈을 꾸며 마른 풀 위로 납작해질 때까지 기다리는 함정이다.

카지노는 그들의 후원자들에게 일용할 약간의 양식을 제공한다. 그들은 사악한 마녀이며 손님들의 대부분은 멍청한 플레이와 비현실적인 기대감으로 행복하게 스스로 파괴의 불씨를 댕기는 순진한 헨젤과 그레텔이다.

– 프랭크 스코블릿, 《게릴라 갬블링》

칩이 거의 떨어졌을 때 수진이 나타났다. 미소를 띤 얼굴로 말없이 내 어깨에 손을 올렸다. 남아 있는 칩을 보고서 사태 파악은 한 것 같았다. 마지막 남은 칩은 모두 밸류칩(표면에 액면가가 쓰여 있고 현금으로 바꾸어 쓸 수 있는 칩)이었기 때문에 아웃사이더 베팅을 했다.

「어디가 좋을 것 같아?」

수진의 운에 기대를 걸어 보고 싶었다. 첫 베팅의 성공을 다시 확인해 보듯.

「홀수.」

「정말?」

「정말.」

휠이 돌고 딜러가 콜을 했다. 7, 오드 앤드 레드.

「정말이네.」

남아 있던 칩은 모두 다섯 개로, 딜러가 5만 원의 칩을 얹어 돌려 줬다. 수진은 좀 전보다 크게 웃었다. 이번에는 내가 그의 어깨에 손을 올리며 일어났다.

「갈 거야?」

「응.」

「왜, 좀 더 해보지? 때가 온 것 같은데.」

「충분히 했어. 올인은 피해야지.」

「그것도 전술 중 하나?」

「그런 셈이지. 그보다는 좀 지겨워졌어. 딴 걸 하자.」

「그래? 그럼 좀 전의 칩은 나 줘. 다 잃었어.」

「기계에다 전부?」

「전부.」

수진이 내 손에서 다섯 개의 칩을 가져갔다. 수진이 룸에서 가져온 돈은 모두 100만 원이었다. 생각하기에는 많은 돈이었지만, 선글라스 사내의 등장과 테이블 밑으로 사라진 수많은 칩을 본 탓인지 돈의 무게가 실감 나지 않았다. 이틀 동안 카지노에 익숙해졌는지도 몰랐고, 어차피 수진의 목표는 잃는 것이었으니까 그 정도로 풀이 죽을 이유는 없었다. 겨울 바다에 몸을 던지려는 사람이 물의 차가움을 탓해서는 안 되듯. 이제 겨우 맨발을 물속에 넣었을 뿐이다. 몸 서리칠 일은 아니었다.

「5만 원으로 한번 불려 볼까? 어쩌면 될 것 같지 않아?」

「100만 원을 모두 잃고도 그런 말이 나와?」

「뭐, 어떻게 되겠지.」

수진도 유쾌함을 잃지는 않았다.

수진의 기대와는 달리 슬롯머신은 남은 돈을 잽싸게 먹어 치웠다. 속도가 이전 게임과는 비교도 되지 않았다. 활강 경기를 보듯 아래로 내려갈수록 속도가 붙었다. 브레이크를 거는 것은 내가 할 수 있는 일이 아니었다. 마침내 나도 바닥이 났다.

「오빠 밥 먹을래? 나 배고픈데.」

현금 인출기 앞에는 몇몇의 사내가 줄을 서 있었고 현금을 확보한 사람들이 바쁜 걸음으로 사라졌다. 다음 게임을 대비해 100만 원을 인출해 나눠 가졌다.

「룸에서 가져오면 되지.」

「귀찮아.」

「쉬엄쉬엄 해야 된다고 한 사람이 누구야?」

「그랬나?」

웃기는 했지만 정말 그랬다. 거짓말처럼 규칙을 지키지 못하고 있었다. 수영하기 전 충분히 스트레칭을 하지 않고 물에 뛰어들 듯, 매뉴얼에 쓰인 점검 사항을 무시하고 운전대를 잡듯, 일상의 번거로움은 쉽게 잊혀졌다. 카지노가 일상이라고는 절대 말하지 못하겠지만, 카지노에서 돈을 잃는 것은 극히 자연스러운 일이었다. 물이 높은 곳에서부터 흐르는 것을 막을 수는 없다. 그것이 싫으면 자리를 벗어나야 한다.

식당으로 올라가는 에스컬레이터로 가는 도중, 슬롯머신 앞에 서 있는 오렌지색 점퍼의 여자를 발견했다. 순간 반가운 마음이 들었으나 여자의 시선은 한 사내의 등에 고정되어 있었다. 눈빛은 급류에 휩쓸린 나무토막처럼 방향을 잃고 있었다. 그는 남자의 등을 향해 돌진했고, 낌새를 챈 남자가 뒤돌아서자 멈추어 섰다. 이제 막 머리가 빠지기 시작한 중년의 사내가 노동으로 단련된 큰 손을 여자의 얼굴을 향해 들어 보였다. 남자의 다른 손에는 여자에게서 받아 낸 것으로 보이는 지폐 뭉치가 들려 있었다.

「이제 그만하고 가.」

여자가 움찔하며 가망 없다는 듯 신음을 내뱉었다. 남자는 여자를 향해 한 걸음을 더 내딛으며 눈을 부라렸다.

「좀 더 놀고 있어. 얌전히.」

남자는 주위를 한 번 둘러보고는 가던 길로 몸을 돌렸다. 여자는 점퍼에서 담배를 찾아 불을 붙였다. 그때까지 자리를 뜨지 않고 그 장면을 보고 있던 사람은 수진과 나뿐이었다. 여자가 나를 발견하고 얼음장 같은 눈길을 보냈다. 여자의 흐트러진 앞머리는 더욱 내려와 검은 그림자를 드리웠고, 일그러진 입과 콧구멍 사이로 담배 연기가 스멀스멀 나왔다. 여자는 마음을 굳힌 듯 앞에 있던 기계에다 돈을 집어넣었고, 우리는 가던 길을 갔다. 남자가 여자를 때렸더라도 상황은 변하지 않았을 것이다. 다만 사내가 여자에게서 뺏은 돈의 일부가 내가 룰렛에서 잃은 돈일지도 모른다는 생각이 들자, 방금 전 벌어진 일이 나와 어떤 관계를 맺고 있는 것은 아닐까 하는 석연치 않은 의문이 들었다.

식사를 하기엔 아직 이른 시각이었는지 카지노 뷔페는 한산했다. 드문드문 앉은 사람들이 조용히 식사를 하고 있었지만, 한껏 멋을 부린, 교양이 넘치는 사람들의 사교장과는 거리가 있었다. 특급 호텔 뷔페였고 인테리어도 화려했지만 그 내용물은 기대에 미치지 못했다. 호텔 식당이라기보다는 대합실의 간이식당 같은 풍경이었다. 시간에 쫓기듯 사람들은 먹는 것에만 열중했다. 카지노의 홍보물 사진에서 볼 수 있는 선남선녀의 즐거운 분위기는 어디에서도 찾아볼 수 없었다. 질척거리는 거리에서 담배를 피우는 것이 어울릴 것 같은 사내들과 짙은 화장에 싸구려 하이힐을 신은 여자들, 피곤함을 애써 감추지 않는 사람들이 대부분이었다. 그중에는 이제 막 농기구를 헛간에다 집어넣고 나온 듯한 행색의 부부도 있었다. 이 부부가, 노름에 이력이 난 얼굴의 불량한 인간들 속에 섞여 있는 장면은 그 자체만으로도 기묘한 그림이었다. 그것이 나 같은 평범한 사람들에게 친화적인 환경인지는 생각해 볼 문제였다.

수진은 그런 것 따위는 상관없다는 듯 맛있게 식사를 즐겼다.

「캐나다에서 뭘 했는지 말해 주지 않을래?」

「특별한 일은 없었어. 너도 캐나다에 가봐서 알겠지만. 아주 심심

「한 나라거든.」

「여자는?」

「…….」

「설마 한 번도 여자와 자지 않았다는 건 아니겠지?」

「정말 궁금해?」

「왜 아니겠어?」

잠시 동안 대화가 끊겼다. 시시콜콜 그런 이야기를 할 필요는 없었다. 그것도 밥을 먹으면서.

「열심히 공부만 했어.」

「거짓말.」

「정말이야.」

양장피를 먹으며 수진은 웃었다.

종업원이 빈 접시를 모두 치우자 테이블에는 수진이 가져온 치즈 케이크와 딸기가 놓인 디저트 접시만 남았다. 나는 디저트 대신 커피 맛을 본 후 담배를 꺼냈다.

「그럼 캐나다에서 뭘 배웠는지 말해 줄래?」

「…….」

「아무튼 뭔가 배우러 갔던 거지?」

수진은 케이크와 딸기를 반으로 갈랐다.

「그렇지.」

하지만 곰곰이 생각해 보면 내가 캐나다에 간 이유는 불분명했다. 처음부터 뭔가를 배우고 싶어서 간 것은 아니었다. 그리고 누구의 말처럼 도망간 것은 더욱 아니었다. 나 같은 존재가 보이지 않는다고 해서 애태울 사람은 주변에 없었다. 졸업 후 특별히 할 일도 없었고 취업을 서두를 필요도 없었다. 대학에 들어간 후로 아버지는 나에 대한 모든 희망과 기대를 버렸다. 그렇다고 내게 화를 내지도 않았다. 얼마의 돈을 주기도 했다. 그래서 캐나다에 간 것뿐이다.

「항상 그런 식이야. 뭔가 생각을 하고 있는 것 같긴 한데, 정작 자신이 하는 일에 대해서는 분명치 못해. 도대체 뭘 생각하고 있는 건지 모르겠어.」

그건 나도 마찬가지였다. 내가 생각하는 것. 그게 뭘까?

「그럼 컴퓨터에 대해서 말해 봐. 전공을 했으니 뭔가 할 말이 있지 않을까?」

「뭘?」

「또 되묻는다. 내가 알고 싶은 것은 왜 하필이면 프로그래머가 되었냐는 거야.」

「하필이면?」

「응.」

「왜? 내가 프로그래머가 되면 안 돼?」

「어울리지 않아. 수학을 싫어했잖이?」

「편견이야.」

「그래? 그렇다 치고. 근데 왜 하필 컴퓨터야?」

「컴퓨터를 하면 안 돼?」

「내 말은 왜 내 주변의 사람들은 죄다 컴퓨터에만 신경을 쓰냐는 거야.」

분명 기훈 선배를 염두에 두고 한 말이었다. 하지만 기훈 선배는 경영을 하는 것이고, 내가 하는 일과는 거리가 있었다. 반듯하게 차려입고 은행과 관청을 드나들며 바이어들을 만나는 것과, 얽혀 버린 프로그램 코드를 모니터로 눈이 아프도록 보면서 식어 버린 커피를 마시는 것과는 절대적인 차이가 있다. 비슷한 업종에 종사한다고 해서 유사한 일을 할 것이라는 판단은 위험하다.

「난 오빠가 좀 더 근사한 일을 하길 바랐어. 고고학이나 인류학 같은. 그쪽이 좀 더 어울릴 것 같지 않아?」

「칭찬이야 비난이야?」

「둘 다. 하지만 실망스러운 건 분명해. 컴퓨터가 아무리 돈이 된다고 하지만 오빠 같은 사람까지 덤벼들 필요는 없잖아. 미안하지만 통속적이라는 느낌이 들어.」

「미안해할 필요 없어. 충분히 통속적이니까.」

디저트를 먹은 다음 수진은 담배를 꺼냈다. 지나가던 종업원이 재빠르게 깨끗한 재떨이로 바꾸어 주었다.

「아무튼 궁금하긴 해. 왜 많은 사람들이 컴퓨터에 집착하는지.」

「내 주위엔 그런 사람 별로 없다.」

「그럼 다음 질문. 프로그래머는 뭘 하는 사람이야?」

「말 그대로 프로그램을 만드는 사람이야.」

「그건 나도 알아. 문제는 어떻게 하냐는 거지.」

「그냥. 그걸 배우려고 대학에도 가고 학원에도 가는 거야. 궁금하면 직접 해봐.」

「짜증 내는 거야?」

「아니. 미안하지만 제대로 설명을 못 해줄 것 같아서. 내가 경험한 바로는 아무리 설명을 해줘도 이해를 못하는 경우가 대부분이었거든. 나도 직접 프로그래밍을 해보고 나서야 이해가 되었으니까.」

「그렇게 복잡한 거야?」

눈을 보니 수진이 장난을 치는 것 같지는 않았다. 산타클로스의 존재에 대해서 궁금해하는 아이의 눈이었기 때문에 잠시 주춤거렸다.

「알고 나면 그렇게 복잡할 것까지는 없어. 제대로 이해하려면 컴퓨터 전반에 대한 사전 지식이 좀 필요해. 그렇지 않으면 텍스트 몇 줄을 썼다고 해서 컴퓨터가 그것을 알아듣고 움직인다는 것이 전혀 실감 나지 않아. 다음에 기회가 나면 자세히 가르쳐 줄게. 다만 저기 아래에 있는 슬롯머신도 모두 프로그래밍이 되어 있다고 말할 수는 있어. 그런 일을 하는 사람이 프로그래머야.」

「그럼 저 기계를 프로그램한 사람은 이길 수 있는 방법을 아는 거야?」

「그렇게 물어볼 것 같았다. 이건 룰렛을 세팅한 사람이 게임에서 이긴다는 보장이 없는 것과 마찬가지야. 슬롯머신 프로그램에는 난수 생성기라는 하부 프로그램이 있는데 실제 게임 결과는 모두 그곳에서 지리래. 프로그래머기 하는 일은 가가이 화률을 지정해 놓는 거야. 하나의 인풋이 어떤 결과를 낳을지는 프로그래머의 영역을 벗어나게 되어 있어. 만약 그렇지 않다면 그건 제대로 된 프로그램이라고 할 수 없지.」

「모든 프로그램이 그런 건 아니지?」

「슬롯머신 프로그램은 아주 특별한 경우야. 대부분의 프로그램은 제작 초기 단계부터 수행해야 될 임무가 엄격히 정해져 있어. 만약 하나의 인풋이 예측된 결과와 다르다면 프로그래밍상의 오류가 되는 거야. 일 더하기 일을 백으로 계산하는 프로그램이 있다고 생각해 봐.」

「음.」

「이건 아주 단순한 예일 뿐이고. 실제 프로그램에서 들어오는 인풋은 우리가 생각하는 것 이상으로 복잡한 경우가 많아. 그만큼 컴퓨터가 계산해야 되는 경우의 수가 늘어나는 거지. 그렇게 되면 어느 누구도 아웃풋의 결과를 장담하지 못하는 상황까지 이르게 돼. 그러니까 프로그램의 완성도가 높아질수록 결과에 대한 신뢰를 쌓을 수 있다는 거야. 제아무리 슈퍼컴퓨터라고 해도 제대로 된 프로그램이 없다면 무용지물이 되는 거야. 따라서 유능한 프로그래머가 각광받는 것이고.」

「예를 들면?」

「극단적이긴 하지만, 운석이나 행성이 지구에 부딪히는 시각을 정확히 계산해 낼 수 있는 프로그래머가 있다면 그는 신의 반열에 올라선 거야. 변수가 너무 많은 탓에 그런 예측은 거의 불가능에 가깝거든. 예측을 한다고 해서 지구의 멸망을 막을 수 있을지는 장담하지 못하지만 예측 자체만으로도 엄청난 일이야. 아직까지 인류에게 우주란, 거대한 확률을 지닌 난수 생성기 같은 존재니까.」

「제법 근사한걸.」

「왜?」

「우주와 관련된 일이니까.」

난 좀 어이도 없고 해서 그저 웃음으로 답했다.

「하지만 그렇게 멋진 일은 아니니까 착각하지 마.」

「나도 알아. 하지만 사람들이 하는 일이란 모두 그런 거 아냐? 따분하고 지겹고. 하지만 성공한 사람들은 그런 일을 하면서도 꿈을 꾼대. 결국은 하찮은 일을 하는 거지만 그 일을 통해서 다른 세계로 간다는 거야. 자신의 상상만으로.」

「그런 꿈을 꾸기엔 시간이 많이 흘러 버린 것 같은데.」

「그렇게 생각해?」

「응.」

수진은 대꾸 없이 내 눈을 보았다. 그런 그의 눈빛이 내게는 낯설지가 않았다. 어두운 밤 냉장고 문을 열 때 차가운 느낌이 이질적이지 않듯이.

「프로그래밍 이야기를 좀 더 해줄까?」

「하고 싶지 않다며?」

「그런 건 아니고 설명하기가 어려울 뿐이야.」

「좋아.」

「프로그래밍을 하기 위해서는 불가피하게 'IF 스테이트먼트(IF statement, 논리 IF문)'를 써야 해. 그렇게 복잡한 개념은 아니고, 아마 어렸을 때 해봤을 거야. 다이아몬드를 그린 다음, 만약 참이면 A로, 거짓이면 B로 하는 식의 그림을 그리는 것 말이야.」

「순서도?」

「맞아. 플로 차트(flow chart). 어쨌든 컴퓨터는 자의로 결정을 내리지 못해. 결국 누군가가 컴퓨터에게 조건을 걸어 줘야 하거든. 그래서 대부분의 프로그램에 IF 스테이트먼트가 쓰이기 때문에 프로그래머는 좋든 싫든 IF 스테이트먼트와 부딪히게 되지. 근데 이게 그렇게 만만한 일이 아니거든. 프로그래밍상의 오류는 십중 팔구 여기서 나와. 디버깅(debugging) 중에서 가장 까다로운 것이 로직 에러(logic error)일 때야. 로직 에러는 컴파일(compile)을 한 다음 실행 파일이 만들어지기는 하는데 실행 결과가 의도한 대로 나오지 않는 상황을 가리키는 말이야. 대부분 알고리즘 자체에 결함이 있을 때 일어나. 이런 경우 에러가 있다고 프로그램이 알려 주지도 않기 때문에 아웃풋이 다양한 형태로 나와서 프로그래머가 오류를 인식하지 못하고 지나치게 되는 경우가 있어. 로직 에러를 피하려면 초기 단계에서 알고리즘을 철저히 검토한 다음 코딩에 들어가야 하는데 그게 말처럼 쉽지 않거든.」

「대충 이해가 가.」

「미안. 하지만 내가 하고 싶은 말은 단순해. IF.」

「만약?」

「그래. 프로그램이 나올 때마다 새로운 오류가 따라오기 마련이고, 그것을 막기 위해 IF 조건도 점점 커지는 거야. 실제 프로그래밍에서도 IF 조건은 무한대로 늘어나기 때문에 결정은 프로그래머에게 넘어가는 거야. 어디까지 가정을 할 것인가, 어디까지 추적을 해야 완결된 프로그램이 될 것인가를 판단하는 거지.」

「뭔지 모르겠지만 아주 피곤한 일처럼 들리는데.」

「맞아. 그런 일을 계속 반복하다 보면, 그런 태도가 일상적인 생활

「에까지 영향을 미치지.」

「피곤함이?」

「정도의 차이는 있겠지만, 예전에 없던 새로운 버릇이 생긴 건 확실해. 이를테면 한 문제를 놓고 여러 가지 가능성을 생각하게 되는 거야. 아침에 출근하는 동안 내가 사라지면 어떻게 될까를 놓고 진지하게 고민해 보는 거지. 실제로 그런 일이 일어날 확률은 거의 없다고 봐야 하고, 결국은 시간 낭비일 뿐인데도 집착하게 돼.」

「그건 프로그래머가 아니라도 누구나 한 번쯤 생각하는 거 아냐?」

「그렇지. 그런데 문제는 단순한 가정에만 머물러 있어야 하는데, 그런 일을 실제로 준비하고 대비한다는 거야. 자연적이고 물리적인 상황에서는 그런 태도가 유리하게 작용할 수도 있겠지. 가령 태풍이 들이닥치거나 낙뢰가 내리칠 때를 대비한 행동 요령을 숙지하는 것은 분명 도움이 되겠지. 하지만 인간관계에서는 그런 태도가 비상식적으로 여겨진다는 거야. 인간은 이상하리만치 신뢰나 믿음에 의지하려 들거든.」

「당연한 거 아냐?」

「그래. 그 당연한 인식이 내게서 사라지고 있는 거야.」

「…….」

「물론 온기를 잃은 인간이 되었다고 스스로 평가하는 것은 아니지만 타자(他者)의 세계에서 내가 일탈하고 있음은 느껴져. 그 정도는 알 수 있어. 주변 사람들이 나를 대하는 방식도 그렇고. 불필요한 오해를 사게 될 때도 있고, 정당치 못한 취급을 받을 때도 있어. 내가 원하는 것은 단지 온전한 시스템일 뿐인데, 사람들에게는 그것이 받아들여지지 않을 때가 많아.」

「그런 일이 지금 하는 일과 관계가 있다고 보는 거야?」

「꼭 그런 것은 아니지만 전혀 상관없다고 할 수도 없지.」

「잘 모르겠는데.」

「할 수 없지.」

「…….」

수진은 담배를 비벼 끄고 물끄러미 나를 보았다.

「실은 하고 싶은 말이 있는 거지?」

「아니.」

「아냐. 뭔가 하고 싶은 말이 따로 있는 것 같아. 그럼, 날 다시 만났
을 땐 무슨 생각이 들었어?」

「꼭 이야기할 필요가 있을까?」

「듣고 싶어.」

식당은 사람들로 북적이고 있었다. 하지만 누가 누구인지 구별할
수 있는 공간이 아니었다. 차려입은 옷이 다르고, 체형이 다르고, 얼
굴이 다르다고 해서 그들이 갖는 의미가 달라지는 것은 아니었다.
마트에 갈 때처럼 모두 한결같은 사람이었다. 카지노에 내가 모르는
타인의 수가 불어나는 것은 고속도로의 차량이 불어나는 것처럼 따
분한 일이었다.

「그럼 IF를 사용해 봐. 오빠 말대로 습관이 되었다면 내가 전화했
을 때에도 여러 가지 가능성을 따져 봤겠네. 맞지?」

「아니라고는 할 수 없지.」

「듣고 싶어. 몇 가지였어?」

「글쎄. 기억나지 않아. 단순히 왜 나일까 하는 정도?」

「거짓말.」

「…….」

「좋아. 그렇다 치고. 지금이라도 해봐.」

「무리한 부탁이야.」

「왜?」

「상대방을 두고 그런 생각을 하는 것은 예의에 어긋나.」

「오빠가 언제부터 예의를 따졌어?」

「신사가 뭔지 모르겠지만 그렇게 되려고 노력 중이야.」

「어울리지 않아.」

「네 기대와 다르게 프로그래머가 되었듯, 난 나대로 내 세계를 가는 중이야. 네가 나에 대해서 잘못된 생각을 하는 것은 자유지만, 네가 모르는 부분이 있다는 것도 알아줬으면 해.」

수진이 아랫입술을 깨물었다. 심각하지는 않지만 짜증이 난다는 신호였다. 깔끔한 디저트 후의 대화치고는 조금 엉뚱한 방향으로 가고 있었다.

「가자. 게임 해야지.」

수진은 고개를 끄덕이며 일어섰다.

「할 수 없지. 말하기 싫다는데.」

「말을 하고 싶지 않은 게 아니라 할 말이 없는 거야. 너 같으면 무슨 생각을 했겠니?」

「나? 그냥 황당했을 거야.」

「마찬가지야.」

「아니야.」

에스컬레이터 밑으로는 낯익은 풍경이 펼쳐졌다. 일단 게임을 시작하면 대화는 끊길 것이다. 카지노는 그런 장소였다. 카지노에서 지나온 시간을 되짚어 본다든지, 아니면 미래의 일을 진지하게 의논하는 인간은 없다. 성찰과 반성 따위를 하려고 카지노에 온 것은 아니다. 허황된 꿈은 있을지라도 그런 꿈을 실현할 구체적인 노력은 없다. 그럼 무엇이 있는 걸까? 카지노에 익숙해지는 시간은 짧은 반면, 그런 질문은 너무 멀리 떨어져 있었다. 어쩌면 그런 질문 따위는 애초에 하지 않는 것이 옳을지도 몰랐다. '나는 누구인가?'라는 질문을 하지 않는 것이 생활에 절대적인 도움이 되듯.

「예전부터 그랬어. 프로그래머가 되어서 생긴 버릇이 아냐. 오빠는 아니라고 할지 몰라도 옆에 있는 사람은 느낄 수 있어. 도대체 무슨 생각을 하고 있는지 모르겠어. 여자들은 그런 것을 본능적으로 싫어해.」

에스컬레이터에서 내려온 수진은 앞을 보고 걸어갔다. 마지막 대화였다.

수진이 소개시켜 준 기계는 휠이 도는 단순함에서 약간 진보된 비디오 슬롯머신이었다. 보너스 게임이 있어서 좀 더 흥미 있었지만, 이길 확률은 상대적으로 적었다. 100원 머신보다는 돈이 빨리 들어갔고 500원 머신보다는 천천히 게임이 진행되었다. 어떤 게임이든

이기지 못하면 의미가 없다. 계속해서 기계 속으로 돈이 들어가면서 패배를 인정하는 분위기로 흘러갔다. 지난번과 같이 한 번에 회복되겠지 하는 기대치도 점차 떨어졌다.

그런 느낌이 낯선 것은 아니었다. 어린 시절부터 내겐 승부욕이라는 것이 없었다. 편을 짜서 농구를 하거나 내기 당구를 쳐도 결과를 순순히 받아들였다. 게임에 이긴다고 해서 영광된 무엇이 내게 돌아온다고 생각해 본 적도 없었다. 이기고자 하는 이들이 내가 생각하는 만큼 유치한 발상에서 게임을 하지는 않았겠지만, 그들이 보여 주는 열정을 자연스러운 것으로 받아들이지도 못했다. 그런 작은 발상의 차이가 서로 다른 세계에 이르게 만들 것이라고는 생각하지 못했다.

「오늘은 힘들겠는데.」

한참만에야 입을 연 수진은 조금 지쳐 보였다. 오랫동안 폐쇄된 공간에 머물러서 그런지 얼굴색도 생기를 잃었다. 손에 쥔 지폐가 줄어드는 만큼 집중력도 사라졌다. 이겨야 된다는 당위성도 없었다. 우리가 점점 카지노에 있는 사람들과 동화되고 있음이 느껴졌다. 카지노 게임이란 지게 되어 있다는 엄연한 현실을 알고 있음에도 그 자리를 떠나지 못하는 사람들처럼, 지갑이 텅 비게 되어서야 자리를 뜨게 되었다. 카지노를 빠져나가는 수진의 등은 작아 보였다. 좋은 옷을 입고 부유한 삶을 누리고 있다 할지라도 그 순간만큼은 패배자였다. 이런 상태가 얼마나 지속될지 짐작할 수 없었다. 터널의 입구에 막 들어온 것처럼. 언젠가는 끝이 나겠지만 아직까지는 태양의 자락이 희미하게 조차도 보이지 않았다. 어둠은 모니터가 되어 무언가를 요구했다.

if, 그가 나를 아직 원한다면, then.

go to, 잊었다고 말한다.

else if, 뭔가 다른 걸 찾고 있다면, then.

go to, 아무렇지 않은 듯 사라져 준다.

else if, 이것도 저것도 아니라면, then.

go to, 아무것도 하지 않는다.

else if,

go to, 기다림은 힘들다.

else if,

왜 여기 까지 왔을까?

if…….

프로그램은 멈추어야 한다.

그래도 만약, …… 멍청한.

/ end

재미있는 사실은 컴퓨터의 할아버지쯤 되는 해석 기관을 연구해 현대 프로그래밍의 기본 원리인 'IF 구문'을 고안한 에이다 오거스타 킹(Ada Augusta King)도 극심한 도박 중독에 시달렸다는 것이다.

5

눈을 떠도 어둠은 그곳에 있었다. 고개를 돌려 봐도 어디에서나 어둠이 응시하고 있었다. 처음엔 희미하나마 옅은 빛이 있었기 때문에 발을 들여놓았는데, 안으로 들어갈수록 어둠은 점점 깊어져 숨소리마저 삼켜 버렸다. '무엇 때문에 왔을까?' 하는 막연한 후회가 들었지만 어둠은 되돌아갈 길마저 삼켜 버렸다. 차라리 어둠이 아무 소리도 들리지 않을 만큼 확대되어 모든 것을 삼켜 버리고, 나를 둘러싼 사소한 의식마저도 검은 그림자로 덮어 버리기를 간절히 희망했다. 그렇게 되면 공포는 끝이 있다.

눈을 뜨니 다시 어둠이 있었다. 하지만 이 어둠은 질적으로 다른 어둠이었다. 한숨을 내쉬자 어둠은 조금 멀리로 뒷걸음쳤다. 이마와 목덜미를 만져 보았지만 땀을 흘린 흔적은 없었고, 손에 잡히는 감각은 꿈속에서만큼 두렵지 않았다. 현실의 어둠을 직시하는 것은 어려운 일이 아니었다. 손을 뻗으니 휴대폰이 잡혔다. 새벽이었다. 침대에 몸을 누인지 겨우 두 시간이 지났을 뿐이다.

스탠드 램프를 켰다. 생각을 비우는 것보다는 비어 있는 배를 채우는 것이 우선이었다. 가장 먼저 눈에 비친 것은 거울 속의 나였다. 잠에서 아직 깨어나지 못한 내가 한심하다는 표정으로 나를 바라보고 있었다. 거울 앞에는 수진이 올려놓은 물건들이 아무렇게나 흩어져 있었다. 화장품과 헤어드라이어, 모자, 처음 보는 샌들까지. 모두 수진의 것이었다. 허리를 들고 고개를 내밀고서야 벽 한구석에 놓인 내 가방이 보였다. 그리고 맞은편 침대에 수진이 잠들어 있었다.

어둠이 밀려난 자리에는 호수에 반사된 석양처럼 밀도 높은 빛이 바닥에 내려앉아 있었다. 담배를 피우고 싶었다. 수진이 덮고 있던 시트는 무릎까지 내려가 있었다. 완전하지는 않았지만 그의 뒷모습 대부분을 볼 수 있었다. 검은 머리에 가려 얼굴은 보이지 않지만 목을 타고 흐르는, 등과 엉덩이로 이어지는 굴곡이 모두 보였다. 브래지어는 하지 않은 채 흰색 팬티 차림이었다. 전등 빛을 따라 미묘한 차이가 느껴지는 색의 배합이었다. 손을 내밀면 온기가 잡힐 듯하다.

여자의 몸. 수진의 몸.

새벽이었고, 중심은 뜨겁고 딱딱했다. 머리와 육체가 따로 움직이는 것을 탓할 수는 없었다. 수진의 균형 잡힌 몸은 스탠드 불빛이 번지면서 르느와르의 누드화에 나오는 풍만한 여인의 몸으로 변해 갔다. 옳은 행동은 아니겠지만 좀 더 지켜보기로 했다. 미술관에서 중심이 딱딱해지는 불경한 일을 할 수 있는 사내가 많지 않듯 시간이 지날수록 진정되었다. 침대 머리맡에 등을 기댄 채 고개만 돌리고 수진의 움직임을 살폈다. 수진이 깨어나는 것은 원치 않았다. 하지만 미동도 하지 않는 그의 몸을 바라보고만 있는 것도 쉬운 일은 아니었다. 현기증이 밀려왔다.

앨버타 대평원이 있는 작은 마을에서 길을 잃었을 때였다. 주위에는 아무도 없었고 하늘에는 바람이 그려 내는 보이지 않는 굵은 선만 이리저리 배회하고 있었다. 내가 가려고 했던 곳은 공룡의 발자국이 있다는 장소였다. 길은 하나였고, 물을 마시고 담배를 다 태울 때까지 지나가는 차가 한 대도 없었다. 가진 것은 주유소에서 얻은 지도 한 장과 박물관에서 배포한 티라노사우루스의 그림이 그려진 안내문이 전부였다. 차를 세운 것은 아무리 달려도 도로 표지판이 나오지 않았기 때문이었다. 교차로도 없었다. 그런 상태로 가늠할 수 없을 정도의 시간이 흘렀고, 길을 잃기 전 머릿속에 입력되었던 정보는 모두 바람에 날려 가 버렸다. 그때 문득 수진이 그리워졌다. 정확히 그려 낼 수는 없지만 그의 목덜미와 그 위로 흘러내리던 머리칼, 내게만 보여 주었던 작은 등을 치누크(chinook, 북아메리카 로키 산맥 동쪽에서 부는 건조한 열풍)가 불던 앨버타의 대평원 위에서 그리워했었다. 잊었다고 생각했기에, 불시에 찾아온 그리움은 감당해 내기가 쉽지 않았다. 사라져 버린 공룡이 남긴 유일한 흔적을 찾아 떠나온 것이 느닷없는 고통으로 변해 버렸다. 잔풀들이 난 흙바닥에 담배를 버리고 구두 밑창으로 비벼 끈 다음 안내문과 지도를 바람 속에 던져 버리고 왔던 길로 차를 돌려세웠다. 그렇게 한참을 달린 후에야 사람들이 있는 세계로 돌아올 수 있었다.

수진의 벗은 뒷모습을 보는 동안 그날 버리고 온 물건들이 차례로 떠올랐다. 납작해진 담배꽁초와 내 지문이 묻은 물병은 아직 평원 위를 떠돌고 있을지도 모른다. 꽁초와 지도는 사라졌을지라도 물병 만큼은 누군가의 손에 들려지지 않은 한 아직도 평원 위로 낮은 비행을 하고 있을 것이다. 내가 바람에 날려 버렸던 것은 그것들뿐이었을까? 기억이 나지 않는다. 어쩌면 그날 내가 가려고 했던 곳은 그곳이 아니었을지도 모른다. 그랬다면 그렇게 허망하게 길을 잃지는 않았을 것이다. 의심이 들기는 한다. 정말, 좀 더 갔더라면 공룡의 거대한 발자국을 볼 수 있었을까?

지나간 일들이 모두 소중한 것들로 각인되어 있는지는 좀 더 기다려 봐야 한다. 왜 모든 것이 생각과는 반대의 그리움을 이끌어 내고, 전혀 상관없는 장소가 서로 연결되는 것인지 궁금해진다. 지나간 일들은 모두 침묵을 지키기만 한다. 옆 침대에 누운 수진처럼.

답은 없다. 일어날 시간이었다.

카지노로 내려가는 과정은 막힘이 없었다. 가볍게 세수와 양치질을 하고 테이블에 놓인 바지와 셔츠를 입은 후 가방에서 수표 한 장을 꺼내자 모든 준비가 끝났다. 그동안 수진은 몸을 뒤척였는지 목까지 이불을 덮고 있었다. 그가 잠을 깬 것인지는 궁금하지 않았다. 그것은 전적으로 수진에게 달린 문제였다. 나를 따라나설 것인지 아니면 홀로 남을 것인지는.

엘리베이터에서 카지노에 이르는 짧은 거리는 낮과는 조금 다른 분위기였지만, 카지노에 들어서자 그런 변화의 기운은 완전히 사라졌다. 여전히 소음과 사람들의 분주한 움직임이 내부를 채우고 있었다. 오히려 낮보다 사람들의 수가 좀 더 불어난 듯 보였다. 사람들은 각자 할 일에 따라 행동했다. 현금이 없었기 때문에 먼저 수표를 칩과 교환하고, 또 그 칩을 현금으로 바꿔야 했다. 귀찮은 일이지만 어쩔 수 없었다. 정확하지는 않지만 백화점의 에스컬레이터가 정문과 반대 방향으로 나 있는 것과 유사한 장치일 것이다. 수표를 다이사이 테이블에서 바꾸고 나서, 베팅하지 않고 곧장 환전소로 향했다. 칩만 든 상태에서 베팅을 하는 것은 현금과 칩을 함께 들고 있을 때보다 상대적으로 위험했다. 결국엔 비슷하게 끝나겠지만, 심리적인 안정은 어떤 식으로든 유리하게 작용할 것이다.

자리를 잡고 앉은 곳은 수진이 알려 준 멀티라인 비디오 슬롯이었다. 사람들로 넘쳐 나는 테이블에 비해 한결 여유가 있었고, 시간당 투입되는 돈의 비율로 볼 때 리스크도 높지 않아 느긋하게 게임을 할 수 있었다. 그만큼 이길 확률도 줄어들고 돌아오는 보상도 적겠지만, 어쨌든 오래 즐길 수는 있어 보였다. 게다가 이전 게임과는 달리 반응이 있는 기계였다. 만 원을 잃으면 다시 만 원을 따는 사이클이었다. 보너스 게임도 자주 나왔기 때문에 급격한 하강은 없었다. 하지만 이런 식의 게임이 지속된다면 카지노에 올 이유가 없었다. 많은 사람들이 슬롯머신 게임을 즐기고, 라스베이거스 수익의 7할이 머신 게임에서 나온다는 통계를 감안하면 뭔가 다른 것이 있을 것 같았다. 이른바 팔자를 고칠 수 있는 당첨금을 주는 기계가 있어야 하고, 그런 유혹이 미끼가 되어 사람들을 빨아들이는 것이 아닌가 하는 생각이 들었다. 슬롯머신 전문가들은 가능하면 빅 잭팟이

터질 수 있게 고안된 프로그레시브 머신은 철저히 피하라고 하지만, 어차피 헛된 기대를 한다면 재미 삼아 돈을 넣어 볼 것이다. 여러 가지 상황을 종합해 보면 ○○랜드 카지노 슬롯머신에서 기대할 수 있는 가장 큰 금액은 500원 머신에서 최고 잭팟인 500만 원을 받는 것이었다. 여러 다른 의견들이 있겠지만, 몇천만 원을 넘어가거나 자동차를 부상으로 주는 머신보다는 현실성이 있어 보였다. 또한 투입한 돈의 겨우 두세 배를 얻기 위해 게임을 하는 것보다도 도박의 재미를 느낄 수 있을 것 같았다.

그것은 게임의 결과를 놓고 상상해 본 가상의 세계에 불과했다. 경험한 바로는 500만 원을 전부 한 기계에 넣는다고 해도 최고 당첨금이 나오지는 않을 것이다. 굳이 내가 실험해 볼 필요는 없었다. 주위에는 100만 원 상당의 크레디트를 투입하고 기계를 돌리는 사람들이 꽤 있었고, 그들이 기계 앞에서 불평불만을 터트리는 것을 보는 것만으로도 모든 것을 짐작할 수 있었다. 이상한 일은 그들이 버튼을 주먹으로 내리치거나 기계를 발로 차면서도 계속해서 게임을 한다는 것이었다. 결론은, 그들은 내가 모르는 뭔가를 알고 있다는 것이다. '만 원을 넣고 500만 원을 딴다.' 그것이 어떤 형태의 유혹인지는 당해 보지 않은 나로서는 짐작할 수 없었다. 이성적으로 생각해 보면 그것이 인생을 송두리째 앗아가 버릴 만큼의 위력을 가질 것 같지는 않았다. 그건 기본적인 셈을 할 수 있는 사람이면 누구나 알 수 있는 사실이다. 500만 원은 카지노에서 순식간에 잃을 수 있는 돈이다. 그렇다면 왜 그런 허망한 일에 모두들 열중하는 것일까? 무엇이 그들의 귀를 막고, 시야를 가리는 것일까? 카지노에서는 모든 것이 합리적인 이성과는 거리를 두고 있었다. 내가 잠을 자야 될 시간에 깨어 게임을 하고 있듯, 그들도 뭔가 불분명한 힘에 이끌려 게임을 하고 있었다.

　나는 커피를 손에 쥔 채 한 여자가 기계로 카드 게임을 하고 있는 곳에 멈추어 섰다. 나 말고도 두 명의 사내가 그의 게임을 관전하고 있었기 때문에 나도 가던 길을 멈추고 무슨 일인지 살펴보았다. 비디오 포커 게임의 룰은 일반 게임의 룰과 조금 달라서 진행 방식을 이해하기까지 시간이 걸렸다. 하지만 기본 룰은 실제 게임과 별 차이가 없었기 때문에 곧 적응이 되었다. 머신이 다섯 장의 카드를 주면 버릴 카드와 가지고 있을 카드를 플레이어가 선택하고 다시 머신이 나머지 카드를 준다. 여기서 나온 다섯 장의 카드를 조합해 그 결과에 따른 배당을 돌려주는 게임이었다. 머신 게임치고는 유일하게, 플레이어의 선택이 승패에 영향을 끼치는 것처럼 보였다. 그러나 프로그램 코드를 보지 않는 한 아무것도 확신할 수 없다. 이른바 오스트레일리아 스타일로 알려진 비디오 슬롯 게임에서도 보너스 게임을 통해 플레이어가 선택을 하지만, 선택이 실제로 게임의 결과에 적용되는지 확인될 수 없는 것과 마찬가지였다. 하지만 릴이 도는 게임과는 확연히 달랐다.

　게임을 하는 사람은 분홍색 모자를 눌러쓴 20대 초반의 여자였다. 손놀림이 상당히 빨라서 게임의 결과를 확인하는 것조차 어려웠다. 게임을 관전하는 사내들도 아마 나와 같은 이유로 그 자리를 뜨지 못하는 것 같았다. 그리고 그의 베팅이 조금은 놀라운 광경을 만들어 내고 있었다. 그것이 자연스러운 경기 진행 방식인지는 모르겠지만, 슬롯머신 게임과는 달리, 비디오 포커 게임에서는 당첨 금액을 두 배로 올릴 기회가 주어졌다. 그리고 플레이어가 원하는 한 그것은 무제한으로 계속되는 것 같았다. 이를테면, 10코인이 주어지면 머신이 두 배로 올릴 것인지를 묻고, 플레이어가 승낙하면 다른 형태의 카드 게임이 진행된다. 머신이 한 장의 카드를 먼저 뽑고 페이스다운된 네 장의 카드에서 플레이어가 한 장의 카드를 선택한다. 머신의 카드보다 높은 숫자가 나오면 이기고, 낮은 숫자가 나오면 진다. 그리고 그 결과는 더블이 되거나 제로가 되는 식이다. Double or nothing. 모 아니면 도. 그리고 다시 같은 형태의 게임을 반복할 수 있었다. 100원을 걸어 200원을 만들고, 다시 400원을 만들고, 800원까지 나아간다. 그리고 플레이어가 그만둘 때까지 계속된다. 작은 금액에서 시작할 때는 아무런 부담이 없지만, 금액이 10만 원 단위가 되면 게임이 아주 커진다. 40만 원을 단 한 번의 게임으로 날릴 수 있었다. 물론 그것이 80만 원이 될 수도 있다. 여자는 그런 식으로 게임을 진행하고 있었다. 5만 원에서 시작해 80만 원을 만들고 50만 원을 걸어 모두 잃어버리는 식이었다. 물론, 매번 그런 식으로 진행하지는 않았지만 기회가 오면 여자는 지칠 줄 모르고 승부를 했다. 그럴 때면 뒤에서 구경하던 사람들은 긴장하였고, 사람들 사이에서는 낮은 탄성이 절로 터져 나왔다. 더블 업을 그런 식으로 진행하기란 나같이 배포 없는 사내들에게는 불가능한 일이었다. 컴퓨터에게 연속해서 다섯 번의 승리를 기대한다는 것은, 내가 하지 못하는 일 중 하나다. 그러한 행운은 내게 일어나지 않는다는 것이 이제껏 살아오면서 얻은 교훈이다. 하지만 여자는 달랐다. 포니테일의 생머리 여자 아이에게는 '이 정도쯤이야' 하는 식의 대범함이 있었다. 연령과 옷차림으로 봐서는 도저히 꾼으로 보이지 않았지만, 그의 손놀림과 포커페이스의 대응 방식으로 봐서는 나 같은 초짜와는 확연히 다른 레벨인 것이 분명했다. 바둑에서, 여드름이 나기 시작한 소년이 산전수전 다 겪은 초로의 승부사를 눈 하나 깜짝하지 않고 격파해 버리는 광경을 목격하는 것과 비슷했다. 여자는 머신이 제시하는 유혹을 거리낌 없이 받아들였다. 80만 원에서 160만 원의 승부. 아무나 그런 승부를 할 수 있는 것은 아니다. 생과 사를 나누는 결정은 아닐지라도, 몇 초 내에 결정을 해버리고 말 정도의 금액도 아니었다. 어떤 사람은 그 정도의 대가를 얻기 위해 한 달 내내 이른 새벽에 일어나야만 한다. 그들에게 여자의 행동은 정신이 나가지 않고서야 도저히 하지 못할 일이었다.

전혀 포기하지 않을 듯 보이던 게임이 캐시아웃 버튼을 누르면서 싱겁게 종료되었다. 마지막 게임에서 60만 원을 날려 버린 직후라 아쉬움이 컸다. 크레디트 창에는 6,000코인가량 남아 있었다. 300만 원 상당이었다.

「얼마코 시긱히 셨이요?」

함께 구경을 하던 사내 중 한 명이 궁금했는지 여자에게 물었다.

「7만 원?」

여자는 대수롭지 않다는 듯한 표정으로 대답했다. 조금은 지쳐 보였지만, 곧 옅은 미소가 번졌다.

「대단하십니다.」

핑크색 모자에는 해피 홀리데이란 영문이 비즈 장식 되어 있었다. 직원이 수표와 지폐 뭉치를 주자 여자는 만 원 한 장을 팁으로 돌려 주었다. 그러고는 뒷주머니에 손을 찔러 넣은 채 유유히 사라졌다.

구경하던 사내들도 사라지고, 나는 여자가 앉았던 자리에서 조금 떨어진 곳에서 게임을 시작했다. 500원 머신이었기 때문에 긴장감이 높았다. 여자의 게임을 흉내 내보았지만 쉽지 않았다. 우선 머신이 제대로 된 카드를 내놓지 않았다. 5만 원이 들어가고서야 마침내 반응이 왔다. 어렵게 찾아온 더블 업 기회. 10만 원에서 20만 원. '예스' 버튼을 눌렀다. 페이스업 된 카드는 4 스페이드. 쉽게 이길 수 있는 카드였다. 내가 선택한 카드는 킹 다이아몬드. 그리고 다시 더블 업. 20만 원에서 40만 원……. 시간을 끌어서는 안 된다고 생각했지만 손이 쉽게 떨어지지 않았다. '노' 버튼. 아무도 나를 주시하고 있지는 않았다. 창피한 생각이 든 것은 아니지만 여자의 게임을 따라 하는 것은 힘들었다. 이 정도면 족하다. '인간은 각자 다른 길을 가는 것이다'라고 생각하니 웃음이 나왔다. 도박을 하는 데 그런 시시껄렁한 생각을 할 필요는 없는 것이다. Double이 되면 좋겠지만 Nothing이 되는 상황은 피하고 싶다.

핑크색 모자에 감돌던 행운의 기류가 내게로 옮겨 온 것인지, 이후의 게임은 주고받는 식의 리듬을 탔다. 조금씩 잃고 있었지만 그것은 좋은 징조였다. 애당초 목표가 '조금씩 잃는다'였으니 원하는 대로 경기가 진행되고 있었다. 하지만 얼마 지나지 않아, 카지노는 억지로 링에서 선수들을 밀어내었다. 마감 시간이 되었는지 직원들이 게임을 끝낼 것을 종용하고 다녔다. 여기저기서 짜증 섞인 반응이 나왔다. 마지막이라고 생각하고 넣은 기계에서 보너스 게임이 당첨되었다. 화살표를 움직여 1,000코인이 있는 목표점까지 함정을 피해서 가면 되는 게임이었다. 이상하게 느낌이 좋았고 화살은 목표점을 향해 올라갔다. 카지노를 빠져나가던 사내 중 한 명이 옆에서 훈수를 두며 구경했다.

「이렇게 되기 어려운데.」

사내가 호의적으로 말을 걸어왔지만 누군가 낯선 사람이 보고 있다는 것이 조금 부담스러웠다. 마침내 마지막 버튼을 누르자 화살표가 1,000코인에 이르렀다. 목표점에 이르러 모인 코인은 모두 1,600에 가까웠다. 80만 원 상당이었다.

「운이 좋아.」

사내가 나보다 더 기뻐해 주었다. 이전까지 게임의 결과를 합산하면 여전히 잃은 것인데도 기분이 좋았다. 얼마라도 회복한 것이 잠을 자지 않고 내려온 보람을 느낄 수 있게 해주었다.

「괜찮으면 만 원만 빌려 주지.」

사내의 이야기를 잘못 들은 것 같아 이상한 표정을 지었다.

「차비 좀 하게. 오늘 영 안 풀리네. 다시 만나면 내가 따블로 갚아줄게.」

사내의 얼굴은 진심이었고, 나를 오래전부터 알고 지낸 사람처럼 대했다. 면도를 하지 않아 얼굴은 거칠었고, 눈자위에는 빨간 핏줄이 서 있었다. 카지노에서는 흔히 볼 수 있는 얼굴이었다.

「그렇게 하세요.」

지갑에서 2만 원을 빼주었다.

「고마워.」

돈을 받아 든 사내는 출입구 쪽이 아니라 다이사이 테이블로 급히 향했다. 잠시 후 직원이 당첨금을 가져왔고, 조금은 들뜬 마음으로 카지노를 빠져나왔다. 사내가 돈을 두 배로 만들었는지는 궁금하지 않았다.

엘리베이터에 오르자 지폐 뭉치의 현실감이 살아났다. 졌는데도 기분은 전혀 우울하지 않았다. 마지막에 찾아온 행운 탓이었다. 이길 수 있다는 착각이 들었다. 여자가 했던 더블 업 게임이 눈앞에 그려졌다. 이런 식이라면 이길 수 있지 않을까? '위험한 생각이다'라고 진정시켜 보았지만 흐트러진 마음은 쉽사리 가라앉지 않았다. 내가 편안히 잠들 수 없듯, 카지노에 있던 모든 사람들도 이런저런 이유로 잠을 청할 수 없을 거라고 생각하니 이상한 기분이 들었다. 카지노는 내가 생각했던 것보다 훨씬 기묘한 장소였다.

뒷모습을 보인 채 곤히 잠든 수진은 손을 뻗으면 잡힐 거리에 있었다. 침대에 누워 눈을 감았지만, 이런 어정쩡한 상태에서는 잠을 잘 수가 없었다. 모든 것은 정지 상태에서 빠져나오지 못하고 오로지 한 지점을 향해 빨려 들어갔다. 땅 위에서 내려다보고 있는 한, 늪의 깊이를 측정하기란 불가능하다. 그렇다고 무작정 발을 내디딜 수는 없다. 수진을 따라나선 것부터가 잘못이었지만 어디부터 어떻게 수정을 해야 할지 알 수가 없었다. '왜 하필 나였을까?' 오히려 내가 스스로에게 해야 할 질문이었다. '왜 하필 수진일까?' 그런 우울한 생각 때문에 쉽게 잠들 수 없었다. 차라리 팀의 중심 타자로 나서 2사 만루 상황에서 홈런을 치는 상상을 하든지, 아니면 극적인 역전 골을 터트린 후 동료들의 축하를 받는 축구 선수가 되어 보는 것이 바람직했다. 상상은 언제나 유쾌한 것이어야 한다.

세계에서 가장 운 좋은 여성으로 수잔 헨리 부인이 뽑혔습니다. 여러분이 그녀의 이름을 기억하지 못할 수도 있지만, 그녀의 이야기는 들어 본 적이 있을 겁니다. 4월 14일 월요일 새벽 1시 47분에, 수잔은 슬롯 게임 역사상 최고의 잭팟 기록을 갈아 치웠습니다. 아마도 100퍼센트 운만으로 그렇게 된 것은 아닐 것입니다. 수잔은 특정한 한 기계에 느낌이 꽂혔다고 말하는군요.

「저는 두세 번 카지노에 온 경험이 있어요. 줄이 길게 늘어서 있는 기계를 보고 첫째 날이 지난 후 남편에게 말했죠. '저 기계가 곧 터질 거야'라고. 단순한 느낌 이상이었고 그 기계로 게임을 하기로 했어요. 본능이었고, 의문의 여지가 없었어요.」

한 시간 정도 앞 사람이 나가기를 기다린 다음에야, 수잔은 그 기계에서 게임을 할 수 있었고, 20분이 지난 후 라스베이거스 역사상 최고의 잭팟이 터졌습니다. 향후 20년 동안 매년 50만 달러씩 카지노로부터 돈을 받기로 했습니다. 하지만 수잔은 건설 현장 조사관 일을 계속하고 있고, 그녀의 남편도 여전히 직장에 다니고 있습니다. 부부는 새로운 집과 가구를 사들였지만, 아직 다른 물건들을 사들일 계획은 없다고 하는군요.

왜 그녀는 계속 일을 하는 걸까요? 수잔은 아주 단순한 말로 답했습니다.

「일을 끝내는 건 쉽겠지만 다음엔 뭘 해야 하죠? 언제까지 낚시를 즐기고, 언제까지 쇼핑을 할 수 있을 것 같아요? 물건들로 가득 찬 벽장이 열 개씩이나 필요한 건 아니잖아요?」

우리는 그녀에게 마음에 드는 기계를 선택해 줄 것을 요구했습니다. 누가 알겠습니까, 그녀의 운 중에서 떨어져 나온 부스러기가 우리에게 올지?

– 《카지노 플레이어 매거진》(1997. 8.)

6

눈을 떴을 때 수진은 자리에 없었다. 밤새 수진의 벗은 뒷모습이 어른거렸기 때문에 금방 일어서기가 곤란했다. 이성적인 생각을 하려고 노력했지만 육체의 반응은 엉뚱한 방향으로 흘렀다. 그렇다고 뭔가 다른 방법을 선택할 수는 없었다. 침대에다 머리를 쿵쿵 찧은 다음, 긴 한숨을 내쉬었다. 아무 짓도 하지 않고 여자와 같은 방에서 지내는 것이 힘들 거라는 생각은 하지 못했다. 예정에 없던 난관이었지만, 수진과 나 사이에 뭔가 다른 일이 일어나면 더 큰 문제였다. '사소한 일로 일을 망쳐서는 안 된다.' 이상한 결론이었지만 선택의 여지가 없었다. 화장대 위에 메모가 있었다.

'곤히 잠들어 있는 것 같아서 깨우지 않았어. 어제는 재미 좀 봤어? 전화해.'

거울을 보니 거친 얼굴의 사내가 초점 없는 눈빛으로 바라보고 있었다. 하지만 전혀 낯선 얼굴은 아니었다. 카지노에 온 지 얼마 되지 않아 나는 그들을 닮아 가고 있었다.

그것이 왠지 불길한 징후처럼 느껴져서, 뜨거운 물로 오랫동안 샤워를 했다. 거울을 보며 꼼꼼히 면도를 했고 면봉으로 귀지를 떨어내었다. 가방을 펼치고 새로운 속옷과 구두를 꺼냈다. 일단 카지노에 들어서면 구두가 불편해지겠지만, 조금은 자신에게 엄격해질 필요가 있었다. 망가지기 위해서 카지노에 온 것이 아니었다. 새로운 셔츠를 입는다고 새로운 세상이 펼쳐지지는 않겠지만 자신을 관리하는 것은 중요하다.

나 같은 사람에게 혼자 있는 것은 필수 영양분 같은 것이다. 수진과 있는 동안 내 머리는 이런저런 생각으로 뒤죽박죽이 되었다. 대인 기피와는 다른 문제다. 단순히 군중 틈에 끼어 있는 것 정도야 단련되어 있지만, 어떤 식으로든 감정적인 관계를 맺게 되면 쉽게 피곤해졌다. 그 책임은 양쪽 모두에게 있었다. 타인이 경계를 넘어 내 세계에 들어와 황당한 요구를 한 적도 있고, 내가 잘못 반응해서 오해를 산 적도 있었다. 그래서 가능하면 접촉의 선을 줄이려고 했다. 그것 때문에 언젠가는 쓸쓸한 신세가 될 것이라는 예감이 들기도 하지만 어쩔 수 없다. 비록 잠깐이지만 수진이 곁에 없다는 이유만으로 한결 몸이 가벼워진 것 같았다.

여유가 생기자 질서가 잡혔다. 하드 디스크를 정리하듯 시간만 있으면 모든 것이 제자리를 찾아갈 것 같았다. 물론 카지노에 머무르는 한, 변하는 것은 아무것도 없겠지만 잠깐이라도 혼돈에서 벗어나 자신을 바라볼 시간이 필요했다. 다행히 생각을 정리하고 판단을 내려야 할 사항은 많지 않았다. 이미 카지노에 오기 전에 그런 절차는 끝났다. 예상대로 일이 진척되고 있는지만 점검하면 되었다.

우선, 장소가 장소인 만큼 금전 문제를 정리할 필요가 있었다. 지난밤의 게임은 예상을 빗나가긴 했지만 긍정적으로 평할 만했다. 수진이 턱없이 많은 액수를 말했기 때문에, 나는 내가 가진 돈의 무게를 제대로 실감하지 못했다. 하지만 경험한 바로는 우려했던 것만큼 대단한 위험이 도사리고 있지는 않은 듯 보였다. 내가 가진 돈으로 충분히 해결할 수 있을 정도였다. 그것은 내가 함정에 빠지지 않기 위해 조바심을 낸 탓도 있겠지만, 카지노의 진면목이 아직 내게 밀어닥치지 않았기 때문일 수도 있다. 어느 쪽이 무너질지는 모르겠지만, '한 달 만에 100억을 잃었다'는 신화 같은 이야기가 내게서 이뤄질 가능성은 없었다. 그리고 이런 상태로는 블랙홀에 빨려 들어가듯 도박 중독에 빠질 가능성도 없었다. 오히려 기대가 너무 컸던 탓인지 시시하게 느껴질 정도였다. 따라서 현 상태만 유지해 나간다면 아무 일 없었다는 듯 모든 것이 제자리를 찾을 것 같았다.

두 번째 문제는 수진과 관련된 것이었다. 수진이 원하는 것은 여전히 안개 속에 가려진 상태였고, 안개가 걷힌다 해도 달라질 것은 없을 것 같았다. 수진은 그의 길을 갈 것이고, 나는 그 자리에 남든지 아니면 방향을 돌려 내가 가던 길을 찾으면 되었다. 내가 어떤 결론을 낼지라도 수진이 이해하지 못한다면 또 다른 문제가 일어날 것이다. 미묘한 문제였고, 입구와 출구가 구분되지 않는 미궁 속이었다. 하지만 두 팔을 휘젓는다고 안개가 걷히지 않듯, 내가 아무리 조바심을 내어도 미래를 결정할 수는 없다.

카지노 주변을 돌아보겠다는 계획은 좀 어이없게 끝났다. 팸플릿에 선전하는 '가족 중심의 복합 레저 타운'이라는 문구는 그렇다 치더라도, 생각을 정리하며 걸을 수 있는 공간조차 없었다. 카지노와 호텔이 있고 주변에 주차장이 있었다. 그것으로 끝이다. 어디를 둘러봐도 삭막한 산만 보일 뿐이다. 약초꾼이나 땅꾼이 아닌 이상 그런 산을 탈 사람은 없어 보였다. 카지노가 들어섰다고 탄광 지역의 산이 순식간에 관광용 산으로 탈바꿈할 수는 없었을 것이다. 하지만 많은 사람들이 모여든다면 그것도 문제가 될 것 같았다. 그러잖아도 카지노는 이미 사람들로 넘친다. 더 많은 사람이 몰린다면 줄을 서야 할 지경에 이를 것이다.

카지노 주변을 하릴없이 걷는 사람은 나뿐이었다. 산책을 한다기보다는 돈을 잃고 헤매는 사람처럼 보였을 것이다. 그런 오해는 곤란하다. 평일 오후의 카지노 바깥 정경은 더할 나위 없이 평화로웠지만, 비무장 지대의 지뢰밭에서 느낄 만한 고요와 적막감이었다.

건물을 빙 돌아 반대편 입구로 들어오자 카지노 아래층으로 연결되었다. 산의 경사면을 이용한 건축물이라서 그런지 층의 구분이 모호했다. 어디가 지상이고 어디가 지하인지 가늠하기 힘들었다. 그러고 보면 카지노의 앞뒤 구분도 이상했다. 산에서 내려가는 방향이 건물 뒤였다. 흔치는 않지만 산에 위치한 학교에서 볼 수 있는 배치였다. 어쨌든 정신을 흩트려 놓는 점에서는 성공한 듯싶었다. 카지노에 온 손님들이 사물을 똑바로 바라보게 된다면 운영하는 측에서는 곤란하지 않을까 싶다. 뭐, 그런 의도로 건물이 설계되었다는 확신은 없지만.

실내에는 명품숍이 있었고 베이커리와 식당이 보였다. 반대편으로는 영화와 공연을 위한 극장이 있고, 그 옆으로는 지하로 향하는 에스컬레이터가 있었다. '센트럴프라자'와 '미라클월드'라는 이름의 테마 파크가 있는 곳이었다. 어린이 공원에 온 듯한 느낌을 주기 위해서인지 옆에서는 상체만 드러낸 로봇이 말을 걸고 있었다. 반복적으로 녹음된 테이프가 돌아가고 있었는데, 로봇이 내는 소리처럼 들리기 위해 효과음을 넣어서 그런지 무슨 소린인지 알아듣기가 어려웠다. 하지만 명랑한 내레이터 목소리보다는 나을지 몰랐다. 에스컬레이터는 한 사람이 서면 딱 맞을 정도로 폭이 좁았고 경사가 심했다. 테마 공원에 들어가는 긴장감을 주기 위해서라면 성공적이었다. 하지만 내려가는 사람은 나 혼자뿐이었고, 풍선을 든 들뜬 꼬마 아이들의 행렬은 찾아볼 수 없었다. 평일이었고, 아이들은 모두 유치원이나 학교에 있을 것이다. 에스컬레이터에서 내려서자 유니폼을 차려입은 안전 요원인 듯한 여직원이 가볍게 눈인사를 했다. 다행히 나 말고도 실내에는 어슬렁거리는 사람이 몇몇 보였다. 아직 학교에 들어갈 나이가 안 되어 보이는 두서너 명의 아이들과 목적 없이 배회하는 어른들이었다. 맞은편 카페테리아에서 식사를 하는 사람들도 보였다.

카페테리아 정면으로 '해머치기'와 '후로그호퍼'라는 놀이 기구가 보였다. 각 코너에 직원들이 배치되어 있었다. 좀 더 깊이 들어가자 미라클월드로 들어가는 매표소와 기념품 가게가 보였다. 모든 것이 테마 파크 하면 떠올릴 만한 장면들이었다. 차이가 있다면 규모가 작고 사람들의 수도 눈에 띄게 적다는 정도다. 하지만 내 입장에서 보면 그런 광경이 훨씬 편했다. 느닷없이 대규모의 시설과 많은 인파를 발견하게 되었다면 분명 머리가 아팠을 것이다.

딱히 뭘 하겠다는 것이 아니었으므로 걸음은 느렸고 시선은 산만했다. 시내의 대형 아케이드 오락실만 한 크기의 실내를 두세 번씩 돌아보는 것도 금방 끝이 났다. 시간을 보내려면 입장표를 사서 미라클월드라는 곳에 들어가야겠지만 혼자서 그런 곳에 갈 이유는 없었다. 마침 배가 고파 카페테리아에 자리를 잡았다. 한동안 호텔에서만 식사를 해서인지, 눈앞에 놓인 비빔밥을 보자 한결 본연의 모습을 찾은 듯한 느낌이 들었다. 이런 식의 감정이 옳은 것인지는 모르겠지만, '내가 먹을 수 있는 밥이란 이런 것이다' 하는 생각이 들었다. 나도 매일같이 호텔에서 제공하는 호사스러운 음식을 먹을 수 있으면 좋겠지만, 현실을 고려하지 않을 수 없다. 주머니가 허락하지 않았고 행동도 자연스럽게 따라 주지 않았다. 싸구려 음식이나 라면 따위로 매 끼니를 때워야 하는 형편은 아니지만, 내가 할 수 있는 정도는 평범한 식당에서 적당한 가격의 비빔밥이나 된장찌개를 먹는 것이다. 분에 넘치는 돈을 가지고 카지노에 왔다고 해서 나 자신이 달라지는 것은 아니다. 어쩌다 한 번 스테이크와 와인이 차려진 테이블에 앉아 보듯, 일회성 이벤트에 불과한 것이다. 우주의 긴 역사에 비교해 '삶도 결국은 이벤트다'라고 한다면 반박할 수는 없지만, 무턱대고 감당할 수 없는 삶을 흉내 내며 살아갈 수는 없는 것이다.

누가 뭐래도 나는 나대로 힘들고 지친 삶을 살고 있다.

그런 생각을 한 때문인지 비빔밥은 잘 넘어갔다. 타박을 할 만큼 맛없는 것도 아니었고, 감탄을 할 만큼 놀라운 맛도 아니었다. 내가 먹는 음식은 늘 그런 식이다. 누가 정해 준 것은 아니지만 그걸 바꾸기 위해서는 뭔가 대단한 일이 일어나야 한다. '인생 역전'이라는 광고 문구처럼.

밥이 바닥을 드러낼 때쯤 누군가의 시선이 내게 고정된 것을 느꼈다. 식사가 시작될 때부터 감지하고 있었지만, 고의적으로 회피하고 있었다. 정확히 말하면 무시였다. 아이를 두려워하는 어른은 없다. 나 역시 어른이었고 해머치기를 하며 노는 아이가 나를 유심히 본다고 해서 위협을 느낄 필요는 없었다. 시간이 지날수록 아이의 시선은 노골적으로 나를 표적으로 삼았다. 나도 '뭐, 어쩔 수 없지' 하는 식으로 그의 시선을 받아들였다. 여자 아이는 자신이 해머치기를 하고 노는 것을 내게 자랑이라도 하듯 살랑거리며 뛰어다녔다. 직원의 도움으로 겨우 해머를 내려놓는 수준이었지만, 스스로 대견해 하는 모습은 숨길 수 없었다. 목에 흰 레이스가 달린 검은 원피스 차림이었고, 스타킹에 부츠까지 맞춰 신었다. 동네를 어슬렁거리다 놀러 온 아이로 보이지는 않았다. 숟가락을 내려놓자 아이가 나를 향해 걸어왔다. 그의 보호자가 될 만한 사람을 주변에서 찾아보았다. 직원을 제외하고는 아무도 보이지 않았다. 여자 아이는 당연하다는 듯한 표정을 짓고 내 앞에 섰다.

「앉아도 돼요?」

차림새뿐만 아니라 그에 걸맞은 예의도 갖추었다.

「물론이지.」

「맛있었어요?」

아이는 의자에 앉으며 빈 대접을 보았다.

「그럭저럭.」

「여기 음식은 별로에요. 아이스크림은 먹을 만하지만.」

검은 파마머리에 어울리는 크고 둥근 눈동자였다. 언젠가 이와 비슷한 상황에 부딪힌 적이 있었다. 정확히 기억나지는 않지만 나는 그날 어이없는 실수를 했었다. 타인의 마음을 읽는다는 것은 그때도 힘든 일이었다. 특히 상대가 여자일 경우에는 어김없었다.

「아이스크림 먹을까?」

「좋긴 한데…… 엄마에게는 비밀로 할 거죠?」

다행히 이번 경우는 심하게 빗나가지는 않았다.

「그러지 뭐. 엄마에게 들키면 나도 좀 곤란할 거 같으니까.」

「좋아요. 돈 줘요.」

「아저씨가 사올까?」

「아뇨. 제가 하고 싶어요. 아저씨는요? 커피, 아이스크림?」

「커피.」

「좋아요.」

막힘이 없었고 상대방의 의중을 헤아릴 줄 아는 아이였다. 생각해 보면 이상한 상황이었으나, 아이의 자연스러운 몸짓이 모든 의심과 불안을 걸어 주었다. 테마 파크에서는 항상 일어나는 일인 것처럼. 빈 그릇을 치우고 자리로 돌아오니 여자 아이가 가져온 커피가 탁자에 놓여 있었다.

「몇 살?」

「일곱 살.」

「이름은?」

「명혜.」

「예쁜 이름이네?」

「정말 그렇게 생각해요?」

「응. 왜?」

「그런 말 한 사람은 아저씨가 처음이에요.」

「내가 실수한 거야?」

「아뇨. 하지만 예쁜 이름은 아니에요.」

아이스크림을 든 아이는 딱 일곱 살짜리 꼬마였지만, 의젓한 눈빛만큼은 살아 있었다.

「유치원에는 안 가?」

「당연하죠. 여기서 얼마나 먼데.」

「그렇지?」

바보 같은 질문이었다.

「아저씨, 아저씨도 사는 게 힘들어요?」

그건 마치 쓸데없는 서설은 생략하고 우리 사이에 벌어진 일들을 해명해 보라는 식의 적극적인 물음이었다. 사랑 고백을 했는데 어떻게 책임질 것이냐는 물음을 받은 것처럼 난감했다. 어쩌면 요즘 일곱 살 난 아이들의 최대 관심사가 그것이고, 상대방에게 그런 질문을 하는 것이 유행처럼 번지고 있는지도 몰랐다. 내가 생각하는 식으로 세상은 온전하게 돌아가지 않았다.

「그럴 때도 있고, 아닐 때도 있지.」

결국 난 또 내 방식으로 얼버무렸다. 아이는 나를 빤히 쳐다보기만 했다. 좀 더 설명해 보라는 식으로.

「살다 보면 칭찬을 받을 때도 있고, 꾸중을 들을 때도 있어. 어쩔 수 없는 거야.」

「그렇죠?」

「그래.」

아이는 그만하면 되었다는 표정으로 고개를 끄덕였다. 그것으로 아이가 내게 터무니없는 것을 요구하지는 않는다는 것이 분명해졌다. 시간이 지나도 주변은 변하지 않았다. 놀이 기구에서는 기계음이 나오고, 몇몇 사람들은 식사를 하고, 직원들은 왔다 갔다 했다.

「심심하지 않아?」

「아뇨. 재미있어요. 언니들이 잘해 줘요.」

아이가 가리킨 곳은 '키즈월드'라는 간판이 붙어 있는 곳이었다. 아이들을 잠시 맡길 수 있는 장소로, 컴퓨터와 동화책, 장난감이 있었고 몇몇 꼬마들이 놀고 있었다.

「오늘은 아이들이 없어서 조용해요.」

「여기 얼마나 있었어?」

「네 밤.」

「꽤 있었네. 질리지 않아?」

「아뇨. 저녁에는 엄마가 놀아 줘요. 여기는 모든 것이 깨끗해서 기분 좋아요. 언니들도 친절하고, 방에 있는 침대도 넓고 좋아요.」

「유치원이 더 재미있을 것 같은데?」

「안 그래요. 아저씨 유치원 다녔어요?」

「아니.」

「히히.」

아이는 뭐가 우스운지 함박웃음을 지었다. 나도 덩달아 웃고 말았다. 아이들은 항상 예상치 못한 순간에 웃는다.

「엄마는?」

아이는 대답 대신 주머니에서 휴대폰을 꺼내 보여 주었다.

「자꾸 전화하면 싫어해요. 꼭 필요할 때만.」

「예를 들면?」

「그런 건 묻지 말아요.」

여자 아이는 곤란한 표정을 지었고 곧 새침해졌다.

「미안.」

「히히.」

「뭐가 우스워?」

「그냥. 히히.」

나도 어쩔 수 없이 웃고 말았다. 이 정도라면 꽤 괜찮은 대화인 것 같았다. 혼자서 밥을 먹고 커피를 마시는 것보다는 나았다.

「남자 친구 있어?」

「아뇨. 관심 없어요. 아저씨는 결혼했어요?」

「아니, 아직.」

「그럴 것 같았어요.」

「왜?」

「느낌. 여자의 느낌.」

「그렇지!」

난 감탄했다는 듯 길게 소리를 내었다.

「아저씨 책 많이 읽어요?」

「노력하는 편이야.」

「저도 그래요. 엄마가 책을 많을 읽어야 똑똑한 사람이 된대요.」

「그래서 명혜가 똑똑하구나, 책을 많이 읽어서.」

「아직은 아니에요. 아저씨! 여자 친구랑 왔어요?」

「그런 셈이지.」

「빨리 가보세요. 여자를 혼자 남겨 두는 것은 남자가 해서는 안 될 일이라고 했어요.」

「누가?」

「우리 아빠.」

「그럼 아빠는 엄마와 함께 있겠네?」

「당연하죠.」

「뭘 하고 계실까?」

「몰라요.」

「명혜만 혼자 있는 거네?」

「난 여기가 더 좋아요. 이제 책 읽을 시간이에요. 엄마와 약속했거든요. 일어나도 되죠?」

「물론.」

입술 주변을 냅킨으로 닦은 다음 명혜는 자리에서 일어났다. 앉아 있을 때나 서 있을 때나 별 차이 없는 키였지만, 눈빛만큼은 일곱 살 난 여자 아이로 보이지 않았다. 뭐랄까? 상대방을 다루는 특별한 기술을 타고난 것처럼 보였다. 요즘 아이들이 모두 그런지는 모르겠지만, 내가 아는 통념과는 맞지 않았다. 명혜는 뒤를 한 번 돌아보고 씩 웃었다. 아이스크림을 사준 것에 비하면 분에 넘치는 웃음이었다. 그런 웃음은 여자들만 지어낼 수 있는 것이다. 남자들에겐 그런 센스가 없다.

명혜가 가버리자 주변이 한결 가라앉았다. 해머치기에서 나오는 기계음도 낮아졌고, 사람들의 움직임도 느렸다. 커피는 이상하게도 먹을수록 쓴맛이 났다. 그렇게 앉아서 시간을 보냈다. 보이지 않는 사물을 보려고 하는 시도가 헛됨은 분명했다. 그런데도 나는 시간이 흐르고 있음을 보고 있다고 착각했다. 많은 일들이 있었고 모든 것이 지금의 나와는 상관없는 방향으로 사라져 갔다. 그중에는 내가 놓친 장면들이 여럿 있었고, 그림의 순서가 뒤섞여 버려 퍼즐처럼 변해 버린 것들도 있었다. 개연성도 없었고 스토리도 없었다. 분명한 것은 시간이 흐르고 있다는 사실뿐이었다. 시계를 보니 시간이 꽤 많이 흘렀다. 명혜가 한 말이 떠올랐다. 너무 오랫동안 수진을 혼자 남겨 두었다.

수진은 슬롯머신 게임을 하고 있었다. 그 모습이 너무 자연스러워서 수진이 젊은 여성이라는 점을 빼면 남의 이목을 끌 요소는 없었다. 수진은 나를 발견하자 환하게 웃었다. 지난밤 몰래 혼자 방을 빠져나간 것을 탓하는 분위기는 없었다.
「여기로 와봐.」

수진은 기다렸다는 듯 손을 이끌었다. 수진은 한 중년 여성이 게임은 하지 않은 채 가만히 앉아 있는 곳으로 날 데리고 갔다.

「보여?」

「뭐가?」

「맞았잖아. 잭팟!」

수진의 말대로 여자 앞의 머신은 정지되어 있었다. 다섯 개의 잭팟 그림이 V자 형태를 그리고 있었다. 게임기는 흑인 재즈 뮤지션 레이 찰스를 모티프로 디자인한 것이었다. 100원 머신이었지만, 프로그레시브 게임이었기 때문에 당첨금이 컸다.

「얼만지 알아?」

「3,700만가량인데.」

머신 위 전광판에 불이 들어와 있었다.

「대단해! 좋겠지?」

수진은 마치 자신의 일인 것처럼 좋아했다.

「어젯밤에 나도 저 자리에 앉아서 게임을 했거든. 이상하게 느낌이 좋더라고. 한 번 더해 보는 건데.」

「네가 했으면 안 됐을걸.」

「왜?」

수진이 조금 상기된 표정을 짓고 있는 것과는 반대로, 정작 잭팟의 주인공은 담담하게 앉아 있었다. 직원이 돈을 가져오길 기다리는 모양이었다. 막 잭팟이 터져서인지 열 대 남짓한 기계에서는 아무도 게임을 하지 않았다.

「전문가들에 의하면.」

「또 전문가 타령이야? 그래서.」

「슬롯머신의 결과는 수백만 분의 1초에 의해 결정된대. 따라서 똑같은 기계 앞에서 게임을 했더라도 결과는 달라지지. 아무리 운이 좋다고 해도 저 아줌마와 같은 시간을 맞추기란 거의 불가능해. 결국, 내가 방금 일어난 자리에서 잭팟이 떠도 원통해할 필요는 없는 거야. 서로 운이 다르니까.」

「사실이야?」

「확인해 보진 않았지만 맞을 거야.」

「아무리 그래도 난 할 수 있을 것 같아. 어차피 나올 그림이라면 내가 한다고 굳이 도망가겠어?」

나는 대꾸 없이 수진의 얼굴을 보았다. 어쩌면 수진이 맞을지도 모른다. 어차피 확률과 불확정성에 의지해야 한다면 결정된 것은 아무것도 없는 것이다.

「또 한 가지를 알려 주자면, 머신은 게임이 돌아가지 않는 상태에서도 계속해서 결과를 쏟아 낸다는 거야. 눈에 보이지는 않지만 머신 안에 든 컴퓨터는 계속 일을 하는 거지. 매 100만 분의 1초당 다른 그림을 조합하는 거야. 인간의 뇌가 따라잡기 힘든 속도로.」

「하시반 아부셧노 보이시 낳샇아?」

「보이지 않는다고 사실을 부정할 수 있어? 모든 사물은 추상화 작업을 거쳐서 단순하게 보일 뿐이야. 필요 이상으로 눈을 의지해서는 안 돼.」

「그래도 난 보이는 것만 믿을래. 컴퓨터 따위야 알게 뭐람. 피곤하기만 하지.」

맞는 말이었다.

「너! 점 보러 가본 적 있지?」

「그건 왜?」

「궁금해서.」

「가고 싶긴 했는데 안 갔어. 나쁜 소릴 들을까 봐.」

마침 가까운 곳에 카페가 있어서 우리는 각자 커피 한 잔씩을 들고 좀 더 그 순간을 즐기기로 했다. 우리에게 온 행운은 아니었지만, 그런 행운을 보는 것만으로도 운이 전염될 것 같았다. 하지만 정작 주인공은 한 번도 웃음을 보이지 않았다. 여자는 몇 번이고 손가방을 들추며 뭔가를 정리하고 있었다. 대차 대조표를 그려 보는 것인지, 아니면 다음 행동을 계획하는 것인지 알 수 없었다. 도박에서의 승리란, 내가 생각하는 것보다 훨씬 복잡한 형태를 띠고 있었다.

신화 : 슬롯머신 게임에서 승리하기 위해서는 다른 날보다 잭팟이 빈번하게 나오는 시간이나 날짜를 제대로 선택하는 것이 중요하다.

현실 : 당신이 외팔이 강도를 상대로 싸울 때, 실제로는 슬롯머신이라는 옷을 입은 컴퓨터와 게임을 하는 것이다. 그리고 컴퓨터는 주말이든지, 특정한 날의 낮이든 밤이든 상관하지 않는다. 따라서 슬롯머신을 할 '베스트 타임'이라는 것은 존재하지 않는다.

– 프랭크 스코블릿, 《현대 슬롯머신의 비밀》

여자의 잭팟이 신호탄이 된 것인지 슬롯머신은 여기저기서 벨을 울렸다. 30만 원에서 500만 원까지 액수도 다양했고, 그림은 크레디트 창에 찍힌 숫자보다 훨씬 화려했다. 문제는 모든 잭팟이 우리가 아닌 다른 사람들의 몫이라는 것이었다. 운이 우리를 비켜서고 있는 것인지는 모르지만, 우리가 선택하지 못한 장소에서 행운의 종소리가 들렸다. 그런 일이 반복될수록 이상하게 의기소침해졌다. 처음엔 다른 사람의 운이 단지 부러울 뿐이었는데 점차 시기와 질투로 변질되었다.

「내가 저거 하자고 했잖아.」

수진은 엉뚱한 기계만 골라잡는 내가 한심했는지 투정을 부렸다.

「지금이 기회인 것 같은데.」

슬롯머신에 정해진 기회의 시간이란 없다고 말해 주고 싶었지만 분위기로 봐서 그런 말이 먹혀들 것 같지는 않았다. 우연의 일치라고 해야겠지만, 과연 무엇이 현실이고 무엇이 신화인지 구분이 가지 않았다. 분명한 건 둘 다 돈을 잃어 가고 있다는 사실뿐이었다. 카지노에 온 모든 사람들이 승자가 될지라도 우리가 그중에 속하지 않으면 아무런 의미가 없었다.

카지노는 논리나 이성이 지배하는 곳이 아니었다. 그곳은 '무작위'의 태양이 군주였고, 양분은 오로지 그에게 선택받은 자에게만 주어졌다. 하지만 게임을 하는 동안에는 그것이 비합리적이라고 생각되지 않았다. 이를테면, '운이 비껴간 것이지 룰은 공정했다'라는 생각이 드는 것이다. 주사위가 도는 동안에는 교육 수준이나 기술, 힘, 지식, 경험 등은 아무런 도움이 되지 못했다. 오로지 확률만이 모든 것을 말했다. 카지노에서 실질적인 이득을 취하는 세력을 배제시키고, 순전히 게임 자체만 본다면 그런 가정은 설득력이 있었다. 분명 사람을 끄는 무엇인가가 있었다. 가장 큰 요소는 '공정성'이었다. 공정하지 않다면 카지노에 온 많은 사람들이 돈을 잃고 순순히 돌아가지는 않을 것이다. 그들은 내심 게임이 공평했으며 자신에게도 기회가 주어질 것이라고 생각했을 것이다. 남은 것은 신의 섭리뿐이었다. 그렇게 보면 인간이 도박을 하는 것은 어쩌면 운명적인 것일 수도 있다.

「오늘은 여기서 그만 하자.」

수진이 마지막 남은 만 원 한 장까지 다 써버린 다음 말했다. 어떤 게임에서든 지는 것은 기분 좋은 일이 아니었다. 그것을 예상했고, 심지어는 목표로 했음에도 불구하고 인간의 변덕스러운 마음은 패배를 받아들이기 힘들어했다.

「이제 시작인데?」

모든 것이 내 잘못처럼 여겨졌다.

「쉬고 싶어. 나중에 다시 내려오자.」

나는 수진의 어깨를 짚으며 자리에서 일어났다. 수진은 내 손이 몸에 닿자 희미한 웃음을 보였다. 무엇을 기대하는지는 몰랐지만, 서로 비슷한 처지가 되었으므로 그다지 빗나간 느낌은 아니었을 것이다. 앞으로의 일 따위를 점치는 것은 불가능하다. 슬롯머신 프로그램의 핵심 코드처럼.

7

```
Protected int randomVal () {

    Return (int) (Math.random ()*100) % winFrequency;

}
```

자바 언어에 익숙지 않은 사람은 어리둥절하겠지만, 알고 보면 그리 복잡하지 않다. 한 줄의 코드이지만 실제로 슬롯머신 프로그램을 구현하는 데 있어 가장 핵심적인 역할을 담당한다. 나머지 코드는 부차적인 내용일 뿐이다. 이 한 줄의 코드가 모든 것을 결정하는 것이다.

줄인다면, 'Math.random ();'만 남는다. Math는 자바의 한 패키지로 정수와 실수의 연산을 담당하는 여러 클래스를 담고 있고, 이미 자바 머신에 구현되어 있다. 프로그래밍을 해본 적이 없는 사람들은 이해하지 못하겠지만 알 필요도 없다. 루마니아 어를 모른다고 해서 비난을 받거나 불편함을 느낄 필요가 없는 것과 같은 이유다. 그러면 다시, 'random();'만 남게 된다.

결국 프로그램의 핵은 난수를 발생시키는 것이다. 하지만 이 코드만으로는 상당히 불완전하다. 'random()'이 리턴하는 값은 0.0에서 1.0 사이의 실수이지만, 이것이 의사 난수(pseudorandomly)로 결정된다는 것이 문제다. 의사 난수의 특징은 난수이면서 동시에 예측 가능하다는 점이다. 상호 모순으로 보이긴 하지만, 난수의 결과를 알 수 있다는 장점을 가지고 있어 프로그램 디버깅에 유용하게 쓰인다. 이를 보완하고 완전한 난수를 발생시키기 위해서는 여러 장치를 쓸 수 있다. 'time()'을 연산에 함께 사용하는 방식이 가장 흔하게 쓰인다. 그렇게 되면 결과를 예측하는 것은 불가능해진다. 이제 컴퓨터는 주사위를 던지고, 누구도 그 값을 예측하지 못하게 된다. 신이 인간을 창조했다는 가정을 한다면, 이제 신은 인간이 어디서 무슨 짓을 하고 다닐지 전혀 알지 못하게 되었다. 다만 신은 인간 행동의 결과에 따른 보상과 형벌을 준비할 수 있을 뿐이다.

카지노에는 밤이 어울렸다. 수진이 잠든 시각. 정상적인 생활 패턴을 가진 사람들이 휴식을 취할 시각에 카지노는 거대한 공장과 같은 활력으로 넘쳐났다. 혼자 있는 것이 심리적으로 편했다. 수진이 방해가 된 것은 아니지만 카지노는 그런 장소였다. 집중을 하고 깊이 파고 들어가기 위해서는 혼자 있는 것이 좋았다. 그것을 증명이라도 하듯 많은 사람들이 혼자서 움직였다. 물론 도박 중독의 명백한 증거이기는 하지만.

한낮의 슬롯머신이 느린 낙타 위에서 뜨거운 모래사막을 걷는 것이라면, 밤의 슬롯은 전속력으로 질주하는 치타가 달려가는 모습처럼 스릴을 맛보게 해주었다. 순전히 잘못된 감각 탓이지만. 인간의 뇌가 꼭 자의적으로만 활동하는 것이 아님을 인정한다면 그것이 잘못된 일이라고 잘라 말할 수도 없었다. 단것을 먹고도 쓴맛을 느낀다면 어쩔 수 없는 것이다. 객관적 사실이 중요한 것이 아니라 받아들이는 쪽의 해석이 우선이다. 단맛을 느낄 수 없다면, 그것은 더 이상 단맛이 나는 음식이 아니다.

카지노에 여러 번 출입하게 되면서, 더 이상 낯선 세계에 들어섰다는 느낌은 들지 않았다. 이제 내가 그곳의 일원이라는 사실은 분명했다. 어떤 이유에서건 도박을 시작했고, 점점 얇아지는 지갑이 사실을 입증했다. 상상을 하는 것과 실제로 경험하는 것은 분명 다르다. 예정된 경로를 밟고 있었지만 내가 생각했던 것과는 다른 반응이 일어났다. '패배를 인정하는 것은 쉬운 일이 아니다.' 카지노에서 대박을 꿈꾼 것은 아니지만, 들어서는 순간에는 이기고 싶은 마음이 우선이었다. 결국 실망하며 무대를 내려왔고 그런 수순이 반복되고 있지만, 첫 베팅은 언제나 신중하게 했다. 카지노를 벗어나지 못하는 사람들은 그런 사이클에 익숙해진 사람들이었다. 내가 예외적인 인간이라는 설정은 아집에 불과했다. 노름꾼들 속에 자리 잡고 있는 한, 내가 그들과 구별될 이유는 없었다.

기계를 옮겨 다니는 행위는 성지 순례를 하는 것과 유사했다. 신성 모독이라고 한다면 취소할 수도 있지만, 최소한 플레이어의 간절한 마음은 성스러운 대상 앞에서 기도를 드리는 이들과 별 차이가 없었다. 플레이어들은 태연한 척 가장하고 있지만 지갑이 가벼워질수록 삶에 대한 불안이 커지는 것은 당연한 결과였다. 모든 권한은 신에게 부여되어 있고, 적어도 슬롯 게임에서 신은 머신이었다. 돌아갈 차비마저 빼앗아 버릴지, 아니면 조금의 적선을 내릴 것인지는 모두 기계 마음대로였다.

그러한 생각이 너무 무겁고 과장되어 있다면, 이 여자에서 저 여자로 옮겨 다니는 유쾌한 설정으로 바꿀 수도 있다. 여자들의 얼굴과 육체가 모두 다르듯, 머신들도 제각각 다르게 행동했고 반응했다. 어떤 여자와는 일이 술술 풀리기도 하지만, 말을 붙이기가 무섭게 쌩하고 돌아서는 여자도 만나게 되는 것이다. 야금야금 약만 올리다 도망가는 여자도 있고, 어리둥절하게 만드는 적극적인 여자도 있다. 여자와의 경험이 풍부해서 그런 연상을 하게 되었다고 생각하면 곤란하다. 이건 그저 하나의 비유일 뿐 페미니스트를 화나게 하려는 것은 아니다. 적어도 나는 슬롯의 동전 투입구에서 여성의 성기를 떠올리는 허접한 상상 따위를 하는 인물은 아니다. 단지, 900대가 넘는 기계에서 제대로 된 기계를 찾아내는 것이, 나와 맞는 여자를 찾는 것만큼이나 어려운 일이라는 생각이 들어서 해본 망상일 뿐이다. 어느 쪽이 더 힘들고 가능성이 없는 것인지 판단이 서지 않을 정도였다.

그래도, '나를 위한 기계가 어디엔가 존재하지 않을까?' 하는 기대감으로 게임은 지속되었다.

'데자뷰!'

옆 자리에 여자가 와서 앉았다. 카지노는 이상한 방식으로 감각을 흩트려 놓는다. 분명 다른 시간과 공간에서 이루어진 일인데도 모든 것이 연속성을 띠고 있었다. 물론 그런 이야기를 할 만큼 긴 시간을 카지노에서 보낸 것은 아니다. 하지만 카지노에서 일어나는 모든 일들은 지루한 심포니의 반복처럼 시작과 끝의 구별이 모호했다. 구성원들 역시 제각기 달랐지만 누가 누구인지 구별하는 것은 불가능했다. 게임에 집중하면 할수록 그런 모호함은 점점 확대되었다. 옆에서 누가 게임을 하는지는 관심사가 될 수 없었다. 따라서 옆 자리에 아는 얼굴이 앉아서 게임을 해도 갑작스러운 반전은 일어나지 않았다.

첫눈에 그를 알아본 것은 아니었다. 하지만 기계를 마주 대하는 눈빛이 낯설지 않다는 느낌이 들었다. 여자는 내가 자신을 슬쩍 훔쳐보고 있다는 사실 따위는 상관하지 않는 듯한 태도로 게임에 열중했다. 기계와 혼연일체가 되었다고 표현할 수는 없지만 어정쩡한 내 태도와는 확연히 구분이 가는 행동이었다. 모자 대신 기억에 없는 안경을 쓰고 있다 해도 버튼을 누르는 작은 동작 한 번으로 그의 존재를 확인할 수 있었다. 시원스러운 의사 결정으로, 구경하던 사내에게 대단하다는 칭찬을 들었던 여자였다. 비디오 포커. 'Double or nothing.'

이제 겨우 스물을 넘긴 듯한 여자 아이의 팔목은 가늘었고, 가까이서 보게 된 하얀 피부는 머신의 금속 표면에 반사되어 더욱 빛이 났다. 속눈썹까지 확인할 수 있는 거리였지만, 예의에 어긋나는 행동이라 제동이 걸렸다. 그러나 같은 종류의 기계를 상대하고 있었기 때문에 그림이 바뀔 때마다 시선을 옮기며 관심을 보이는 것은 허용

되었다. 남자가 여자에게 거는 수작이 아닌, 순수한 의도의 관심으로 가장하는 것은 어렵지 않았다.

　여자를 밝히는 편은 아니라고 생각하지만, 아무튼 옆에 젊은 여자가 앉아 있는 것은 기분 좋은 일이었다. 머리도 감지 않은 우락부락한 사내의 욕지거리를 듣거나, 정신을 놓은 듯 줄담배를 피우는 중년 여성 옆에서 게임을 하는 것보다는 훨씬 나았다. 호화로운 대리석과 푹신한 붉은 카펫에도 어울렸다. 고객이 턱없이 많은 금액을 지불한다는 것을 감안하면, 카지노는 그런 장면을 연출하기 위해 좀 더 노력해야 된다는 것이 개인적인 견해다. 아르마니 슈트 차림의 남자가 새로 만난 여자를 티파니 목걸이로 유혹하며 스위트룸으로 올라가는 장면은 아닐지라도, 막 고추를 따다 온 듯한 행색을 한 중년 여성이나 그대로 나가서 시멘트 부대를 짊어져도 전혀 이상하지 않을 차림의 사내를 카지노에서 보고 싶지는 않았다. 손님을 차별하면 안 되지만, 카지노와 그들 사이의 격차가 너무 커서 그로테스크한 장면을 연출하고 있음을 부정할 수 없었다. 빈곤한 자가 카지노를 출입하는 것인지, 카지노에 다니면서 빈곤해진 것인지 알 수 없지만, 아무튼 그런 상황이 계속된다면 어떤 게임에서든 유쾌해질 수 없다. 앞뒤가 맞지 않는 궤변이긴 하지만, 그래서 젊은 여자가 옆에서 게임을 하는 것만으로도 기분이 업되었다. 도서관에서 마음에 드는 여자아이 옆에 앉은 것과 비슷했다. 그런 상황이 좀 더 자주 일어날수록 삶은 가벼워지고 유쾌해진다.

　「아!」

이런저런 한심한 생각을 하는 동안, 옆에 앉은 여자는 코인이 바닥 났는지 고개를 숙이고 짧은 한숨을 내쉬었다. 심각해 보이지는 않았 지만 지난번과는 분명 다른 모습이었다. 내가 상상했던 것과는 달랐 지만 카지노에서는 누구에게나 일어나는 일이었다. 금세 자리에서 일어날 것 같은 분위기였다. 하지만 여자는 주섬주섬 주머니에서 담 배를 꺼내었다. 그러고는 어쩔 수 없다는 듯 내게 말을 붙였다.

「아저씨. 불 좀 빌릴 수 있어요?」

화가 난 것인지 실망한 것인지 분간되지 않는 목소리였다. 여자는 라이터로 불을 붙인 다음, 한 손을 턱에 괴고 정지한 화면을 쳐다보 았다. 스크린 속에는 벽돌에 머리를 박는 대머리 남자가 반복적으로 등장했다.

「지독해.」

혼잣말인지 나를 향한 말인지 불분명했기 때문에, 그를 한 번 슬쩍 보는 것으로 응답을 했다.

「아저씨도 세상 사는 게 힘들죠?」

어떤 식으로 응대를 할 것인가 고민이 되었다. 나를 아저씨라고 부른 것이 조금 언짢기도 했지만, 이상하게 그에게는 깍듯이 예의를 갖추고 싶지 않았다. 반말을 하는 쪽이 훨씬 사연스러운 대응이라는 생각이 들었다.

「살다 보면 칭찬을 받는 날도 있고, 꾸지람을 듣는 날도 있는 거 야.」

그건 확실히 준비된 대답이었다. 여자는 어디서 본 듯한 웃음을 지었다. 카지노에서 이런 식의 인사가 유행하고 있다는 것은 이로써 확실해졌다. 다음에 어떤 식으로 대화를 풀어 갈까 고민하는 동안 보너스 게임에 당첨되었다.

「찬스군요!」

여자는 스크린으로 시선을 고정시키고 나에게 다음 행동을 재촉했다. 검지로 터치스크린을 눌렀다. 모두 다섯 개의 아이템을 선택할 수 있는 찬스를 잡았다.

「시작이 좋네요.」

그의 말대로 가장 좋은 기회를 잡았다. 잘만 하면 10만 원 상당의 코인을 획득할 수 있었다. 하지만 큰 기대를 갖지는 않았다. 그동안 몇 번인가 보너스 게임을 했었고, 결과는 별로였다. 팔자를 고치기는 고사하고 지금까지 잃은 돈을 회복하기에도 턱없이 모자란 금액이었다.

화면은 전기톱을 비롯한 전동 공구와 철물점에서 흔히 볼 수 있는 여러 물건들이 진열된 상점으로 옮겨 갔다. 터치스크린으로 다섯 개의 아이템을 선택하면 아이템마다 배정된 코인의 수를 합산해서 돌려주는 게임이었다. 생각하기에 따라서는 흥분을 느낄 수도 있었다. 리턴의 많고 적음과는 별개로 중독성이 강한 게임이었다. 마치 플레이어의 선택이 경기의 결과를 결정한다는 착각을 일으켰다. 날아가 버린 그의 운이 내게로 온 것인지 세 번 모두 크레디트가 아주 높은 아이템을 선택했다. 내가 아이템을 선택할 때마다 화면 속 계산대 점원의 눈알이 놀라 튀어나왔다. 다음 아이템은 1,200코인이나 올라갔다. 모두 합쳐 23만 원에 가까운 코인이 모였다. 그것만으로도 잭팟이 최고 200만 원에 불과한 머신에서는 상당한 승리를 거둔 것이었다.

「이제 더블을 잡아야겠네요.」

「더블?」

「운이 좋으면 트리플이 될 수도 있어요.」

「흠.」

그의 말을 들으니 조금 긴장이 되었다.

「해볼래?」

「진심으로 하는 말이에요?」

「물론.」

「후회하지 않는다고 약속하면 할게요. 나 이 게임 정말 좋아하거든요. 항상 지긴 하지만.」

거침없는 성격이란 것은 몸이 말보다 더 빠르게 움직이는 것에서 드러났다. 여자는 이미 검지로 선택을 하는 중이었다. 생각보다는 길고 살집도 있는 손이었다. 선반 위의 페인트를 골랐고, 계산대 위에 올려졌다.

X1, 삐삐, X2, 삐삐.

더블이었다.

「예스!」

다섯 개의 아이템이 합쳐지고 모두 4,600가량의 코인이 나왔다. 잭팟이라 할 수는 없겠지만 100원 머신임을 감안하면 큰 승리였다. 그는 내게 하이파이브를 요구했다. 처음 만난 사람과 하기에는 어색한 동작이었지만 여자는 상관하지 않고 감정을 표현했다. 어차피 동일한 목적으로 게임을 하고 있으니 넓은 의미에서 동료라고 볼 수도 있었다.

「돈을 나누고 싶은데.」

「아뇨, 그러실 필요 없어요.」

「더블은 그쪽이 골랐으니 나는 내 몫만 챙겨도 돼.」

「후하시네요. 하지만 아저씨 운이니까 신경 쓰지 않아도 돼요.」

「그래도 기쁨을 나누는 것 정도는 해줄 수 있잖아?」

「흠. 내게 관심 있어 그러는 건 아니죠?」

여자 아이는 처음으로 똑바로 나를 봤다. 아무리 봐도 카지노를 내 집처럼 들락거릴 나이는 아니었다. 안경 너머의 눈은 처음 봤을 때의 강한 인상과 달리 천진스러운 웃음이 남아 있어 10대처럼 보이기도 했다.

「설마! 내가 관심을 갖기에는 너무 어려 보이는데.」

「아하! 매너는 빵점이네요. 좋아요. 그럼 돈 대신 김밥이나 한 줄 사요. 오늘은 저녁도 거르고 계속 이 짓만 했거든요. 그건 그렇고 좀 더 해보세요. 터지는 기계가 터지는 법이니까. 이건 완전 먹통이고.」

그는 주먹으로 앞에 놓인 기계를 내리쳤다.

「어제와는 좀 다르지?」

여자는 영문을 모르겠다는 표정을 지었다.

「비디오 포커. 대단했어. 우연히 본 거니까 이상한 생각은 할 필요 없어.」

그는 다시 턱을 괴고 나를 올려 봤다.

「조금 고민되네. 아저씨 정말 스토커는 아니죠? 변태나······.」

「우연일 뿐이야. 나 말고도 구경하던 사람들이 있었잖아? 기억나? 그리고 이쪽으로 온 건 그쪽이야.」

「내가 눈에 띄긴 하죠. 워낙 한 미모 하니까.」

「의심스러우면 그냥 가도 좋아. 어차피 난 손해 보는 거 없으니까. 굳이 변태로 오인받을 필요는 없지.」

「음흉한 데다 소심하기까지.」

어쩌면 그건 적절한 평가인지도 몰랐다.

「전 윤미라고 해요. 여기서는 다들 핑크 공주라 부르지만.」

아래위를 훑어봐도 핑크 색은 보이지 않았다.

「숙녀를 그렇게 노골적으로 보시면 안 되죠.」

말없이 웃긴 했지만 조금 긴장되었다. 서울역에서 낯선 여자에게 손목을 붙잡혔을 때와 비슷한 느낌이었다. 여자는 역시 나이와는 상관없는 동물이었다. 내가 먼저 제안을 한 것 같은데 왠지 끌려들어 가는 심정이었다.

김밥을 먹는 그의 얼굴에 위험한 징후는 없었다. 화장기 없는 얼굴은 투명했고 어두운 그림자도 없었다. 새벽임을 감안하면 그의 피부는 경이롭기까지 했다. 언뜻 보아서는 모든 것이 커 보였지만 볼록한 가슴과 걸을 때 본 뒷모습은 균형이 잘 잡혀 있었다. 소녀와 여성이 공존하는 것처럼 보였다. 그건 아마도 화장한 수진을 계속해서 본 까닭에 일어난 착시 현상일 수도 있었다. 그동안 나는 어린 여자와 얽힐 일이 없었다. 그렇게 생각하자 왠지 내가 늙어 버린 느낌이 들었다. 카지노 정 중앙에 자리 잡은 카페에는 피로에 지친 사람들이 김밥과 샌드위치, 주스 등으로 요기를 하고 있었다. 넓은 공간을 비워 두었기 때문에 따뜻한 느낌의 조명이 비추고 있었지만 어딘지 썰렁한 느낌이 들었다. 윤미는 모든 것에 익숙해 보였다. 나는 김밥을 한 개 집어먹은 이후로는 커피만 간간이 입에 댈 뿐 줄곧 담배를 피웠다. 특별히 고민할 것은 없었지만 '이전에 내가 좋아했던 타입'이라는 생각이 발목을 잡았다. 그런 허무맹랑한 생각을 하는 자신이 한심스러워 똑바로 상대를 바라보지 못했다.

「혼자 온 건 아니죠?」

「어떻게 알아?」

「느낌이죠. 여자에요?」

「응.」

「설마 유부남은 아니시죠?」

「당연히.」

「그럴 것 같았어요.」

「고마워.」

「고마워할 일은 아닌 것 같은데. 그냥 여자를 대하는 솜씨가 엉망이라서 해본 소리예요. 그리고 요즘은 능력 있는 남자들이 결혼을 해요.」

「그럼 난 능력이 없는 건가?」

「나도 모르죠. 우린 아직 만난 지 한 시간도 되지 않았잖아요.」

그가 '우리'라고 묶어서 표현한 것이 마음에 들었다. 강한 연대 의식은 아닐지라도 앞으로 일어날 일들에 대한 밝은 불꽃이 튀는 듯한 느낌이었다. 롤러코스터의 느린 오르막길처럼.

「뭔가 일이 잘 안 되고 있죠?」

「그건 또 어떻게 알아?」

「그렇지 않으면 나와 이렇게 한가하게 놀고 있지는 않을 거잖아요. 아무튼 좀 위험한 분이시네.」

「그건 염려하지 않아도 돼. 그냥 친구일 뿐이니까. 직장 동료라 해 둬도 좋고.」

「동료 여직원과 카지노에 오는 사람은 못 봤어요.」

「없으라는 법도 없지.」

「히히.」

김밥과 소시지가 있던 접시는 깨끗이 비워졌다. 그렇게 많지는 않았지만 그래도 젊은 여성이 처리하기에는 부담스러운 양이었다. 옆에 있던 물도 단숨에 들이켰다.

「자 이젠, 뭘 하죠?」

그가 두 팔을 벌리며 기지개를 켰지만, 나라고 뭔가 뾰족한 생각이 있는 것은 아니었다.

「핑크 공주에 얽힌 사연을 듣고 싶은데.」

「아, 그거요. 그냥 해몬 소리예요.」

안경 너머로 해맑은 눈웃음이 보였다.

「여기서 알게 된 아저씨가 있는데 내가 한동안 핑크 색 모자를 쓰고 다녔더니 그런 별명을 붙여 줬어요. 머리를 정리하기 싫을 때 쓰는 것뿐인데.」

「여기가 직장이야?」

「그런 셈이죠.」

농담으로 한 말인데, 그가 너무 아무렇지 않게 말해서 오히려 내가 머쓱해졌다.

「실명을 밝히는 것이 꺼림칙해서 그냥 두고 있어요. 뭐, 그렇게 나쁜 별명도 아니고. 여기서는 대부분 김씨 아저씨나 안동댁 하는 식으로 불리거든요. 영월네로 불리는 것보다는 핑크 공주가 훨씬 좋잖아요.」

「집이 영월이야?」

「지금은 아니에요. 아버지가 영월에 사셨죠. 이제 제 사생활은 그만 물으시죠.」

「아, 미안. 그런 의도는 아니었어.」

「후후.」

「왜 웃어?」

「그냥. 아저씨, 주로 여자들에게 끌려 다니는 쪽이죠?」

「모르겠는데.」

「아마 그럴 거예요. 잘 생각해 보세요.」

그의 말대로인지도 모른다. 이렇게 카지노까지 오게 된 걸 보면.

「내 생각엔 그런 것 같은데. 아니라고 생각하는 여자들도 있는 것 같아.」

「그 여자에게서 도망쳤어요?」

「글쎄.」

대화의 속도가 너무 빨라 머리가 조금 아팠다. 머리가 아프다는 것은 감정적인 선택이 아니라 실제로 느껴지는 고통이었다. 잠이 부

족한지도 몰랐다. 아니면 오랫동안 기계 앞에 있었기 때문에 육체가
제대로 반응하지 못하는 것일 수도 있다.

「여긴 어떻게 왔어요?」

　확실히 나답지 못한 행동이었다. 처음 만난 여자와 그런 깊은 대
화를 나눌 수 있다는 것은 거의 기적에 가까웠다. 상대가 아주 어린
아이도 아니고 정신이 나간 여자도 아니었기 때문에 사생활을 이야
기 하는 것이 부담되지 않을 수 없었다. 그러나 그에게는 사람을 끄
는 힘이 있었다. 모든 것을 털어놔도 상관없다는 기분이 들었다. 세
세한 부분은 빼놓았지만, 카지노에 오게 된 이유를 짧게 설명해 주었
다. 이야기를 듣고 난 그의 반응은 조금 의외였다.

「흠! 재미있긴 하네요. 여긴 별별 사연을 가진 사람들이 모이는 곳
이긴 한데, 아저씨처럼 바보 같은 사람은 처음 봐요. 간섭할 일은
아니지만, 뭔가 다른 이유가 있겠죠?」

「글쎄.」

잠깐 생각하는 시늉을 해보았지만 답이 있을 리 없었다.

「본인은 아니더라도 상대는 그렇지 않을걸요?」

「그런가?」

「맞을 거예요. 그리고 그 정도 돈을 단숨에 잃으려면 여기에 있어
서는 안 되죠.」

「그럼 어디로?」

「VIP룸으로 가야죠.」

「그런 게 있었어?」

「게다가 슬롯머신이나 하다니. 한세월이지.」

「말했지만 난 돈을 잃으려고 하는 것은 아니거든.」

조금씩 대화가 빗나갔다. 그건 내가 모든 것을 털어놓지 못한 까닭도 있고 설명을 제대로 못한 탓이기도 했다. 하지만 그가 말한 VIP룸의 존재는 조금 충격적이었다. 내가 준비하는 일에는 언제나 그렇게 구멍이 있었다. 치명적인 적도 있었지만 이번 경우는 그렇게 심각한 것은 아닌 것 같았다. 오히려 그런 정보가 없는 것이 도움이 되었을 것이다. 아직 수진의 돈을 쓸 정도까지 가지는 않았고, 또한 그런 일이 벌어진다면 나로서는 그것은 거의 재앙에 가까운 일이었다. 수진도 카지노에 들어오면서부터 전혀 다른 방향으로 움직이고 있었다. 어쩌면 처음부터 거짓말을 했을 수도 있다. 그렇다면, 왜 수진은 내게 그런 허황된 이야기를 했을까?

「지옥을 구경하고 싶어요?」

「지옥?」

「말 그대로 지옥이죠. 아저씨처럼 여유를 부리는 사람들을 보면 화가 나. 여기 있는 사람들이 아저씨 눈에는 말도 안 되는 한심한 짓을 하는 것으로 보이겠지만, 겪어 보지 못한 사람들은 이해할 수 없어요. 상상하는 것만으로는 부족해요.」

「상상하는 것만으로는 불가능하다?」

「절대.」

단호하게 말했지만 그의 눈에는 장난기가 섞여 있었다. 따지고 들 것도 없이, 카지노에서는 그가 나보다 베테랑이었기 때문에 그에게 조금 놀림을 당한다고 해도 기분이 나쁘지는 않았다. 오히려 좀 더 많은 사실을 알고 싶은 충동이 일었다.

「세상에 공짜가 없는 것은 알고 계시죠. 10만 원만 주세요. 그럼 내가 자리를 확보해 놓을 테니까. 그 정도면 아주 싼 거예요.」

「지옥행에도 돈을 내야 하는 거야?」

「운이 좋으면 천당으로 갈 수도 있으니까. 순간이긴 하지만.」

처음 봤을 때부터 윤미가 사기꾼이 아니라는 확신은 있었다. 사람을 속이는 데 재능이 있는 인간이라면 나 같은 사람은 철저히 배제할 것이다. 아무리 털어 봐야 얼마 되지 않는 동전만 떨어질 테니까. 그렇다고 해도 윤미가 내게 베푼 행위는 여전히 의아했다. 카지노에는 그를 상대해 줄 인간들이 줄을 설 것이다. 아직 피부가 투명했고, 남자라면 한 번쯤 뒤돌아보게 만드는 매력을 지닌 여자였다. 어린 여자는 질색이라는 사내가 아니라면 누구에게나 환영받을 것이었다. 수진이 내게 전화를 걸어온 것과는 또 다른 차원의 의문이 일었다. 그런 점에서 여자들의 행동은 계속 수수께끼로 남는다. 예측과 기대는 항상 빗나간다. 윤미가 원하는 것이 무엇인지 전혀 감을 잡을 수가 없었다. 하지만 그런 작은 불안의 불씨를 키워서, 굴러온 호박을 차버릴 수도 없었다.

무엇보다 나는 외로웠고, 아무런 진전이 없더라도 뭔가 다른 일이 일어난다는 것은 긍정적인 신호였다. 속눈썹이 길고 가슴이 예쁜 아가씨가 말을 걸어왔는데 주뼛주뼛 뒷걸음칠 수는 없었다. 키가 작은 것이 흠이긴 했지만, 반드시 걸고 넘어가야 할 문제는 아니었다.

「그럼 이렇게 해보죠. 링에 올라갈 수 있나 알아보는 기본적인 테스트예요.」

「좋아.」

「우선 블랙잭에 대해서 아저씨가 아는 걸 모두 말해 봐요.」

「모두?」

「네.」

「미국의 B-1에 대항하고자 구소련에서 개발한 초소음 전략 폭격기로, 소련에서 발진해서 미국 본토를 직접 공략할 수 있게 고안된 최초의 장거리 제트기지.」

「게임할 때는 그런 농담 안 통해요.」

그렇게 말을 했지만 웃음을 잃지는 않았다.

「사실을 말하자면, 제트기가 어떻게 생겼는지 모르듯, 내 주위에서는 아무도 블랙잭을 안 해.」

「그건 그래요. 모두 고스톱에 빠져 있으니. 하지만 카지노에 왔으니 카지노 룰을 따라야죠.」

「더블 다운, 스플릿, 인슈어런스, 써랜더…… 또 뭐가 있지? 뭐 그 정도는 들어 본 것 같아.」

「완전 깜깜이는 아니네요. 그런 것 말고 실질적인 정보 없어요?」

「예를 들면?」

「흠. 나도 잘 몰라요. 이런 경우는 처음이라. 정말 게임 안 해봤어요?」

「응. 인터넷으로 연습을 하긴 했지만.」

「온라인 도박을 했어요?」

「아니. 말 그대로 연습이야. 프로그램을 다운받아서 혼자서 컴퓨

「터와 해본 거지.」

「달라질 건 별로 없네요.」

윤미는 의자 뒤로 몸을 기대었다. 말과 달리 실망한 얼굴은 아니었다.

「하지만 그런 상태가 더 나을지도 몰라요. 어설프게 아는 것이 더 위험하니까.」

그렇게 말하고는 윤미가 내 옆 자리로 왔다. 갑작스러운 행동이라 조금 놀랐지만 그 얼굴은 강아지가 공놀이를 하자고 꼬드길 때와 비슷했다. 그는 내게 몸을 밀착시킨 다음 낮은 목소리로 말했다. 마치 소중한 비밀 이야기를 털어놓듯.

「이건 모두 아는 사실이지만…… 여기 있는 사람들 모두 제대로 미친 사람들이에요. 절대 믿어서는 안 돼요. 수학적 통계니 확률이니 하는 것도 전부 엉터리예요. 누가 하룻밤에 얼마를 벌었다더라 하는 말에도 솔깃해서는 안 돼요. 그건 정말 하룻밤일 뿐이거든요. 진실 따위는 없어요. 과대망상증에 걸린 사람들 입에서 나온 말을 어떻게 신뢰하겠어요. 믿을 수 있는 건 '누가 어디서 돈을 얼마 잃고 어떻게 죽었다' 하는 정도의 신문 기사와 카지노 주식이 얼마 올랐다는 정보뿐이에요.」

그렇게 말한 다음 윤미는 다시 제자리로 돌아갔다.

「그럼 필승을 위한 기본 전략을 체크해 볼까요?」

그는 빨대로 탁자 위에 놓인 키위 주스를 소리 내어 마셨다.

에드워드 O. 솔프(Edward O. Solf)는 미국의 수학 교수이자 작가

이며 블랙잭 플레이어이다. 그는 카드 카운팅으로 블랙잭 게임에서 이길 수 있음을 수학적으로 증명한 첫 번째 책인, 《비트 더 딜러(Beat the Dealer)》를 쓴 것으로 잘 알려져 있다. 솔프 교수는 UCLA에서 박사 학위를 받았고 MIT에서 강의했다.

케리 포뮬러(Carry formula)에 기초를 둔 블랙잭 게임 이론을 개발하면서, 그는 컴퓨터를 사용해 승률을 조사했다. 또한 블랙잭 승률의 이론적 연구 모델에 필요한 등식을 이끌어 낼 프로그램을 만들기 위해 포트란(Fortran) 프로그래밍 언어를 사용했다. 이 방식으로 심도 있게 블랙잭 게임을 분석했고, 그만의 독창적인 카드 카운팅을 창안해 내었다. 그는 실제로 이론을 테스트해 보기로 결정했고, 당연히 라스베이거스가 최적의 장소로 선택되었다.

1만 달러를 사용해서 첫 실험을 했고, 결과는 성공적이었다. 불과 30시간 만에 1만 1천 달러를 땄고, 그의 이론은 증명되었다. 이후 많은 사람들이 그의 책을 읽었고, 카드 카운팅을 사용해 게임을 하게 되었다. 처음 그 효용성에 회의적이었던 카지노들은 결국 여러 벌의 카드를 한꺼번에 사용하거나 중간에 다시 카드를 섞는 식으로 카드 카운팅에 대응하였다.

– 〈위키피디아(Wikipedia, 미국의 무료 온라인 백과사전)〉

「기본 전략에 대해서는 들어 봤죠?」

「들어는 봤지만 자세하게 알지는 못해.」

「그럼 모르는 거나 마찬가지네요.」

「그런가?」

「구구단이 있다는 사실을 아는 것과, 구구단을 암기하는 것은 완전히 다른 거예요.」

「맞는 말이야.」

윤미는 조금 김이 빠졌다는 표정을 지었다.

「하지만 별로 어려운 것도 아니니까. 몇 가지 기본적인 것만 기억하면 돼요. 대신 얼마나 자질이 있나 살펴보도록 하죠. 내가 딜러라고 생각하고 히트를 할지 스탠드를 할지 결정해 보세요. 아저씨가 얼마나 도박에 감이 있는지 알아보는 데 도움이 될 거예요.」

「좋아.」

「우선. 소프트와 하드에 대해서는 알죠?」

「에이스를 11로 계산하는 것이 하드 카드, 에이스를 1로 계산하는 것이 소프트 카드. 맞나?」

「헐. 틀렸어요. 정반대로 말했어요. 첫 두 장의 카드 중에서 에이스가 있는 세트를 소프트 카드라 하고, 에이스가 없거나 에이스를 1로 계산한 세트를 하드 카드라고 해요.」

「틀릴 수도 있지.」

「물론 그럴 수도 있죠. 하지만 게임을 하려면 그 정도는 기본으로 알아야죠. 나중 잊고 있다가는 큰 코 다칠 걸요.」

「어쩔 수 없지.」

「항상 그런 식이죠?」

「……」

「좋아요. 실수라고 해두고. 그럼 본격적으로 하드 16에 딜러 업 카드 7.」

「스탠드.」

「왜요?」

「그냥 16이란 숫자가 좀 부담스러우니까.」

「소프트 핸드 A7. 딜러 업 카드 8.」

「히트.」

「이건 또 왜죠?」

윤미의 미간이 좁아졌다. 직감적으로 잘못된 선택을 했다는 생각이 들었다.

「음…… 에이스가 있잖아.」

「좋아요. 마지막으로 플레이어 5페어. 딜러 업 카드 10.」

「이건 더블 찬스 아닌가?」

「훌륭하시네요. 거기 물 좀 주세요.」

「내가 먹던 거야.」

「상관없어요.」

물을 주자 윤미는 남김없이 마셨다. 마치 맥주를 한 번에 마시는 듯한 동작이었다.

「어땠어, 엉망이지?」

주역을 공부하던 선배에게 내 사주를 주고 어떤 이야기가 나올까 하며 기다리던 때와 같은 심정이었다. 그의 입가에 웃음이 먼저 번졌다.

「완전히 틀렸어요. 하나의 예외도 없이.」

「어느 정도 예상은 했었어.」

「블랙잭 테이블 근처에는 가지 않는 것이 좋겠네요. 많은 사람을 봤지만 아저씨처럼 엉터리는 처음 봤어요.」

「그럴 거야. 고스톱 할 때 나와 있는 패도 못 보고 넘어갈 때가 많
거든.」

「기본 전략이라는 것이 절대적이진 않지만 어차피 확률 게임이니
까 그 정도는 기억해 두는 것이 좋아요. 하지만 지금으로 봐서는
좀 절망적이네요. 아저씨, 혹시 학교 다닐 때 수학을 지독히 싫어
하지는 않았어요?」

「뭐, 비슷해.」

말은 쉽게 했지만 기분이 조금 상했다. 현재는 코딩만 하고 있긴
하지만 명색이 프로그래머인데.

「모든 것을 한 틀에다 집어넣을 수는 없잖아? 도박이 정해진 규칙
으로 이뤄진다면 누가 그 짓을 하겠어? 항상 예외라는 게 있는데.」

「맞기는 해요. 하지만 분명한 건 그렇게 쉽게 말하는 사람들이 도
박에서는 항상 패자가 된다는 거예요. 행운이 오지 않을까 하는
기대만으로는 이길 수 없는 것이 도박이거든요.」

「하지만 노력한다고 해도 결론은 마찬가지 아냐? 윤미도 인정했
듯이.」

「흠. 맞는 말이네요.」

윤미는 지나던 종업원에게 물을 한 잔 주문했다. 조금 떨어진 곳
에서 한 무리의 함성이 터져 나왔다. 소리의 대부분은 남자들이었지
만 그 속에 칼날처럼 날카로운 여자들의 목소리도 섞여 있었다. 그
것은 카지노에서만 들을 수 있는 소리였다. 야구장의 굿바이 홈런
때와도 차이가 있었고 서커스 관람객의 탄성과도 달랐다. 짧았지만

그 소리는 인간이 가장 큰 환희에 찼을 때 내뱉는 소리처럼 들렸다.
오르가슴 때의 소리와도 달랐지만.

「무슨 소린지 알겠어요?」

「이겨서 나온 함성이겠지.」

「딜러가 버스트 된 거에요. 그걸 게임에 참가한 모든 사람들이 힘을 합해 만들어 낸 것이라고 착각하는 거죠. 저 소리에 취하면 끝장이라고 보면 돼요. 내가 '딜러를 이길 수 있다'라고 생각하는 순간 늪에 빠져 드는 거죠.」

윤미는 아직 생기를 유지하고 있었지만, 목소리는 내가 생각한 어린 여자의 것과 달랐다.

「아무튼, 아저씨는 블랙잭은 꽝이고 바카라 쪽으로 가야 될 것 같아요.」

나는 대답 대신 웃기만 했다. 바카라는 아예 룰조차 몰랐지만 걱정하지 않았다. 최악의 선택이 아님은 분명했다.

윤미와 짧은 악수를 하고 헤어지고 난 다음 맥이 탁 풀렸다. 사냥감을 쫓다가 별다른 소득 없이 혓바닥을 길게 늘어뜨린 개가 되어 버린 느낌이었다. 달리는 동안에는 모든 피로와 고통을 잊을 수 있었지만 돌아오는 길은 길고 지루했다. 온몸의 세포가 죄다 흔들리는 것 같았다. 엘리베이터의 고요와 적막은 안정을 주기보다 불필요한 생각을 강요하며 불안에 떨게 만들었다. 이럴 바에는 차라리 카지노 안의 기계음과 소음이 훨씬 편할 것 같았다. 그것은 꼭 돈을 잃었다거나 낯선 사람과 관계를 맺은 탓만은 아니었다.

수진은 어제와 같은 모습으로 누워 있었다. 속옷 색깔이 바뀌었지만 그런 것과는 상관없이 모든 일이 반복이었다. 비단 카지노에서의 일만이 아니었다. 내가 잘 해낼 수 있다고 생각한 것은 한낱 섣부른 자위에 불과했다. 어디까지 일이 뒤틀려 버릴지는 두고 볼 일이지만, 열차가 궤도를 벗어난 다음 벌어질 일을 예상하기란 어렵지 않다. 문제는 속도였고, 가능한 그 속도를 늦추고 싶었다. 기껏해야 함께 잠자리에 드는 시간을 어긋나게 하는 정도였지만, 그것이 내가 할 수 있는 최선이었다. 수진의 마음을 아프게 하기 위해서 혼자 내버려 둔 것은 아니었다. 비록 카지노에 함께 오긴 했지만, 우린 이미 끝난 사이였다. 어설픈 빌미를 만들어 일을 크게 만들면 안 되었다.

가볍게 세수를 하고 침대에 누웠다. 하지만 쉽게 잠에 빠져 들지 못했다. 그래서 윤미가 했던 말을 떠올렸다.

「가진 돈을 모두 잃어버린 사람들이 공통적으로 경험하는 일이 뭔지 아세요? ‘내 가치는 얼마나 될까?’ 하고 생각하는 거예요. 몸을 팔아서라도 돈을 구하고 싶은 거죠. 그 돈으로 무엇을 할지는 뻔하지만, 아무튼 무슨 짓을 해서라도 돈을 되찾고 싶은 욕망이 일어나요. 한 번의 기회가 더 주어진다면 이 지긋지긋한 지옥으로부터 탈출할 수 있을 것만 같거든요. 그렇게까지 되지 않으려고 노력하고 있지만 그게 말처럼 쉬운 일이 아니에요. ‘내가 돈 많은 남자에게 하룻밤의 흥정을 한다면 얼마를 받게 될까?’ 한심한 생각이긴 하지만 진지하게 고민해 본 적도 있어요. 난 아직 젊고, 상대가 여유 있는 사람이라면 그런 거래를 뿌리치지는 않을 것 같은 느낌이 들었어요. 물론 해보지는 않았지만 꼭 미친 짓 같지도 않아요. 비참해질 수도 있겠지만 반대로 또 다른 행운의 세계가 펼쳐질지 누가 알아요? 내가 카지노에 목을 놓고 있는 인생으로 변해 버린 것처럼 앞으로 일어날 일도 어떻게 될지 모르는 거잖아요. 그래서 기회가 생기면 꼭 그런 일을 해보고 싶었어요. 처음 본 남자에게 말을 걸어 보자. 하지만 이번에는 돈 때문이 아니라 호기심 탓이에요. 가보지 못한 세계에 대한 동경.」

「그럼 완전히 헛다리 짚은 거야.」

「나도 알아요. 아무리 봐도 아저씨가 내게 다른 세상을 보여 줄 사람처럼 보이지는 않아요. 무시하는 건 아니니까 이해해 주세요. 히히. 하지만 테스트 상대로는 좋은 것 같아요.」

「어떤 면에서?」

「일단 안전해 보이잖아요. 여긴 험하게 사는 사람들이 한둘이 아니에요. 칼을 들고 있지는 않지만 항상 조심해야 해요. 잘못하다간 날 벨 수도 있거든요. 마음씨 좋은 국어 선생님과 학생주임을 구분하지 못하는 학생이 없듯이, 여기 있다 보면 누가 꾼이고 누가 숙맥인지는 한눈에 보여요. 아저씨가 돈이 있든 없든 상관없지만, 나를 해칠 것 같지는 않았어요. 그래서 말을 받아 준 거예요.」

「먼저 말을 붙인 거 아니었나?」

「아뇨. 아저씨가 먼저였어요. 아무튼 그게 중요한 건 아니니까, 아저씨가 시작했다고 쳐요. 중요한 건 이렇게 경험을 쌓다 보면 실력이 는다는 거죠.」

「남자에게 말을 거는?」

「뭐, 비슷해요.」

「그럼 난 윤미가 가고자 하는 세계의 첫 계단이 된 거야?」

「그 표현 마음에 들어요. 왠지 근사한 일이 생길 것 같지 않아요?」

「전혀.」

「그렇게 부정적으로만 보지 말아요. 어차피 다음 일을 모르기는 마찬가지 아니에요?」

「너무 세상을 만만하게 보는 거 아냐? 윤미가 접근을 한다고 해서 모두 환영하지만은 않을 것 같은데.」

「그러니까 연습이라고 했죠. 테스트. 그리고 잘 모르시나 본데, 난 아주 꼼꼼하고 신중한 편이거든요. 실패를 한다고 해도 세상이 무너질 만큼 크지는 않을 거예요. 내가 무너질 수는 있겠지만.」

「그게 그거 아냐?」

「달라요. 세계와 내가 어떻게 똑같을 수 있죠?」

「그런가?」

「아무튼 난 좀 다른 게임을 하고 있는 거예요. 타인에게 말 걸기.」

「어디서 들어 본 말인데, 별 재미는 없어 보여.」

「그건 두고 볼 일이죠. 아저씨도 싫지는 않죠?」

「뭐, 나야 상관없어. 아저씨 소리만 빼면.」

「왜요? 아저씨가 어때서요?」

「듣다 보면 중늙은이가 된 것 같아. 싱싱하지는 않지만 그래도 아직은 젊은 쪽에 속하는걸.」

「그런 것에 신경을 쓰는 걸 보니 확실히 나이가 드시긴 드셨네요.」

「놀리는 거야?」

「히히.」

「그건 그렇고, 왜 처음 마음먹은 대로 행동하지 않았지?」

「뭘요?」

「자신을 팔고 싶어 했잖아? 왜 내겐 그런 제안을 하지 않은 거야?」

「처음부터 그렇게 말했으면 아저씨가 어떻게 했을까요?」

「내가 먼저 질문을 한 것 같은데.」

「아마 도망쳤을 거예요. 나만 미친 사람이 되는 거죠.」

「아닐 수도 있지.」

「카드 카운팅의 위력은 자기 확신에서 비롯되는 거예요. 때가 왔다고 생각하면 절대적인 믿음을 가져야 돼요. 이길 수 있는 기회가 매번 오는 것은 아니거든요. 일단 기회를 잡으면 가차 없이 밀어붙어야 돼요. 딜러가 버스트 될 때까지.」

「그게 이 일이랑 무슨 상관이 있지?」

「내가 계산한 바로는 아저씨는 그런 타입이라는 거예요. 내가 함께 자자고 말했으면 벌써 도망쳤을 걸요.」

「날 몰라서 그래.」

「아뇨. 틀림없어요. 내기를 해도 좋아요.」

「좋아. 그렇다고 치지.」

「봐요. 버스트 되었잖아요.」

내게 생은 이리도 험한데 얻은 건 적고 내줄 건 많은데

점점 무거워지는 내 두 어깨 점점 두꺼워지는 맘의 벽에 두께

한 방과 대박이란 세태에 물들어 이리저리 뛰어 봐도

나중에는 부끄럽게도 운명 앞에 고개 숙여 무릎 꿇어

그게 우리의 현실인데 울기는 왜 울어

— 부활, 〈회상Ⅲ (feat. 조PD)〉 중에서

뒤숭숭했던 삼사리를 털고 일어나 보니 어제와 똑같은 일들이 일어났다. 수진은 없고, 피로해 보이는 사내만 거울 속에 있었다. 방의 모습 역시 한결같았다. 수진의 소지품과 내 것이 뒤엉켜 있었고, 달라진 것은 아무것도 없었다. 카지노에서처럼 모든 것이 시간의 경계를 흩트려 놓았다. 그것이 안락한 일상을 표현하는 건지는 모르겠지만 일단 심리적인 안정은 되었다. 수진을 이런 식으로 내버려 두는

것에 대해 미안한 생각이 들기도 했지만 선택의 여지가 없었다. 몰래 엉뚱한 일을 벌인 것도 마음에 걸렸다. 하지만 '수진은 수진이고 나는 나다'라는 쪽에 무게가 실렸다. 반대의 상황이 일어난다고 해도 수진을 탓하지는 않을 것이다. 그렇게 남남의 길을 선택한 것은 이미 오래전의 일이다. 내 잘못만은 아니었다.

카지노로 내려가기 전에 프런트로 전화를 걸었다. 상대방은 교육받은 친절함을 보였으나 어딘지 귀찮아하는 느낌이 있었다.
「프런트의 ○○○입니다.」
그의 이름을 잘못 들은 것 같아 잠깐 머뭇거렸다. 여자는 내게 시간을 주려는 것인지 채근하지 않았다.
「실례지만 이름을 다시 한 번 불러 주시겠어요?」
「네, ○○○입니다.」
신경질적인 반응은 아니었다.
「미안합니다. 제 이름과 같아서 좀 당황했습니다.」
「아, 네.」
짧은 대답만으로는 그가 어떤 표정을 짓고 있는지 확신할 수 없었다. 프런트에 전화를 걸어 그런 수작을 거는 인간들이 꽤 있는지 몰라도, 나는 그런 족속은 아니다. 여자와 남자가 같은 이름을 쓰는 것이 요즘에는 비교적 흔한 일이지만, 이렇게 직접 동명의 사람과 부딪친 것은 처음이었다. 굳이 그런 것을 따질 필요는 없지만 누가 더 손해를 보는 것인지 알 수 없었다. 여자는 다른 어떤 반응도 보이지 않고 내 다음 말을 기다렸다. 유머와 여유가 없는 것이 젊은

여자들의 특성인지, 아니면 호텔 직원들에게 항상 사무적으로 일하
도록 교육받은 탓인지는 모르겠지만, 그런 신기한 우연을 모른 척하
고 넘어가는 게 조금 섭섭했다. 하지만 나 혼자 재미있어 할 수는
없었다.

「카지노 VIP룸에 가려면 어떻게 해야 되죠?」

「네, VIP룸은 정회원만 입장하실 수 있습니다. 회원이신가요?」

「아뇨. 회원이 되려면 어떻게 해야죠?」

여자는 잠시 머뭇거렸다.

「우선 3천만 원을 예치하셔야 하고요 그다음은 게임 실적에 따라
회원 자격의 유무를 판단하게 됩니다. 여긴 호텔 데스크라 자세한
안내 사항은 카지노 측에 알아보시죠. 전화를 돌려 드릴까요, 고
객님?」

「아뇨. 그 정도면 됐습니다. 감사합니다.」

나는 원래 그런 번거로운 일을 처리하는 데 소질이 없는 편이다.
군이 어렵고 복잡한 길을 택할 이유는 없었다. 물론 그런 일이 쌓이
고 쌓여 아주 평범한 인간이 되고 말았지만, 서류를 준비하고 서명을
하고 타인에게 심사를 받는 일은 어떻게 해서든 피하고 싶다. 더욱
이 아무런 소용이 되지 않을 일에 시간 낭비할 필요는 없었다.

우선 3천만 원이라는 거금도 없었지만, 그들이 말하는 자격 심사
라는 것은 넘을 수 없는 장애물이었다. 사회적 지위는 말할 것도 없
고 1년 수입과 가지고 있는 재산 상태로 봐서 내가 카지노의 VIP가
될 확률은 거의 전무했다. 어떻게 뒷구멍으로 들어갈 수 있는 방법
이 있겠지만 그렇게 구차한 짓을 하고 싶지는 않았다. 위로를 하자

면 내 주변에 카지노 VIP 회원이 되었다고 위세를 떠는 사람은 없으므로 불쾌해하거나 억울해할 필요는 없었다. 하지만 이런 상황이 바람직한지는 생각해 볼 필요가 있다. 무력하고 진부한 세계에 속해 있는 것을 무한히 감사하며 살아야 하는 것인지는 의문이었다.

'호텔식이 아닌 내게 어울리는 식사'를 하기 위해 센트럴프라자로 내려갔다. 그것은 돈을 절약해야겠다는 현실적이고 소박한 판단이 아니라 나 자신을 찾아가는 여정처럼 느껴졌다. 좀 거창하긴 하지만 그런 식으로 위로하는 것이 꼭 나쁜 것만은 아니다. '돈을 아끼기 위해 된장국을 먹는 것이 아니라 진정한 자아를 발견하기 위해 먹는 것'이라고 해두면 폼이 난다. 물질적인 보상을 받을 수 없다면 정신적인 사치를 누려 보는 것도 괜찮은 일이다. 돈 나가는 일은 아니니까. 그리고 마치 스스로 원해서 높은 곳에 올라가지 않은 듯한 우쭐한 기분마저 든다.

주문대로 가기 전, 시선이 자연스레 옆에 있는 키즈월드로 향했다. 센트럴프라자의 정경이 어제와 변함없듯 키즈월드도 마찬가지였다. 취학 전 아이들 몇몇이 컴퓨터에 앉아 있거나 책을 읽고 있었다. 명혜를 찾는 건 쉬웠다. 명혜는 일곱 살이라고 하기에는 의젓한 자세로 앉아 있었다. 허리는 곧추섰고 목은 흔들림이 없었다. 마우스 위의 작은 손만이 움직이고 있었다. 그런 자세로 미키 마우스 퍼즐을 푸는 아이는 쉽게 찾아보기 어렵다. 하지만 처음 보았을 때와 달리 입고 있는 옷은 훨씬 아이다웠다. 분홍색과 빨간색 체크무늬 원피스에 흰색 스타킹을 신었고 포니테일을 한 머리에 꽂은 진달래꽃 모양 머리핀도 잘 어울렸다.

그를 보며 잠시 머뭇거리는 동안 내 시선을 의식했는지 명혜가 고개를 돌렸다. 나는 별수 없이 손을 흔들었다. 방해할 마음은 없었는데 그렇게 되었다. 명혜는 아주 짧은 웃음으로 화답을 한 다음 컴퓨터를 껐다. 유리벽이 가로막고 있지 않았다면 그럴 필요까지 없다고 말하려 했으나 이미 끝난 일이었다. 나는 팔짱을 끼고 기다렸다. 명혜의 움직임은 마치 이제 막 연애를 시작한 여자 아이처럼 조심스러웠다. 키보드를 책상 밑으로 밀어 넣고, 책상 위에 펼쳐진 책을 접어 원래 책이 놓여 있던 장소에 다시 꽂았다. 그리고 남자 아이와 블록 놀이를 하는 담당 직원으로 보이는 여자에게 다가가 말을 걸었다. 외출을 허락받는 모양이었다. 명찰을 단 직원은 날 한 번 쳐다보고는 고개를 끄덕였다. 여자는 명혜의 머리를 한 번 쓰다듬어 주는 것으로 인사를 했다. 복잡한 과정은 아니었으나 불필요한 동작이 전혀 없었기 때문에 오히려 보는 쪽이 불안해졌다. 상대가 너무 확신에 차 있으면 반대쪽에서 조급해지는 법이다. 신발장에서 흰 운동화를 꺼내 신고는 마침내 내게 다가왔다. 만면에 웃음을 짓고서. 웃음은 5월의 잔란한 태양처럼 주위의 모든 사물에게 생명을 안겨 주었다. 그런 웃음의 수혜자가 되었다는 것만으로도 엄청난 행운이었다.

「웬일이세요?」

역시 깐깐한 아이였다. 만만하게 볼 상대가 아니었다.

「여자 친구가 날 찾어.」

아이가 말뜻을 제대로 이해한 것인지는 문제가 되지 않았다. 명혜
는 내 말이 실없는 농담이라는 것을 알아차렸다는 듯 소리 내어 웃
었다.

「히히.」

「하하.」

나도 그냥 기분이 좋아졌다. 내가 아이와 별문제 없이 관계를 이
어 가는 것은 예외적인 상황이다. 어떤 쪽이냐 하면, 덮어놓고 아이
를 귀찮아하는 인간이 나다. 나만 그런 것이 아니기 때문에 그런 사
실이 날 괴롭히지는 않았다. 아이들을 멀리한다고 불행한 인간이 되
는 것은 아니다.

「언니에게는 뭐라고 말했어?」

「음. 아빠 친구라고 해뒀어요.」

「그래? 거짓말이잖아.」

「어쩔 수 없어요. 사실대로 말하면 시간만 길어져요.」

명혜 말이 옳았다. 어제 잠깐 만났고 아이스크림을 사준 아저씨라
고 말하면 직원이 날 쳐다보는 시간이 더 오래 걸렸을 것이다. 어쩌
면 신분증을 제시해야 되었을지도 모른다.

「그래도 거짓말은 나쁜 거야.」

「피이.」

내 원칙론이란 항상 시시하다.

「뭘 할까? 아저씨는 밥 먹을 건데, 명혜가 함께 있어 줄래?」

「음……」

뒷짐을 지고서 바닥을 흰 운동화로 몇 번인가 두드린 다음 대답이

나왔다.

「좋아요.」

여자로 길러지는 것이 아니라 여자로 태어난다는 주장이 설득력 있다.

카레라이스는 밤을 샌 까칠한 혓바닥으로 맛볼 음식으로는 적당하지 않았다. 충분히 잠을 잤고, 나름으로 카지노의 패턴을 따라가고 있었지만 몸의 반응 속도는 느렸다. 나는 나도 모르게 생활인이라는 이름으로 살고 있었고, 몸은 정해진 시간의 흐름을 자연스럽게 받아들인 상태였다. 그래서 몸은 내 갑작스러운 행동에 당혹해했다. 피부는 거칠었고 부기는 좀처럼 가시지 않았다. 충혈되었던 눈도 회복이 느렸다. 어깨는 뻣뻣했고 목소리는 갈라졌다. 당연히 카레라이스는 좋은 선택이 아니었다. 지구의 어느 편에선가는 카레라이스가 지친 몸을 풀어 주는 맞춤형 식사가 될 수도 있겠지만 여기는 아니었다. 결국 숟가락을 내려놓았다. 반이나 남은 음식이 식사하러 오기 전의 마음가짐을 비웃었다. 아이스크림을 먹는 일곱 살 계집아이에게도 그것은 한심하게 보였다.

「남기면 안 돼요.」

물론이다.

「알아.」

「근데 왜 남겼어요?」

「어쩔 수 없어. 살다 보면 이런 일도 일어나는 거야.」

「거짓말. 그래도 먹을 수 있잖아요.」

「억지로 하면. 하지만 지금은 아냐. 때가 좋지 않아.」

「피이, 핑계.」

「뭐라고 생각하든 상관없어. 하지만 오늘은 용서해 줘라. 아저씨
는 명혜와 달라서 뭘 억지로 먹으면 기분이 나빠져. 어쩌면 아플
지도 몰라.」

「좋아요. 그래도 나쁜 짓이에요.」

「맞아.」

「그리고 억지로 먹으면 명혜도 기분 나빠져요.」

「그렇구나. 나의 실수.」

나는 애교를 부리며 눈을 찡긋거렸지만 뾰로통해진 얼굴이 사라
지지는 않았다.

다행히 커피는 잘 넘어갔다. 카레라이스가 하지 못한 사명을 죄다
수행했다. 훌륭하지는 않았지만 목적은 완수했다. 그렇게 피로에서
겨우 깨어나는 동안, 명혜는 아이스크림을 깨끗이 처리하고서 팔짱
을 끼고 있었다. 옆에 있는 해머치기에서 점수가 올라가는 소리가
들려도 돌아보지 않고 내 얼굴만 빤히 쳐다보았다. 운 좋게 일찍 결
혼을 했으면 내게도 이런 딸이 있었을 것이다. 앞니가 빠지고 앞으
로만 달리려는 사내자식일 수도 있겠지만, 상상해 볼 필요는 없었다.
과거에 못한 일을 상상으로 대체하는 것은 패자들의 습성이다. '만
약'이라는 단서는 현재 처리되는 정보의 흐름이라는 전제 하에서만
위력을 발휘한다. 과거의 일 따위는 빨리 잊어버릴수록 좋다.

내가 할 일은 일곱 살 여자 아이를 즐겁게 해주는 것이었다. 하지

만 이것도 능력 밖의 일이었다. 딴청을 피우지는 않았지만 손바닥으로 입을 가리며 하품을 했다. 내가 적극적으로 원했던 만남은 아니었기 때문에 조금 억울한 심정이 되었다. 〈세일러문〉 정도가 내가 끄집어낼 수 있는 최신 자료였지만 실제 그 만화를 본 적은 없었다. 그렇다고 텔레토비 흉내를 낼 수도 없었다.

「아저씨는 천국에 가본 적 있어요?」

참다못한 것인지 명혜가 화제를 바꿨다.

「천국?」

「네.」

「아니. 그건 어른들이 지어낸 이야기야.」

「정말?」

「음……. 뭐, 있을 수도 있지.」

그런 식으로 동심을 깨는 것이 미안해 한 발짝 물러났다.

「근데 그건 왜? 너 혹시 교회에 다녀?」

「아뇨.」

「그럼 다행이다. 내가 사탄이 되지 않아서.」

「사탄이 뭐네요?」

「아…… 그건, 악마라고 해두자. 별 재미는 없어. 그냥 천국 이야기나 해봐.」

역시 나는 일곱 살의 호기심을 모두 충족시켜 줄 만큼 친절한 인간은 아니었다.

「아빠가 키우던 강아지가 죽었어요. 아빠는 강아지가 죽어서 천국에 갔다고 했거든요.」

「그 경우에는 천국이 맞을 거야. 강아지도 천국에 가는 건지는 모르겠지만 아빠가 말했으면 그럴 거야.」

「할아버지 무덤 옆에 아빠가 묻었어요. 삽으로 흙을 파서. 그럼 천국은 땅 밑에 있는 거예요?」

나는 다시 명혜를 보았다. 장난을 치는 것처럼 보이지는 않았다.

「음…… 원래 천국이란 설정은 하늘 위에 있는 건데. 좀 헷갈리긴 한다. 하지만 천국으로 가는 길이 땅 밑에 있을 수도 있지.」

「강아지는 죽었단 말이에요.」

「맞아. 하지만 보이는 것만 믿어서는 안 돼. 땅 밑에서 강아지가 다시 태어나 천국으로 가는 거야. 그냥 땅속에 누워 있는 것으로 끝난다면 좀 시시하지 않니? 상상해 봐. 강아지가 꽃잎을 입에 물고서 천국으로 향하는 장면을. 멋지지 않아?」

「아뇨. 난 강아지가 그냥 그대로 있었으면 좋겠어요.」

「왜?」

「할아버지 옆에 있으면 좋잖아요. 할아버지가 심심하지 않게.」

「그런 이유라면 걱정하지 않아도 될 것 같은데. 할아버지도 천국에 가셨을 테니까.」

「아빠가 그런 말은 하지 않았어요.」

명혜가 고개를 숙였기 때문에 난 어정쩡한 표정을 지었다. 아이와 상대하는 것은 어려운 일이었다.

「강아지 이름이 뭐였지?」

「몰라요. 그냥 아빠 강아지에요.」

그건 진심으로 보였다. 난 더 이상 아는 척하기도 뭐해서 그냥 웃어 주었다. 애매한 설득보다는 불분명한 긍정이 더 좋을 것 같았다. 일곱 살은 일곱 살 나름의 삶에 대한 이해가 있다. 그건 내가 노력한다고 바뀌는 것은 아니었다.

아이와 어떻게 헤어질 것인가는 명혜 엄마의 갑작스러운 등장으로 고민할 필요가 없어졌다. 조금 난처한 상황이 벌어진 것은 틀림없었다. 그런 식으로 누군가를 만난 것은 처음 있는 일이라 몹시 어색했다. 내가 명혜에게 뭔가 나쁜 일을 한 것은 아니었지만, 막상 아이 엄마의 얼굴을 보니 해서는 안 될 일을 한 것 같은 기분이 들었다.

명혜 옆에 앉은 여자는 처음의 경계하던 눈빛을 이내 거두었다. 내가 선한 인상의 소유자는 아니지만 남을 불편하게 할 만큼 험한 구석을 가진 것도 아니었다. 차가운 인상이라는 말을 듣기도 하지만 이번 경우는 예외였다. 아이가 매개체 역할을 한 탓이었다. 숨을 고르고 살펴보니 여자는 일곱 살 난 아이의 엄마라고 하기에는 탄력적인 몸매를 하고 있었다. 그건 여자가 입은 트레이닝 점퍼 탓이기도 했다. 막 체육관으로 향해도 괜찮을 차림이었다. 몸에 착 달라붙는 면바지에 패셔너블한 운동화를 신었다. 긴 머리를 리본으로 꽉 묶었다. 보기에 따라서는 편한 복장이었고 전체적으로 절묘한 조화가 나름의 긴장을 주기도 했다.

「아이가 귀찮게 한 것은 아닐까 걱정되네요.」

「아뇨. 그렇지 않습니다. 친구를 사귀기에는 적당한 장소가 아닌데, 명혜를 만나 저도 즐거웠습니다.」

여자는 대답 대신 웃음을 지었다.

「명혜야, 아직 못 읽은 책 있지? 어서 가봐.」

여자가 뒷머리를 쓰다듬어 주자 아이는 대꾸 없이 고개를 끄덕이고는 물러났다. 예쁜 엄마를 둔 아이들의 자부심은 쉽게 드러난다. 나도 그런 때가 있었다. 엄마가 학교에 오는 것이 좋았던 때가.

「카지노엔 처음 오셨죠?」

「네. 어떻게 알아보셨네요.」

명혜가 사라지자 여자는 좀 느슨한 표정을 지었다.

「저도 처음에는 그랬던 것 같아요. 누가 보더라도 신참처럼 보일 때가 있었어요. 생각해 보면 그때가 좋았던 것 같아요. 기대감으로 가득 차 있었거든요.」

「전 그렇게 즐기는 쪽은 아닙니다. 아직까지는.」

「마찬가지예요. 긴장이 곧 만족으로 이어지죠.」

난 여자가 하는 말을 이해하지 못했다. 윤미를 만난 것과는 또 다른 느낌이었다. 아마 윤미는 플레이하는 모습을 직접 보고 도박을 얼마큼 하는지 아는 상태에서 만났고, 여자는 아이 엄마라는 선입관이 우선한 탓일 것이다. 카지노에 있으면 결국 똑같은 행위를 하고 있겠지만 만나는 장소와 상황에 따라 사람의 인상이 변했다. 명혜 엄마가 얼마나 깊게 빠져 있는지는 가늠하기 어려웠지만 명혜의 단정한 차림만 본다면 여자가 심각한 도박 중독에 빠져 있는 것이 쉽게 그려지지 않았다.

「아이를 여기다 맡겨 놓고 게임이나 하다니 한심해 보이죠?」

「아뇨. 그런 생각은 하지 않았습니다. 진심입니다.」

「고마워요. 그렇게 말해 주시니.」

주변에 누구도 우리를 주시하는 사람은 아무도 없었다. 명혜를 포함한 우리를 한 가족으로 볼 수도 있을 것이다. 물론 가족이라고 하기에는 너무 경직된 자세이긴 하지만.

「어제오늘만 천을 잃었네요.」

여자의 입에서 구체적인 금액이 나왔기 때문에 처음에는 잘못 들은 것 같았다. 하지만 곧 이해한다는 식으로 고개를 끄덕였다. 카지노에서는 흔한 이야기인지도 몰랐다.

「어떤 게임 하세요? 블랙잭?」

「아뇨. 아직은. 곧 할 수 있는 기회가 생길지도 모르겠네요.」

여자는 웃음 띤 얼굴로 답했다.

「그럼 그만두세요. 전 블랙잭만 하거든요. 결국 이렇게 될 거예요.」

자조 섞인 웃음이었지만 말처럼 심각해 보이지는 않았다. 내가 여자에 관해 아는 정보란 전무했기 때문에 어떻게 반응을 해야 할지 판단이 서지 않았다. 개인적인 의견으로는 돈이 많고 적음을 떠나서 그런 건 바보짓이라 비난받아야 된다고 생각하지만, 내가 서 있는 장소는 폭우가 쏟아지는 현장이있다. 왜 비를 맞고 있냐고 상대를 무시할 수 있는 자리가 아니었다.

「지기만 하는데, 또 여길 오고 말았네요.」

내 반응은 한결같았다. 동감할 수 없지만 친절을 잃어서도 안 되었다. 더구나 어설프게 타인에게 훈계나 비난을 한다는 것은 있을 수 없는 일이었다. 경계란 누구에게나 존재한다. 비록 사랑하는 사람일지라도.

「그럼 전 이만 일어나 보겠습니다. 위에서 기다리는 사람이 있어
서.」

「네, 그러세요.」

여자의 얼굴에 아쉬움이 남았지만 어쩔 수 없었다. 밥도 먹었고
커피도 다 마셨다. 그런 상태에서 처음 만난 여자의 이야기를 오랫
동안 들어줄 이유는 없었다. 다른 사람의 눈을 의식한 것은 아니지
만 스쳐 지나가는 사람에게 과도한 친절을 보이는 것도 명백한 오버
였다.

내가 에스컬레이터에 오르는 동안 여자는 명혜가 있는 곳으로 들
어갔다. 한동안은 카드를 보는 대신 명혜에게 책을 읽어 줄지도 모
른다. 어떻게 되든 상관없는 일이지만. 카지노에서 날 기다리던 사
람은 수진이 아니었다. 윤미였다.

「참 태평하시네요. 전 여기서 자리를 잡고 두 시간이나 기다렸단
말이에요.」

「미안. 피곤한 상태에서는 도박을 피하라고 들었거든.」

윤미는 콧등을 찡긋거렸지만 화가 난 것 같지는 않았다. 해가 들
어오지 않는 카지노는 여전히 아무런 변화도 없었지만 인간의 표정
까지 완벽히 가리지는 못했다. 윤미는 젊었고, 새로운 날이 시작되
고 있음을 알리는 생생한 기운으로 충만해 있었다. 그런 여자와 함
께 있다는 사실만으로도 감사해 할 일이었다.

「오늘 보니 예쁘네.」

「그걸 이제야 아셨어요?」

여자에게 외모를 칭찬해 주는 것은 언제나 환영받는 일이다. 그런 일에 서툴렀지만 윤미와는 매끄럽게 넘어갔다. 가끔은 칭찬을 한다는 것이 상대에게 상처를 입히는 일이 종종 있었다. 수술을 한 여자에게 쌍꺼풀이 수술한 것처럼 예쁘다고 말한 적도 있었다. 때문에 차라리 그런 일을 피하는 것이 좋았다. 오히려 맛있는 음식을 사주고 입을 꾹 다물고 있는 편이 효과가 좋았다. 물론 그렇게 하면 여자들이 조금 혼란스러워 하긴 했지만, 가차 없이 밀치지는 않았다.

「얼마나 준비하셨어요?」

「500 정도. 윤미는?」

「비슷해요. 하지만 오늘의 주인공은 내가 아니니까 무리하지는 않을 거예요. 아저씨의 운이 어디까지 가나 살펴보는 날이에요.」

「그렇게 부담 주지 않아도 돼. 이미 상당히 긴장한 상태거든. 그리고 아저씨 소리는 빼라고 했을 텐데.」

「그럼 뭐라 불러요?」

「친구 사이가 되지는 않을 것 같고, 좀 이상하긴 하지만 오빠라는 좋은 말도 있잖니.」

「어림없어요.」

몸에 착 붙는 반팔 스웨터 위로 윤미의 봉긋한 가슴이 두드러져 보였다. 입이 삐죽하며 나온 것과는 달리 다정하게 내 팔짱을 꼈다. 그런 윤미의 친밀한 행동이 도박 중독자들이 도박을 시작하기 전에 보이는 감정 상태라는 것을 이해하게 된 것은 나중의 일이었다. 도박을 하기 위해 준비하는 동안 중독자들의 감정은 최고조에 이르고 끝이 나면 바닥을 친다고 한다. 결국 이기기 위해 도박을 하는 것이 아니라는 이야기다. 개인적으로 불행한 일이긴 하지만 여자와의 관계를 이어 가는 것에는 확실히 도움이 되었다. 그를 기쁘게 해주기 위해 별다른 노력을 하지 않아도 되었다. 인간을 상대하는 일이 가장 어려운 일이라는 점을 상기한다면, 적어도 도박이 백해무익한 것은 아니다. 헛소리에 불과하지만.

「게임을 하기 전에 좀 정리를 해둘 필요가 있는데. 잠깐이면 돼. 커피를 한 잔 하든지?」

「좋아요.」

윤비는 팔짱을 끼고서 내 행동을 지켜봤다. 통화음이 몇 번 울리지 않아 수진이 나왔다.

장소를 알려 주고는 곧 끊었다.

「친구가 여기 있어.」

「여자 친구?」

「그런 셈이지.」

「이상하다. 난 아저씨가 숨길 거라고 생각했는데. 내 직감은 거의 빗나가지 않거든요.」

「왜?」

「그냥요. 음흉해 보이잖아요.」

「설마. 농담이지?」

「히히.」

「상관없지?」

「그럼요. 그보다는 친구 분에게 더 신경을 쓰세요.」

「왜?」

「몰라서 물어요? 미리 이야기 했어요?」

「아니.」

「그럼 절 어떻게 소개할 거예요?」

「그냥. 있는 그대로.」

「뭐가 있는 그대로죠? 친구 분이 오해할 수도 있어요.」

「걱정하지 않아도 돼. 말했지만, 지금은 그런 사이가 아니거든. 비록 옛날 여자 친구이긴 하지만. 윤미도 날 남자로 생각하지 않고. 우리가 잘될 확률을 따져 봐. 도박을 업으로 하는 사람이 그 정도는 쉽게 알 수 있지 않아?」

농담으로 한 말인데도 그의 얼굴에는 웃음이 나타나지 않았다. 그렇다고 갑자기 심각한 태도로 돌변한 것도 아니었다. 마치 히든카드를 보기 전에 시간을 끄는 것처럼 보였다. 하지만 그런 상태가 영원할 수는 없었다. 짧은 순간이었지만 표정에는 많은 변화가 일었다. 긍정과 낙관의 시선이 있었고, 의혹과 불신의 찌푸림도 있었다. 어떤 식의 결론을 내렸는지 알 수 없는 표정이었다. 그가 훈련이 잘 된 포커페이스의 소유자이기 때문이 아니라 내가 그런 표정을 읽어 내는 것에 서툴기 때문이었다.

「아저씨 정말 이상한 사람이네요.」

윤미의 그 말이 정말 우스웠기 때문에 실로 오랜만에 가슴에서 우러나오는 웃음을 지었다. 생략과 과장이 만들어 낸 간격은 때로는 이처럼 어이없는 장면을 연출한다. 이번에는 친절하게 모든 일을 소소히 집고 넘어가고 싶지는 않았다. 굳이 그런 일을 하지 않아도 될 거라는 이상한 자신감이 들기도 했다. 그리고 타인의 오해가 반드시 적대적인 것만은 아니었다. 위험 수위를 넘지 않는다는 보장만 있다면, 삶에 활력을 이끌어 내는 요인이 될 수도 있었다.

환한 미소로 걸어오던 수진은 윤미를 발견하고는 우아한 표정으로 얼굴을 바꾸었다. 그건 내가 아직도 수진의 얼굴을 좋아하는 이유이기도 했다. 누구나 그런 상황에 처한다면 인상을 찌푸리게 될 것이다. 내가 누구를 걱정해 줄 처지는 아니었다. 윤미는 물론이거니와 수진도, 내가 세심한 배려를 할 상대는 아니었다. 바람이 불면 낙엽이 떨어지듯 모든 것이 자연스러웠다. 나를 만난 것이 운명적 선택이 아니듯, 그들도 그렇게 만나면 되는 것이다. 잘못된 것은 없다. 작정을 하고 수진에게 윤미를 소개했다.

「인사해. 여긴 어제 우연히 만났고, 그리고 이쪽은 내 친구 수진이고.」

카지노는 사람들이 처음으로 만나기에 적절한 공간은 아니었다. 어색함을 지우기 위해 활달한 목소리를 내었지만, 생각만큼 효과가 좋지는 않았다. 다행히 수진이 세련된 모습으로 따뜻하게 손을 내밀었다.

「오빠가 엉뚱한 일을 가끔 벌이는 것은 알았지만 이번에는 아주 의외네요. 아무튼 반가워요.」

「네, 안녕하세요.」

윤미는 아직 어린 나이임을 숨기지 못했다. 표정은 딱딱했지만 심각한 것이 아니라 오히려 연장자를 만났을 때의 예의 정도로 보였다.

「이야기를 하기에는 장소가 좋지 않지? 자세한 이야기는 내가 다시 해줄 테니까 궁금증은 나중으로 미루고 일단 게임부터 시작하자. 어차피 여기에 온 이유는 달라도 할 일은 모두 같으니까. 내 말에 불만 없지?」

그렇게 말을 하고는 두 사람을 번갈아 보았다. 찰나이긴 하지만 그들의 눈빛에 불편한 기운이 잡혔다.

「그래도 잠깐 차라도 함께 하지? 이렇게 그냥 헤어지는 것도 이상하잖아?」

「그렇긴 한데. 수진아, 내가 윤미와 게임을 하기로 약속했거든. 지금부터 바카라를 할 거야. 윤미가 자리를 잡아 뒀어. 너만 좋다면 함께해도 좋아.」

「그런 말이 어디 있어. 처음부터 같이 하자고 하든지 해야지.」

「그런가? 너무 내 생각만 했나?」

「됐어. 안 그래도 몸이 안 좋아서 일찍 올라가려고 했어.」

「아니에요. 전 상관없으니까 함께하세요. 괜찮으시면 저 대신 게임하셔도 좋아요.」

윤미가 정색을 하고 끼어들었다.

「아뇨. 정말이에요. 대신 게임이 끝나면 함께 식사라도 해요. 전 그동안 쉬고 있을게요.」

「그럼, 그렇게 하자.」

내 마지막 말이 모든 상황을 종료시켰다. 각자 뭔가 부족함을 느껐지만 어느 누구도 제대로 된 방식을 알지 못했다.

「너무 늦지 않도록 해.」

「방까지 함께 갈까?」

「아냐. 그럴 마음도 없잖아. 내가 오빠를 한두 해 알았어?」

수진은 윤미와 눈인사를 한 다음 등을 돌리고 걸어갔다. 걸음걸이는 흐트러짐 없이 꼿꼿했고, 말과는 달리 피곤한 구석을 찾아볼 수 없었다. 불과 몇 걸음을 내딛자 그의 모습이 사라졌다. 윤미는 내가 담배를 꺼내어 불을 붙이는 동안에도 꼼짝 않고 서 있었다.

「상당한 미인이네요.」

「그래?」

「어떤 관계예요?」

「말했잖아. 옛날에 애인 사이였다고.」

「정말 그것뿐이에요?」

「그렇다니까. 믿어도 좋아.」

「그런 게 아니라. 좀 황당해서요.」

「뭐가? 내가 저런 여자와 만난 게?」

「아뇨. 그걸 꼭 물어야 돼요? 아저씨 같으면 이런 상황에서 웃음이 나와요?」

「아니. 내가 생각해도 이상해. 날 버리고 다른 남자에게 간 사람이거든.」

「점점 알 수 없는 소리만 하는군요. 혹시 B형이세요?」

「시시한 이야기는 하지 말지. 그냥 게임이나 해. 시간이 지나면 모든 것이 해결될 거야. 사실은 나도 의문투성이거든.」

「어쩔 수 없군요. 아저씨 말대로 해요. 하지만 한 가지 더. 혹시 함께 방을 쓰고 있어요?」

「응.」

윤미는 짧게 고개를 내저었다.

「정말 이상한 커플이네.」

「맞아.」

내가 달리 할 말은 없었다. 이상하다면 이상한 것이고, 황당하다면 황당한 것이다. 내 행동도 그렇고. 하지만 생각했던 것만큼 큰 문제가 일어난 것은 아니었다. 양쪽 모두 불편했겠지만 내가 만든 상황은 아니었다. 숨긴다고 해서 뭔가 좋은 방향으로 나아가지도 않았을 것이다. 혼자 남은 수진의 심정이 궁금하긴 했지만, 수진이 내게 했던 것에 비하면 아무것도 아닐 수도 있었다. 물론 그런 식으로 의도한 행동은 절대 아니었다. 유치하게 그런 장난을 칠 나이는 지났다. 오히려 장난을 걸고 있는 쪽은 수진이었다. 황당함의 크기는 내 쪽이 우선이다.

「가야지?」

「좋아요. 하지만 오늘은 어째 일이 잘 안 풀릴 것 같아요. 바카라가 쉬워 보여도 생각처럼 만만한 게임이 아니거든요. 각오를 하셔야 할 거에요.」

프랑스에 바카라가 소개된 것은 1940년대 샤를 8세 때였다. 이 게임은 도박사 펠릭스 펠귀에르(Felix Falguiere)가 처음 이탈리아에서 고안했다. 그는 고대 에트루리아 인들의 아홉 신에 대한 종교 의식에서 아이디어를 얻었다. 에트루리아 인들이 금발의 처녀에게 기도를 올리면 처녀는 이들의 발치로 아홉 면으로 만들어진 주사위를 던졌다. 주사위 숫자가 8이나 9가 나오면 사람들은 그녀를 여사제로 추대했고, 6이나 7이 나오면 즉시 종교 업무를 볼 자격을 빼앗고 동시에 신녀로서의 지위도 박탈했다. 5 이하의 숫자가 나오게 되면, 처녀는 위엄을 갖추어 바다로 걸어 들어갔다.

결과의 극적인 면은 훨씬 감소했지만 바카라는 이러한 주사위 숫자 분할을 따르고 있다. 금발의 처녀가 5나 7을 던졌을 때 받을 고통의 운명은 불행히도 오늘날 카지노 고객에게로 돌아간다.

- 제리 L. 패터슨, 《카지노 갬블링》, '바카라의 역사'

「바카라의 유래에 대해 아는 것이 있어요?」
「아니. 샤를 8세 때 프랑스에서 처음 시작되었다는 것 정도는 들은 것 같아.」
「맞아요. 게임을 한 번도 하지 않은 사람이 그 정도의 관심을 보이는 것도 흔치 않은데. 원래 그런 식이에요?」
말의 의도를 알지 못했기 때문에 묵묵히 그의 눈을 바라보았다. 이상하게 10년 전 수진의 눈빛과 닮았다. 둘은 모든 면에서 비슷한 점보다는 차이점이 더 많았다. 체형부터 달랐다. 수진이 조금 큰 키에 글래머 스타일이라면, 윤미는 균형은 잡혔지만 작았기 때문에 아직 소녀티를 벗지 못한 것처럼 보였다. 수진은 예나 지금이나 침착했고 남에게 흠잡힐 행동을 하지 않았다. 그래서 내게는 항상 나이 이상으로 보였다. 이제껏 한 번도 수진이 나보다 어린 사람이고, 따라서 보호를 해주어야 한다는 식의 생각을 한 적은 없었다. 스스로 판단하고 자신이 결정한 바를 실행했다. 나는 언제나 그의 선택을 따라 주었다. 반면 윤미는 아직 뭐가 어떻게 될 것인지 자신할 수는 없지만, 내게는 어린 사람 이상으로 생각되지 않았다. 마치 일곱 살 명혜와 대화를 나누는 것 같았다. 물론 내가 할 수 있는 만큼의 성인 대접을 하고는 있지만, 그것은 겉으로 드러난 요식 행위에 불과했다. 내 마음속에는 이미 내가 어른이고 상대방은 어리다는 생각이 지배하고 있었다. 아마 거리낌 없이 수진에게 윤미를 소개한 것도 그런 정당성에 기인했을 것이다. 그런 의미에서 보자면 윤미의 눈을 통해 수진의 옛 모습을 떠올리는 것은 양쪽 모두에게 떳떳지 못한 행동이었다. 수진에게는 수치심을 유발시킬 수 있었고, 윤미에게는 자신이 다른 두 사람을 이어 주는 사소한 매개체 역할만을 떠맡았다는 인상을 심어 줄 수 있었다. 두 존재는 엄연히 다르고 얼렁뚱땅 둘을 혼동해서는 안 되었다. 세상의 올바른 질서란 그런 규칙이 잘 지켜지고 있을 때 거론될 수 있는 것이다. 물론 내가 지키고자 하는 경계의 선이라는 것이 보잘것없고 세인의 관심을 끌 만한 사안이 아닌 것만은 분명하지만, 나는 나대로 내가 가는 길의 룰을 따르고 싶었다.

「책을 보면 그 정도는 알 수 있지.」
「그렇겠죠.」
고개를 끄덕이긴 했지만 완전히 이해한 몸짓은 아니었다.
「하지만 정말 책을 읽는다는 것이 도움이 된다고 생각하세요?」
「그런 편이야.」

「혹시 그런 생각해 보지 않았어요? 누군가 이 세계를 지배하고 있고, 실제로 우리가 움직이는 것은 미리 쓰인 각본에 따라 움직이는 것이라고. 심지어는 내가 제멋대로 행동하는 것마저도 그런 구속의 결과라고 생각해 본 적 없어요?」

어디에선가 많이 들어 본 얘기다.

「수학 시간에 낮잠을 자다 그런 망상을 해본 적이 있는 것 같아. 그땐 정말 별의별 생각을 다 했거든.」

「뭐 한 번쯤은 누구나 그런 생각을 하겠죠. 특히 억울하거나 분한 일이 생기면 더하겠죠? 전 아직 도박을 시작한 지 얼마 되지 않았지만 시간이 흐를수록 그런 생각이 맞지 않을까 하는 쪽으로 기울어져요. 신과 같은 절대적인 존재는 아닐지라도 그런 세력이 반드시 존재하지 않을까 하는 쪽으로요.」

「세력?」

「그래요. 내가 그들과 동등한 비교를 할 수 있는지는 모르겠지만, 내게 일어나는 일들을 자세히 들여다보면 그런 생각이 단순한 억측이 아닐 수도 있어요. 내가 계속 잃고 손해를 보는 것을 보면 누군가 이득을 취하는 이들이 있는 것이거든요. 그러니 세력이라고 부를 수밖에 없잖아요.」

「도박 이야기라면 지금이라도 당장 그만두면 될 것 같은데.」

「그게 말처럼 쉽지가 않아요. 그러니까 운명적인 시나리오라고 부르죠.」

「너무 거창한데.」

「그렇긴 하지만 쉽게 떨쳐 버릴 수가 없어요. 아무튼 그렇게 생각하면 그들이 가진 가장 유용한 무기가 책이 아닐까 하는 생각이 들어요.」

「세력에게?」

「그래요. 많은 사람들이 책 앞에서는 고개를 쉽게 숙이거든요. 절대적인 권위를 가진 건 아니지만 상식의 선에는 정리를 해줘요. 이건 이렇고 저건 저러니까 군소리 말고 내 말을 따라라, 하는 식으로.」

「하지만 책은 반대의 의견을 올리는 도구로도 유용하게 쓰여.」

「그것도 생각해 봤는데 아무리 순기능이 있다고 해도 원래 기획된 의도가 불순하면, 언젠가는 그런 흑심이 수면 위로 올라와 모든 것을 덮어 버리는 거예요.」

「어렵네.」

「아뇨. 결정론적 사고로 세계를 이해하면 그런 가정은 설득력이 있어요. 의심이 나면 지금이라도 서점에 가서 책들을 한번 보세요. 누구를 위한 책들인가를 확인해 보는 거예요. 모든 책들이 나를 위한다고 표방하지만, 실제로는 실체가 불분명한 제3의 존재를 위한 질서를 옹호하고 있는 것을 발견할 수 있을 거예요. 다만 그들을 어떤 이름으로 부르느냐의 차이점만 있을 뿐, 그들이 존재한다는 사실을 부정하기는 힘들 거예요.」

「그렇다 치고. 그럼 니체의 《순수 이성 비판》은 어떤 세력을 위한 책이지?」

「시험하지는 마세요. 그냥, 그렇게 생각하는 것뿐이니까. 그리고 니체의 《순수 이성 비판》이란 책은 없어요. 더 이상 놀리지는 않았으면 해요.」

「실수야. 듣고 보니 그런 것도 같아.」

나는 잠시 뜸을 들여 생각하는 척을 했다. 잘 보이려는 것은 아니지만 그렇다고 윤미와 지루한 공방을 하고 싶지도 않았다.

「예전에 모두 마르크스와 엥겔스를 읽던 시대가 있었어. 근데 유행이 사라진 지금을 보면, 그런 시대적 소명 앞에서 이득을 취한 사람들은 따로 있는 것 같아. 그리고 잘 생각해 보면 그들이 진짜 그 책을 읽었는지조차 의심스러워. 결말이 영 엉뚱하거든.」

「그렇죠? 아저씨도 조금은 아는구나.」

애써 감탄했다는 표정을 지었다.

「뭐, 꼭 그런 건 아냐. 근데 이 이야기는 왜 나왔지?」

「바카라! 주의를 주고 싶었어요. 역사 따위는 잊어버려요. 테이블 앞에서 그런 공염불을 한다고 해서 승리를 따낼 수는 없으니까.」

윤미는 그 말을 끝으로 들고 있던 커피를 내려놓고 앞으로 걸어갔다. 내가 그를 어리다는 틀 속에 가둘 수 있다고 생각한 것은 어쩌면 완전한 착각일 수도 있었다. 그의 뒷모습은 인정하고 싶지는 않지만 내가 사랑했던 여자의 그것과 너무 닮아 있었다. 내가 왜 그를 사랑했는지는 오래된 일이라 희미한 기억조차 남아 있지 않은데 그날의 인상들은 가끔씩 이렇게 나타나 나를 일깨웠다. 숨는다고 사라지는 것은 아니었다.

내 승리 비법을 전수받고자 하는 이들에게서 가장 많이 받는 질문 중 하나는 '주로 어떤 게임을 하느냐?'는 것이다. 물론 몇몇 도박사들은 특정 게임만을 지정해서 하는 경우가 종종 있다. 하지만 나는 그런 부류와는 좀 다르다. 세상이 다 알듯이, 카지노에서 플레이어에게 유리한 게임은 찾을 수 없다. 블랙잭이 있다고 말하는 사람과는 이야기하고 싶지 않다.

모든 게임은 카지노에 유리하도록 미리 설계되어 있다. 그건 비밀이랄 것도 없는 공공연한 사실이다. 그런데 이상한 일은 막상 게임을 시작하면 대부분의 게이머들이 그런 사실을 잊어버린다는 것이다. 그들은 있지도 않은 사실을 신념이라는 미명하에 왜곡시킨다. 그들의 자신감이 증폭될수록 실은 카지노에 유리하게 작용한다. 따라서 나는 게임을 하기 전, 내가 이 게임에서 지는 것은 하나의 순리일 수 있다는 자각을 먼저 한다. 지더라도 부끄러워하거나 자존심에 상처를 입었다고 생각하지 않는다. 그런 것보다는 손해 볼 금액이 생활에 지장을 주지 않도록 세심한 주의를 기울인다.

'죽으려 하는 자 살고, 살고자 하는 자 죽을 것이다' 하는 격언은 하우스에서는 성립되지 않는다. 포커페이스를 유지하는 것과는 별도로 내면에서 엄격해야만 생존할 수 있는 곳이다. 자존심 운운할 수 있는 것은 고래, 즉 고액 베팅을 하는 하이 롤러(high roller)들에게나 가능한 일이다. 자존심이란, 눈앞에서 1, 2만 달러가 사라져도 옆의 파트너와 희희낙락할 수 있고, 내일도 스위트룸에 투숙할 수 있는 자들만이 즐길 수 있는 감정적 유희다.

내 대답은 의외로 불분명하다. 나는 내가 즐길 수 있는 게임이 있다면 그것을 선택한다. 그것이 블랙잭이든 포커든 상관하지 않는다. 게임에 따라 하우스 어드밴티지가 상당한 차이가 있다는 사실을 부정하는 것은 아니지만, 너무 그런 사실에 연연하게 되면 전체적인 흐름에 방해가 되기 때문에 비교적 유연한 태도를 취한다. 확률이 낮은 키노 게임에서도 잭팟이 터지는 것이 도박이고, 블랙잭에서 전 재산을 털어 넣고 길바닥에 주저앉은 사람들이 장사진을 이루는 것도 현실이다.

문제는 게임의 흐름을 어떻게 쫓아갈 것인가 하는 점이다. 하우스가 100퍼센트를 가져가지 않는 한 반드시 어느 흐름에서는 리턴이 돌아온다. 그때 내가 그곳에 서 있을 수 있느냐는 것이 승리의 관건이다. 하지만 말처럼 쉬운 일은 아니다. 나조차도 게임을 하는 동안에는 내가 어디에 서 있는지 알지 못한다. 다음 패가 나를 낭떠러지로 밀쳐 버릴지, 아니면 구름 위를 걷게 해줄지는 알 수 없다. 그건 신의 영역이지 인간이 범접할 수 있는 공간이 아니다.

그래도 뭔가 부족함을 느끼는 독사들이 있다면 우스갯소리를 해주겠다. 하이 롤러들에게 가장 사랑받는 게임 중에서 '바카라'의 예를 들어 보겠다. 이 게임은 현재는 대중적인 접근을 허락하고 있지만, 원칙적으로 카지노 게임 중에서 가장 귀족적인 게임에 속한다. 딜러는 턱시도 차림이며 방도 다른 게임들과 분리되어 있다. 게이머들의 시각을 현혹시키기 위해 하우스에 고용된 여성, 즉 실(shill, 야바위꾼)을 볼 수 있는 곳도 바카라 테이블이다.

가와사키라는 이름을 쓰는 일본인 부동산 거물이 애틀랜틱시티의 트럼프 플라자에서 바카라로 하룻밤 만에 600만 달러를 따서 전국적으로 뉴스가 된 적이 있었다. 달리 말하면 이 이야기는 불과 하룻밤 만에 그만한 돈을 잃을 수도 있다는 이야기가 된다. 아이러니한 점은 그가 죽은 후 많은 신문들이 그가 카지노에 진 빚에 대한 기사를 실었다는 것이다. 그는 라스베이거스 카지노들에게 수천만 달러의 빚을 졌고, 한 신문은 그가 심지어 미라지 카지노에서만 4,000만 달러의 빚을 지고 있다는 기사를 전하기도 했다.

이외에도 바카라와 관련된 소문은 일일이 나열할 수 없을 정도이다. 게임의 결과가 이런 큰 파장을 몰고 오기 때문에 게임에 문외한인 사람들은 바카라를 상당히 어려운 게임으로 오해하기 쉽다. 하지만 실제 게임의 룰은 아주 단순하다. 게이머가 할 일은 동전을 던졌을 때 앞면과 뒷면 중 무엇이 나올 것인지를 판단하면 되는 것처럼 쉽다. 단지 이름이 플레이어와 뱅크로 바뀌어 있을 뿐이다. 블랙잭처럼 카드 카운팅 같은 시스템도 없기 때문에 게이머는 그저 자신의 운에 의지해야만 한다.

카지노마다 다소 차이가 있고 아메리칸 방식과 유럽 방식의 구분이 있긴 하지만, 바카라는 다른 카지노 게임과 비교할 때 하우스 어드밴티지가 상대적으로 낮은 게임에 속한다. 하우스는 대략 게이머보다 1.17퍼센트 유리한 입장에서 게임을 진행하게 된다. 플레이어의 입장에서 보면 상당히 유리한 조건이다.

하지만 내가 지금 말하고자 하는 것은 그런 유리한 조건이 함정이라는 것이다. 순진한 갬블러일수록 그런 달콤한 유혹에 현혹되기 쉽다. 바카라는 1분에 두 번이나 게임이 진행될 만큼 속도가 빠른 게임이다. 그리고 미니멈 베팅이 20달러나 그 이상으로 아주 높은 편에 속한다. 그런 속도에서 1.17퍼센트의 구멍은 아주 빠르게 커져 간다. 그것을 제대로 알지 못하고 테이블에 앉게 되면 십중팔구 낭패를 보게 된다.

내게 자문을 구하는 많은 이들에게 들려주고 싶은 이야기 중의 하나는 사실 이런 것이다. 진정 이기기를 원한다면 1.17퍼센트의 의미를 제대로 이해하라. 은행의 금리가 아무리 낮다고 한들 이보다는 높다. 그리고 좀 더 관심을 기울이면 더 좋은 조건을 발견하는 것도 어렵지 않다. 게다가 이것은 플레이어에게 절대 유리한 판이다. 반대로 카지노 게임은 절대 하우스에 유리하다. 바카라에 베팅하듯 은행에다 돈을 넣어라. 그러면 반드시 이긴다. 은행에 돈을 넣으러 가는 횟수가 카지노에 가는 횟수보다 많을수록 당신이 이길 확률은 높아진다. 무시해도 좋지만, 거리에서 비참한 최후를 맞는 것보다는 한 번쯤은 귀를 기울여 볼 만한 소리다.

– 라스베이거스 전설, 스티브 핀, 《엄격한 베팅》

바카라 테이블의 분위기는 어수선했다. 윤미가 다가가자 한 사내가 반갑게 그를 맞으며 일어났다. 옆 자리는 비어 있었다. 다행히 그들 간의 인사는 길지 않았다. 평범한 황색 점퍼를 입은 사내는 나를 힐끔 보고서는 이내 사라졌다. 주변에 서 있던 사람들도 우리에게 관심을 거두고 시선을 테이블 위로 고정시켰다. 도박판에서 누가 도박을 하느냐는 중요하지 않은 듯 보였다.

윤미와 내가 칩을 받는 동안에도 사람들은 다음 카드가 어떻게 나올지 판단하느라 분주했다. 가벼운 농담을 하기도 했지만, 모두의 눈은 딜러의 손끝에 집중되어 있었다. 좀처럼 그런 분위기에 익숙해지지 않았다. 칩을 올리고 카드가 오픈되어도 정신은 중구난방으로 흐트러졌다. 왜 돈을 내고 이 짓을 해야 하는 것인지 이해되지 않았다.

카펫이 깔려 있고 대리석 벽에 화려한 조명이 있을 뿐이지 시장 바닥에서 벌어지는 야바위와 다를 것이 없었다. 테이블 주변은 목욕을 하지 않은 사내들의 땀 냄새와 그들이 피워 대는 담배 연기가 섞여 숨을 쉬기도 힘들었다. 물론 노동에 지친 냄새를 역겨워해서는 안 되겠지만, 도박의 부산물이라면 곤란하다. 등 뒤에서 아웃사이드 베팅을 하는 사내들이 내미는 손은 집중할 시간을 여지없이 잘랐다.

그렇게 시간이 흐르는 동안 칩은 조금씩 줄어들었다. 하지만 위기 의식보다는 '당연하지 않은가' 하는 자기 방어적인 느낌이 앞섰다. 내가 그렇게 주변의 탓을 하는 동안, 윤미는 말없이 게임에 열중했다. 칩을 보니 처음 시작과 별다른 변화가 없었다. 결과적으로 그의 베팅을 따라가기만 했어도 손해를 입지는 않았을 것이다. 하지만 처음부터 윤미를 흉내 낼 생각은 없었다. 그건 알량한 자존심만은 아니었다. 그의 말대로 내 운을 시험해 보고 싶었다. 불가피하게 금전적인 타격을 입겠지만, 노름판에서 돈을 잃는 것은 당연한 귀결이라고 생각했기 때문에 큰 문제는 아니었다. 그렇게 보면 정신이 나간 쪽은 내가 더 가까웠다. 환상에 쫓기는 것은 그들만의 사정이라 쳐도 나는 완전히 무의미한 행동을 하고 있었다.

어쩌면 도박의 결말은 이미 예정된 것인지도 몰랐다. 동전의 앞면이 나오든 뒷면이 나오든 결국 같은 것이다. 그럼 정말 세계가 예정된 것이라는 말인가? 내가 발버둥을 친다고 뭔가 달라지는 것이 아니라면, 왜 그런 수고를 해야 되는지 답이 나오지 않았다. 그래도 '만약'이라는 마지막 희망마저 꺾지는 않았다. 생존이란 그런 거라고 교육받았고, 설령 교육받지 않았더라도 살아 있는 모든 것들은 본능에 따라 삶을 유지한다. 아마 테이블에서 그런 생각을 하는 인간은 나뿐이었을 것이다. 멍한 표정으로 기계적인 베팅을 거듭하자 윤미가 마침내 고개를 들고 나를 물끄러미 쳐다보았다. 나는 실없는 웃음을 지었다. 그건 꼭 줄어드는 칩의 양이 만들어 내는 우울은 아니었다. 그렇게 한 시간이 흘렀다.

그리고 다시 한 시간이 흐르자 교환했던 칩이 모두 떨어졌다. 모두 300이었다. 그사이 담배도 떨어졌다. 여분으로 준비했던 돈을 꺼내었다.

「무리하는 건 아니죠?」

「글쎄. 하지만 여기서 멈출 수는 없잖아? 이제부터 좋은 일이 일어나겠지.」

「너무 의기소침해 하지 말아요. 한 번쯤은 겪어야 될 일이에요.」

윤미는 뭐가 재미있는지 내 어깨를 짚으며 속삭였다. 그 소리가 악마의 유혹은 아니었지만, 허공에 몸을 던지기 전에 잠시 주춤거리게 되는 것은 어쩔 수 없었다. 윤미의 칩은 조금 불어난 상태였다. 그렇다고 질투가 난 것은 아니었다. 비교적 긴 시간 누적된 피로 때문인지, 윤미는 재킷에서 안경을 꺼내어 썼다. 나는 화장실을 핑계로 얼굴을 닦으러 갔다. 상황을 바꿀 필요가 있었다. 하지만 다음은 더 비참했다.

9

방은 비어 있었다. 침대 위로 옷가지가 아무렇게나 펼쳐져 있는 걸 보니 수진이 방에 들러 쉬고 간 것은 확실했다. 휴대폰에 메시지는 없었다. 옷만 빼놓고 방은 깨끗이 정리되어 있었다. 여행 가방도 한쪽 구석에 얌전히 놓여 있었다. 침대에 몸을 기대자 피로가 한꺼번에 밀려왔다. 테이블 앞에서 흐리멍덩한 상태로 앉아 있기만 했던 것 같았는데 생각보다 힘들었다. '플레이어, 뱅크, 뱅크, 플레이어, 플레이어, 뱅크, 뱅크, 뱅크……' 눈을 감아도 딜러의 오픈 카드가 눈에 보였다. 이제야 게임이 선명하게 눈에 들어왔다. 이상한 일이었다. 누워서 카드를 보니 다음 카드가 보이는 것 같았다. '틀림없이 뱅크다.'

게임은 종료되었고, 샤워를 하고 잠시나마 눈을 붙일 시간이었다. 하지만 무거운 몸은 제대로 반응하지 못했다. 눈길이 수진의 가방으로 향했다. 수진이 어디서 무엇을 하는지 궁금했지만, 휴대폰 버튼을 누르는 것마저도 귀찮았다. 수진의 돈이 가방에 있을지 아니면 호텔 프런트에 맡겨진 것인지 궁금했다. 그와 함께 하지 못한 시간 동안 어떤 일이 일어났는지 자신할 수 없었다. 보지 않고서 확신한다는 것은 범인(凡人)에게는 불가능한 일이다.

'어디에선가 잃고 있겠지'라는 막연한 추측만으로는 의문이 해소되지 않았다. 내가 엉뚱한 일을 한 것처럼, 그도 생각하지 못한 다른 일을 하고 있을 가능성은 얼마든지 있었다. 어쩌면 그가 카지노에 동행한 것이 나만은 아닐 수도 있었다. 멋을 낸 청년이 옆방에 누워 있을지도 몰랐다. 가능성은 없었지만. 모든 것은 수진의 자유 의지에 달린 일이었다. 그곳에 내가 들어갈 틈새는 없었다. 몸을 일으켜 가방을 열어 볼까도 생각해 보았지만 그만두었다. 돈이 있든 없든, 아니면 내가 모르는 비밀 일기상이 나온들 확실해지는 것은 없었다. 치사하게 몰래 가방과 그의 BMW를 훔쳐 달아난다고 한들 달라지는 것은 없다. 고소를 당할지도 모르겠지만, 그렇다고 지난 과거가 다시 일어나 새로운 무대를 밝히지는 않을 것이었다. 침대 위에 누워서 딜러의 다음 카드를 볼 수 있다고 해도, 이미 빼앗겨 버린 칩이 돌아오는 것은 아니듯.

이런 일들이 연속적으로 일어나는 것은 좋지 않은 징조였다. 그것은 이미 바카라 게임에서 충분히 확인했다. 루징 스트리크(losing streak). 패배의 연속.

중대 본부 계원이었던 나의 전역은 예비 대대에서 볼 수 있는 화려함과는 달랐다. 각 소대가 뿔뿔이 흩어져 있던 관계로 GOP의 철

책을 따라 혼자서 각 소대를 방문하는 방식으로 마지막 인사를 했다. 하룻밤을 자고 다음 날 다른 소대로 이동하는 여정이었다. 전방 부대에서 혼자서 이동하는 것은 원칙적으로 금지되어 있었지만, 대대 전체에서 유일한 전역자였기 때문에 어쩔 수 없었다. 평지에서는 대대에서 운용하는 수송차를 얻어 타기도 했지만 대부분은 걸어서 이동했다. 개인 화기도 없이 철모 대신 예비군 마크가 박힌 모자를 쓰고서 터벅터벅 걸었다. 차가 다니지 않는, 1,000미터가 넘는 고지를 오르는 것은 나름으로 이골이 난 상태라 힘들지는 않았다. 뒤에서 재촉하는 사람도 없었고, 등 뒤에 항상 이고 다녔던 무전기도 없었기 때문에 발걸음은 가벼웠다. 날씨가 맑은 날에는 금강산도 볼 수 있다는 산의 지형은 돌이켜 생각해 보면 축복에 가까운 곳이었다. 하지만 그 모든 정경이 일상의 틀에 묶여 있었기 때문에 산에서 부딪히는 사물이 대단한 의미를 갖지는 않았다. 다만, 하늘과 마주한 산의 정상에서 만난 들국화는 무심히 발걸음을 옮기던 군인의 시선이라 할지라도 쉽사리 뿌리칠 수 있는 풍경이 아니었다. 고지대 바위 틈새에 군락을 이루어 피어나는 구절초라는 또 다른 이름을 가진 꽃은 그때가 가장 아름다웠다. 가을 하늘의 푸름은 짙다 못해 눈이 부실 지경이었다. 구절초는 별 모양의 노란 꽃대와 함께 내가 가장 좋아하는 들꽃이었다. 무전병이었던 나는 무전 대기를 핑계로 다른 부대원들이 삽과 괭이를 들고 사역을 하는 동안 개인 시간을 가질 수 있었다. 자연스레 사방에 흩어진 들꽃과 나무와 풀들에 관심을 갖게 되었다. 기분이 나면 막 피어난 꽃을 꺾어 수첩에다 붙이기도 했었다. 총을 든 군인이라는 신분에서 보면 엽기적인 행위일 수도 있었지만, 기껏해야 밥차가 지금 올라간다는 식의 시시한 무전만 들려오는 상황에서는 지루함을 달랠 수 있는 유일한 놀이였다. 무전 대기가 지겨워지면 자진해서 삽을 들고 나서기도 했지만, 어쨌든 내 임무는 무전기 옆에서 뒹구는 것이었으므로 나름으로 시간을 보내는 방식을 찾아야만 했다. 뱀이나 더덕을 찾는 것이 실리적인 도움이 되었겠지만 도회지에서 자란 내 눈에는 그런 것들이 쉽게 들어오지 않았다. 대신, 내 의지와는 상관없이 만나게 되는 꽃과 나무가 시선을 붙잡았다. 그런 일이 반복되면서 휴가에서 돌아올 때 야생화 도감을 사오기도 했다. 그런 내 행동을 못마땅하게 생각하는 이는 없었다. 오히려 시간이 지나자 '이 꽃 이름은 뭐야?' 하고 물어 오는 일도 생겼다. 그렇게 노루오줌, 마타리, 기린초, 물레나무, 엄아자, 둥근이실풀, 잔대, 동자꽃, 양지꽃 등의 이름을 외웠고, 산에 오를 때마다 그들을 발견하는 기대를 걸었다. 2소대 근처에 자주 출몰했던 멧돼지들의 놀이터에 꿋꿋이 피어 있던 할미꽃과, 이른 아침 안개 긴 날 침낭에서 눈을 뜨자 발견했던 자줏빛 도라지꽃에 대한 기억은 아직도 선명하다.

그래서 가을 하늘 아래 하얀 꽃들의 정원에서 휴식을 취하는 것이 내게는 가장 소중한 전역 기념이 되었다. 불과 몇 미터만 벗어나도 지뢰밭이었기 때문에 마음대로 이곳저곳을 휘젓고 다닐 수는 없었지만, 돌부리를 베개 삼아 누워 국방부에서 내준 담배를 피우는 것으로 마지막 군 생활을 정리하는 것도 나쁘지는 않았다.

그런데 이상한 건, 나는 가끔 부대로 귀환하는 악몽을 꾸곤 한다. 꿈속에서 다시 만나게 된 고참에게 내가 왜 다시 군대에 돌아오게 되었냐고 물으면 돌아오는 대답은 항상 같았다. '야! 군대는 두 번 오는 거야. 넌 그것도 모르냐?' 그 말을 듣게 되면 등골이 오싹해지고 꿈에서 깨어나게 된다.

휴대폰 진동 소리에 잠을 깼다. 깊게 잠들지 못한 탓이었는지 진동이 한 번만 울리는 문자 메시지였는데도 눈이 떠졌다. 수진에게서 온 메시지였다.

'아직도 게임 중?'

통화 버튼을 누르자 곧 수진이 나왔다. 수화기 너머로 불분명한 소음이 들려왔다. 슬롯머신 게임을 하는 것처럼 들렸다.

「밥 먹자.」

「응. 내려와.」

화가 났는지 아닌지는 목소리만으로는 구분하기 힘들었다. 피곤한 몸은 악몽을 꾼 것인지 아닌지도 분간을 할 수 없었다. 꿈속에서 어떤 꽃을 보았는데 도무지 이름이 떠오르지 않았다.

수진은 슬롯머신 앞에서 담배를 피우고 있었다. 붉은 장미 문양이 들어간 플레이스 기트에 얇은 기다긴을 펼쳤고 운동회 차림이었다. 머리는 어떻게 했는지 컬이 많이 들어가 풍성한 느낌을 주었다. 그런 그의 모습이 내게 낯선지 아니면 익숙한지 분간되지 않았다. 수진과 함께 있는 시간이 길어질수록 그런 혼동은 자주 일어났다. 수진은 나를 보자 밝게 웃었다.

「결과를 물어봐도 돼?」

「예상대로야. 참패야.」

「다행이네.」

「뭐가?」

「돈을 잃은 건 안됐지만, 오빠의 미래를 생각한다면 잘된 일인지도 몰라.」

「정말 그렇게 생각해?」

「응. 도박에 희망을 걸 확률이 낮아졌잖아.」

「그럴 수도 있지.」

나는 말꼬리를 흐렸다. 수진의 말에 동의할 수 있을 것도 같고 전혀 사실이 아닐 것도 같았다. 이겼다고 도박의 늪에 빠져 버릴 가능성은 얼마나 될까?

「뭘 좀 먹자. 배고파.」

「그래. 그건 그렇고, 함께 게임을 했던 아가씨는 어떻게 됐어?」

「나처럼 깨지지는 않았어. 조금 이겼던 것 같기도 한데.」

「보기와는 다르게 선수인가 보지?」

「어떻게 보였는데?」

「그냥. 얌전한 학생 같은 느낌이었어. 어떻게 만난 거야?」

「말하지 않았나? 옆 자리에서 게임을 하다 알게 됐어.」

「오빠가 먼저 말을 걸었어?」

「몰라. 그런 것 같기도 하고 아닌 것 같기도 해.」

「그런 말이 어디 있어?」

「사실이야. 하지만 뭐 그게 중요한가?」

수진은 대답 대신 물끄러미 나를 쳐다보았다. 나는 그의 시선을 무시하고 담배를 꺼냈다.

「괜찮으면 함께 식사하자고 해.」

「왜?」

「그냥. 둘이서 심심하게 있는 것보다는 재미있을 것 같아. 보아 하니 꾼인 것 같은데, 여기 사정도 들어 보고.」

「글쎄.」

「아직 있어?」

「몰라. 게임 끝나고 별말 없이 헤어졌거든.」

「전화해. 번호 알지?」

수진의 요구가 아니어도 윤미가 무엇을 하고 있을지는 나도 궁금했다. 수화기 너머의 목소리는 맑고 명랑했다. 수진은 고개를 돌리고 게임을 했다. 태연한 척하는 것인지는 알 수 없었다.

「어디야?」

「읍내요.」

「읍내?」

「사북읍. 카지노가 어딘지는 알죠?」

「거긴 왜?」

「만날 사람이 있어서요. 그런데 아저씨가 그런 걸 내게 왜 물어요?」

「미안. 늦었지만 함께 저녁 먹을까?」

「돈도 잃은 사람한테 얻어 먹는 건 좀 그런데, 괜찮으시면 제가 살게요. 여기로 내려오시겠어요? 고기 맛있게 하는 곳 알아요.」

「옆에 친구가 있어. 함께 있었으면 해서.」

말소리가 잠깐 끊어졌다. 베팅을 앞두고 딜러의 손을 바라보던 그의 모습이 연상되었다. 윗입술을 밀어 넣고 이로 질끈 씹는 버릇이 있었다.

「힘들면 다음에 해도 좋아. 신경 쓸 필요 없어.」

「아뇨. 갈게요.」

목소리는 종전의 하이 톤을 잃었다. 하지만 어떤 말을 하더라도 분위기를 반전시킬 수 없다는 생각이 들었기 때문에 묵묵히 듣고 있었다. 전화를 끊자 수진의 머신 화면에서 릴이 정지되고 크레디트 숫자가 올라가기 시작했다. 트리플 바가 맞아서 240점이 올라갔다. 500원 머신으로 12만 원이었다.

「밥값은 벌었네. 온다고 하지?」

수진의 목소리는 머신이 내는 경쾌한 기계음처럼 올라갔다. 카지노는 감정 변화의 폭이 극과 극을 오가는 곳이었다. 그것이 카지노만이 갖는 매력으로 작용하는 것인지 인간을 절벽으로 밀고 가는 힘의 원동력인지는 구분이 가지 않았다. 둘을 동전의 양면 운운하며 동일화시키는 것도 조금은 지겨워졌다. 모든 것이 바카라를 한 탓이었다.

윤미를 기다리는 동안 커피를 마셨다. 뷔페였기 때문에 굳이 기다릴 필요가 없었는데도 수진의 만류로 커피만 홀짝거렸다. 익숙해진 탓에 내부를 둘러보는 쓸데없는 행동은 하지 않았다. 커피는 게임장 안에 설치된 바에서 공짜로 먹는 것보다 한결 맛이 좋았다. 그런 식의 차별화가 무엇을 의미하는지는 모르겠지만, 나같이 허술한 사람에게는 불만의 요소일 뿐이었다. 하지만 내 혀가 잘못 반응하고 있는 것인지도 몰랐기 때문에 투정을 부리지는 않았다.

「오빠는 가끔 이해하기 힘든 사람으로 보여.」

「내가?」

「평범한 것 같은데도 이상하게 독특한 면이 있어.」

「칭찬이야?」

「글쎄. 그런 것 같지는 않아. 종잡을 수 없다고나 할까?」

「틀렸어. 결혼하지 않은 것을 빼고는 아주 정상적인 궤도를 밟고 있어.」

「오빠 말처럼 겉으로 보기에는 아주 안정적으로 보여. 하지만 좀 더 깊이 들어가 보면 곳곳에 함정이 있어. 그것도 아주 위험한.」

「농담이지?」

헛웃음이 나오는 것을 막을 수가 없었다.

「아냐. 내가 만난 사람들 중에서 오빠가 가장 불안해. 언뜻 보면 보이지 않아서 오빠 자신도 사실을 부정하는 것 같아. 극단적인 사람이 아니라는 것도 알고, 내가 원하면 언제든지 따라와 줄 것이라는 것도 알지만, 내가 건너기에는 너무 깊고 차가운 강이 가로막고 있는 듯한 느낌이 들어.」

「인상이 좋지 못하다는 소리는 종종 듣지.」

「결론은 내가 오빠를 버린 것이 아니라 오빠가 날 떠났다는 거야.」

둔기로 머리를 맞아 보지는 않았지만, 수진의 말은 상냥했던 여선생님이 느닷없이 내게 화를 냈던 지난날을 떠올리게 했다. 수진은 그 말을 끝으로 입을 다물었다. 세월이 흐르면서 알게 됐지만 선생님이 화를 낼 때에는 반드시 그에 합당한 이유가 있었다.

윤미의 차림새는 그대로였다. 수진과 나는 다른 옷으로 갈아입었기 때문에 비교가 되었다. 그것 때문인지 아니면 안경을 벗은 탓인지 걸어오는 동안 짧게 인상을 찌푸렸다. 수진은 일어서서 윤미를 맞았다.

「낮에 본 것보다 얼굴이 익어서인지, 훨씬 미인이네.」

언뜻 보아도 피곤에 절은 얼굴이었는데도 수진은 예의상인지 그렇게 인사말을 건넸다.

「감사합니다. 초대해 주셔서.」

윤미가 고개를 꾸벅 숙였다.

「초대는 뭘. 가볍게 같이 식사나 하자는 건데. 아직 식사 전이죠?」

「네.」

윤미가 자리에 앉자 종업원이 다가와 수저와 컵을 놓고 돌아갔다. 나는 말없이 두 사람이 대화 나누는 것을 지켜봤다. 함께 게임을 한 탓인지 윤미에 대한 어렵고 낯선 감정은 사라졌다. 마치 혹독한 경험을 공유한 동료애 같은 감정이 일었다. 신경이 쓰이는 것은 오히려 수진 쪽이었다. 아주 오래전 섹스를 했던 여자와, 방금 함께 도박을 한 여자 사이에서 후자 쪽이 더 친밀하게 느껴졌다.

「일단 배부터 채우면서 이야기할까?」

나는 그들이 탐색전을 마쳤을 타이밍을 찾아서 대화에 끼어들었다. 둘 다 수긍하는 모양이었다. 뷔페가 처음 만난 사람들이 대화하기에 적당한 장소는 아니었지만 이런 식이라면 도움이 될 것도 같았다.

「윤미 씨는 여기서 어떤 음식이 제일 마음에 들던가요? 전 양장피
가 맛있던데.」

윤미는 말없이 나를 보며 웃었다. 수진이 앞서 나가자 접시를 든
윤미가 등 뒤에 붙었다.

「절 이상하게 말한 건 아니죠?」

「어떻게?」

나는 고개를 돌려 그를 보았다.

「그냥. 이것저것.」

「내가 윤미에 대해서 아는 게 뭐 있다고. 게임에서 조금 이긴 것
같다고 말했을 뿐이야.」

윤미는 짧은 한숨을 내쉬었다.

테이블로 돌아와 보니 내 음식이 가장 많았다. 수진이 연어와 참
치 회초밥을 올린 작은 접시를 내밀었다.

「오빠가 좋아하는 거지?」

어린 여자 앞에서인지는 몰라도 수진이 나를 부르는 호칭이 이상
하게 설렜다. 우리끼리야 상관없지만 타인들 앞에서 오빠 동생하기
에는 어딘지 어색했다. 자리 배치는 나와 수진 사이에 윤미가 낀 형
태였다. 예상대로 소화가 잘 되지 않았다. 음식을 먹는 동안 대화가
단절되었고, 그때마다 어색한 공기가 입 안으로 들어와 음식의 맛을
빼앗았다. 대화는 주로 수진이 이끌었다. 대부분 윤미에게 카지노와
관련된 질문을 하였고 윤미는 어디에서나 들을 수 있는 간단한 정보

만 나열했다. 기발하고 흥미진진한 연출이 일어나기를 기대하기는
어려웠다.

가까스로 음식을 처리하고 나니 안도감이 들었다. 종업원이 와서
빈 접시를 치웠다. 나만 한 번 더 음식을 가지러 갔을 뿐, 둘 다 처음
가져온 음식으로 식사를 끝냈다. 뷔페에서 해서는 안 되는 끔찍한
일이라는 생각이 들었지만, 두 여자는 그렇게 생각하지 않는 모양이
었다.
「이런 질문을 해도 좋은지 모르겠는데, 지금 학생이에요?」
「아뇨, 학교는 그만뒀어요.」
「미안해요. 사적인 걸 물어볼 생각은 아니었는데.」
「아니에요. 자수 늘는 질문인데요, 뭘. 그런 질문을 하는 아저씨들
중에는 대뜸 호통을 치시는 분도 있어요. 내가 보기에는 남 걱정
할 때가 아닌 사람들인데도.」
윤미는 대수롭지 않다는 표정을 지었다. 하지만 포커페이스라고
밖에는 생각되지 않았다. 테이블 위에는 수진이 커피와 디저트로 챙
겨 온 떡과 케이크, 과일이 있었다. 나는 억지로 찰떡을 입에 넣고는
우물거렸다. 그 편이 말을 하지 않고 있는 것보다는 나았다.
「윤미 씨는 주로 이기는 쪽에 속하나요?」
「아뇨. 제가 알기로 카지노에서 돈을 벌었다는 사람은 없어요. 경
험하셨겠지만 여기 있는 사람들 모두 허황된 꿈을 꾸는 사람들이
에요. 자신의 꿈이 이루어지지 않으리라는 것도 잘 알지만 떠나질
못하는 거예요. 바깥에서 바라보면 이해할 수가 없겠지만 이 세계

에 속한 사람들은 서로를 이해하죠. 게임을 하는 것 외에는 아무 것도 생각하지 못하는 사람들이니까요. 제가 아는 어느 아주머니 는 전라도 어디에서 농사를 지었는데 계 모임 관광을 왔다가 여기 에 눌러앉았어요. 전 재산을 잃은 것은 물론 가족까지 잃어버렸 죠. 지금은 매일 먹을거리와 잠자리를 걱정해야 될 신세가 되었어 요. 그 아주머니가 하는 게임이 뭔지 아세요?」

우리는 나란히 윤미의 다음 말을 기다렸다.

「슬롯머신이에요. 장난삼아 500원을 넣은 것이 500만 원에 당첨 된 거예요. 아마 언니 같은 분은 500만 원의 가치가 실감 나지 않 을지도 모르지만, 우리 같은 사람들에겐 머리가 텅 비어 버릴 만큼 엄청난 금액이에요. 그 돈을 가지고 돌아간 아주머니가 마늘을 다 듬고 오이를 따며 정상적인 생활을 할 수 있었겠어요? 흙을 아무 리 만져도 눈앞에 기계밖에 보이지 않는 상태가 된 거죠. 한 번만, 딱 한 번만 해보자는 각오를 하고 혼자서 버스를 타고 다시 오게 되었죠. 그 이후는 말하지 않아도 되겠죠?」

윤미는 아무렇지 않게 말했지만 듣는 사람의 마음은 무거워졌다. 수진과 내가 잘못한 것은 없는데 책임질 일이 있는 것처럼 느껴졌다.

「그런 분들은 선문 지료를 받아야 하는 것 아닌가요?」

윤미는 수진의 말에 긍정도 부정도 하지 않고 마시던 커피를 조용 히 바닥에 내려놓았다. 식사를 하는 동안 피로가 풀렸는지 화장기 없 는 하얀 얼굴이 조명을 받아 빛났다. 수진에게도 그런 시절이 있었 다. 굳이 무엇인가로 가리지 않아도 아름답게 빛나던 시절이.

「언젠가 도박 중독에 관련된 프로그램을 본 적이 있는데 정신과 의사라는 분이 나와서 도박에 쉽게 빠져 드는 유전자가 있다는 이야기를 했어요. 어이가 없어서 웃었죠. 하지만 나중엔 화가 났어요. 현미경으로 보면 모든 것이 보이는지는 모르겠지만, 그렇게 아무렇지 않게 남을 모욕하는 사람이 있다는 사실이 믿어지지 않았어요. 그 의사가 카지노를 만들고 허락해 준 사람들과 무슨 차이가 있죠? 그 사람에겐 단지 치료의 대상으로 보이겠지만, 유전자라는 것은 어떻게 해볼 수 있는 게 아니잖아요. 그 사람 말에 의하면 내가 결혼해서 아이를 낳으면 노름꾼이 된다는 이야기잖아요. 끔찍해요.」

「그건 특별한 예외 같은데. 모든 중독에는 질병으로 판명할 수 있는 요인이 있다고 보는 것이 보편화된 상식이야. 도박의 경우는 어떤지 모르겠지만 그로 인한 폐해를 생각해 보면 크게 벗어나지는 못할 거야. 자신을 망치고 가족까지 희생시킨다면 어떤 의학적 질병보다 무겁게 다루어져야 될 것 같은데.」

윤미는 내 말을 듣고서 가볍게 한숨을 쉬었다. 수진의 얼굴을 봐도 내가 적절한 답을 한 것이 아니라는 것은 분명했다. 하지만 내가 잘못 대응했다기보다 처음 만난 사람들이 나누기에는 부적절한 대화인 탓이 컸다. 수진의 가벼운 질문에 윤미가 심각하게 반응한 것이다. 수진이 물은 것은 단순한 게임의 승패 유무였지 도박 중독에 빠진 사람들을 비난한 것은 아니라는 것이 내 생각이었다. 그건 내가 두 사람 사이에 흐르는 불편한 기류에 대해 둔감한 탓도 있었다.

「그럼 윤미 씨가 생각하는 다른 방법이 있어요?」

윤미는 수진의 얼굴을 바라보았다.

「도박 중독을 막을 수 있는?」

윤미의 입가에 웃음이 번졌다.

「두 분 모두 많이 배우신 분들이잖아요. 당연히 알 거라 생각하는데요.」

수진은 윤미의 말에 의아한 표정을 지었고, 난 그가 말한 배운 사람이라는 말에 실없는 웃음이 나왔다. 대학까지 나왔으면 못 배운 건 아니니까 그의 평가가 완전히 틀린 건 아니다.

「난 모르겠는데, 오빠는 알아?」

수진이 도움을 청했다. 당연히 내가 아는 것은 없었다.

「글쎄, 도박장 출입을 제한한다든지 재활 프로그램을 적극적으로 활용하는 정도는 들어 본 것 같아. 하지만 이런 건 이미 하고 있는 것 아냐?」

윤미는 찻잔에 놓인 커피 스푼을 매만지다가 나를 보았다.

「정말 몰라서 그러시는 거예요?」

나는 수진의 얼굴을 보면서 고개를 끄덕였다.

「이상하네요. 여기 있는 사람들은 대부분 알고 있는데. 그냥 카지노를 없애 버리면 되죠.」

특별한 해결책을 기대해서 그런지 이야기를 듣고 보니 김이 빠졌다.

「그건 현실적으로 어렵지 않겠어?」

「왜요?」

「카지노 문을 닫는 것도 어렵지만, 설령 그렇다 쳐도 중독에 빠진 사람들은 어떤 식으로든 다시 도박을 하게 될 것 같은데?」

「그렇겠죠. 그러니까 경마장이나 사설 오락실 등 도박과 관련된 모든 것들을 못하게 만들면 돼요.」

「그렇게 되면 불법 도박장으로 사람들이 몰려가지 않을까요?」

「아니라고 100퍼센트 장담은 못하지만 생각보다 많지는 않을 거예요. 문제는 지금 여기서는 모든 것이 합법이라는 점이에요. 내가 얼마를 잃든 아무도 상관하지 않아요. 법이 보호하고 있기 때문이죠. 그 때문에 사람들은 자신이 하는 일을 심각하게 받아들이지 않아요. 떳떳하게 세금을 내고 들어와서 게임을 하기 때문에 죄의식이 없어지는 거예요. 만약 모든 도박장을 불법화시켰다고 가정해 보면 상황이 이해될 거예요. 그래도 포기하지 않는 사람들이 있기는 하겠지만 상당수가 발길을 돌리게 될 거예요. 당장 언니 같은 분들은 오지 않을 거잖아요?」

수진은 조금 놀란 표정을 지었지만 고개를 끄덕여 주었다.

「카지노를 단순한 레저로 생각하는 사람들도 있지 않나요?」

「아뇨. 그건 거짓말이에요. 실제로 그런 사람들이 있기는 하겠지만, 내가 알기로는 그렇게 생각하고 시작한 대부분의 사람들도 중독자 신세가 되었어요. 시간 차가 있을 뿐 결론은 같아요. 이렇게 엄청난 건물을 지었는데 사람들이 푼돈만 쓰고 떠난다고 생각해 봐요. 아무도 카지노 영업을 하려고 들지 않을 거예요. 처음엔 누구든지 작은 행운만을 바라고 시작하죠. 정부에서 허락해 준 일이고 비난받을 일이라고는 생각하지 않아요. 하지만 언니가 생각하듯 여기는 그렇게 여유 있고 편안한 공간이 아니에요. 우리가 밟고 있는 대리석 바닥도 누군가의 피와 땀의 대가로 만든 거예요. 눈에 보이지 않을 뿐이지 여긴 공동묘지와 같은 곳이에요.」

식사를 마쳤기에 그나마 다행이라는 생각이 들었다. 대화의 주제
는 다르지만 예전에 수진도 그와 비슷한 이야기를 한 적이 있었다.

‘폭력은 분명 나쁜 것이다. 하지만 우리들 폭력의 정당성을 따져
보기 전에 저들의 폭력을 먼저 보아야 한다. 마치 모든 것이 평화인
듯 위장을 하고 있지만 그 평화란 실상 수백만 노동자들의 피와 땀
을 착취해서 지어낸 허상에 불과하다. 우리가 그들에게 저항을 하지
않는 한 불평등한 억압 구조와 노동 착취는 영원히 계속될 것이다.
우리에게 있어 폭력이란 마지막 남은 무기이다. 조합을 결성하고 해
방을 앞당기기 위해 폭력을 포기해서는 안 된다.’

수진이 그런 이야기를 한 이후로 시간이 많이 흐른 것은 아니었
다. 그때나 지금이나 수진이 틀린 소리를 했다고는 생각지 않는다.
하지만 옛 기억을 떠올리기엔 어색한 방향으로 시간이 흘렀다. 과거
의 일이 되었고, 어지간해서는 서로 그런 일이 있었다는 것을 상기
시킬 필요가 없어질 만큼 상황이 바뀌었다.

「저, 그만 일어나도 될까요? 내일은 일이 있기 때문에 일찍 돌아가
야 하거든요.」
「그래요? 우린 휴가 중인데. 괜히 미안하게 됐네요. 무슨 일을 하
는지 물어봐도 돼요?」
「아이들을 가르쳐요.」
「그래요? 학원에서?」

「아뇨. 개인 교습을 하고 있어요. 학원은 아무래도 시간 내기가 어렵고 벌이도 좋지 않아서 그만뒀어요. 그리고 제가 이러고 다니는 것이 소문이 날 것 같기도 해서요.」

윤미의 말을 듣고 보니, 난 정말 이상한 사람이라는 생각이 들었다. 물론 윤미도 내가 어떤 일을 하는지 묻지 않았지만 정상적인 사람의 관계란 우선 그런 것이 이해되고 그것을 바탕으로 조금씩 넓어져야 되는 것이었다. 그런데도 난 항상 내 편의를 먼저 고집하는 인간이었다.

「음악이나 미술?」

「아뇨. 그냥 아이들 공부를 도와줘요. 제가 이래 봬도 ○○고 출신이거든요.」

「어머, 정말요?」

「네. 거짓말 같아요?」

「아뇨. 그런 말은 아니고. 그럼 대학을 그만둔 거예요?」

「네. 고등학교는 나왔죠.」

윤미는 처음으로 환하게 웃었다. 나는 수진이 그렇게 호들갑스럽게 반응하는 것이 의아했다. 윤미가 졸업했다는 고등학교에 대해서 신문이나 TV를 통해 들어 본 적은 있었다. 한국의 수재들이 간다는 민간 설립 학교였다.

「정말 어렵다고 하던데. 그 학교를 나왔다는 사람은 처음 만났어요.」

수진은 마치 신기한 마술을 보고 감탄한 사람처럼 말했다.

「아직 졸업생 숫자가 적어서 그럴 거예요. 그리고 전 지금 학교에 대해서 자부심을 갖거나 명예롭게 생각하지는 않아요. 친구들이

나 선생님들에게는 미안한 일이지만, 때로는 나처럼 먹물이 생기는 법이죠. 그래도 학교 탓에 일을 할 수 있게 된 것은 감사해 하고 있어요. 대학을 다니지 않고도 과외를 할 수 있게 해준 것만으로도 손해 본 것 같지는 않아요.」

「윤미 씨는 아직 나이가 어리니까, 그런 비관적인 생각을 하지 않는 게 좋아요. 시간이 지나면 반드시 기회가 생길 거예요. 윤미 씨에게 어떤 일이 일어났는지는 모르겠지만 대학도 다시 다니게 되고 좋은 사람도 만나게 되면 지금보다는 훨씬 좋아질 거예요. 주제넘은 말이긴 하지만 인간사라는 것이 어떻게 변할지는 아무도 모르거든요.」

단순히 학교 이야기에 수진의 태도가 변한 것이 이상하긴 했지만, 마무리는 잘 되었다. 윤미는 다시 보자는 인사를 하고 자리에서 일어났다. 우리는 배웅을 해주는 것도 뭐해서 그 자리에 그대로 있었다. 수진은 윤미에게 만나서 반갑다는 악수를 청했고 윤미도 기분 좋게 응했다. 그런 걸 지켜보니 윤미에게는 나 같은 사람이 아니라 수진과 같은 사람을 만나는 것이 도움이 될 것 같았다. 장담은 못하지만 삶을 도전적으로 살아가기 위해서는 나처럼 패배주의에 빠져 게으름을 피우는 것보다는 수진의 활력과 욕구가 필요할 것이나.

담배를 피우며 둘 사이에 있었던 대화 중 하나를 떠올렸다.
「언니, 고양이 좋아하세요?」
「고양이?」
「예. 무작위로 독과 보통 음식 중 하나를 주는 장치가 있는 상자

안에 고양이를 넣어요. 고양이가 어떻게 되었을지, 맞춰 보세요.」

「음…… 뭔가 있는데. 아무튼, 죽었거나 살았거나 둘 중 하나겠죠?」

「네. 기계론적 논리에 따르면 언니의 추론이 맞아요. 하지만 양자(quantum) 현실에서 고양이는 실제로 확인하기 전에는 겹쳐 놓음의 상태, 즉 살아 있는 동시에 죽어 있을 수 있어요.」

「…….」

「빛이 파동이며 동시에 입자이듯, 두 특질이 상호 보완적으로 작동하는 거죠.」

「하지만 고양이가 그럴 수 있나?」

「네. 고양이의 상태가 확실성 안으로 들어오는 것은 상자를 열어 직접 고양이를 봤을 때죠. 사람들 눈에는 그것만 보이니까. 살아 있는 고양이와 죽은 고양이. 유명한 슈뢰딩거의 고양이에요.」

「유명해요?」

「네. 현대 물리학에서. 잘난 척하려는 건 아니고요, 단지 이곳에 있는 사람들은 상자 안에 있는 고양이가 어떻게 되었을까 무척 궁금해하는 사람들이란 생각이 들어서요.」

「뭔지 모르겠지만, 맞는 것 같네요.」

「그 아이를 오랫동안 보니까 내가 아는 누군가를 많이 닮았다는 생각이 자꾸 드는 거야. 이상하지?」

그것이 수진의 마지막 감상이었다. 수진의 말처럼 나도 그런 생각을 했기 때문에 다른 이야기는 하지 않고 고개만 끄덕였다.

식사를 끝내고는 수진과 함께 슬롯머신을 돌렸다. 카지노에서 할 일이란 게임 외에는 없었다. 게임을 하자 마음이 편해졌다. 잃은 돈을 생각하면 그래서는 안 되겠지만, 몸은 생각과 달리 반응했다. 비교적 오래 낮잠을 잔 탓인지 피곤함도 없었다. 수진도 옆에서 쉬지 않고 버튼을 눌렀다. 우리는 카지노 영업 종료를 알리는 직원들의 고함 소리를 듣고서야 시간이 흐른 것을 알았다. 우리는 마지못해 일어났다.

10

여호와께서 모세에게 말씀하여 이르시되 오직 그 땅을 제비 뽑아
나누어 그들의 조상 지파의 이름을 따라 얻게 할지니라 그 다소를 막
론하고 그들의 기업을 제비 뽑아 나눌지니라

― 〈민수기〉(26:52, 55~56), 이스라엘 민족이
제비뽑기로 가나안 땅을 분할한 이야기

눈을 뜨고 옆 침대를 보니 수진의 모습이 보이지 않았다. 고개를
돌려 욕실 쪽으로 귀를 세워 보아도 아무런 소리가 들리지 않았다.
화장대 거울에도 메모는 없었다. 지난밤 함께 방에 들어와 샤워를 하
고 잠자리에 들 때까지 수진과 나는 묵묵히 각자의 일에만 열중하며,
마치 오래된 연인처럼 서로에게 무심한 눈길을 보냈다. 수진도 개의
치 않고 옷을 벗었고 나도 아무렇지 않게 옷을 갈아입었다. 섹스란
것이 가벼운 테니스 게임처럼 행해지는 시대가 온다면, 우리도 자연

스럽게 같은 침대에 누워 깊은 포옹을 하며 잠들었을 것이다. 이미 그런 시대가 왔는지는 모르지만, 내게는 그런 일이 별나라 침공처럼 여겨졌기 때문에 딱딱한 관 속에 몸을 누이듯 잠자리에 들었다. 어쨌든 함께 수다를 떨면서 우정을 쌓아 가는 친구 사이는 아니었다.

게임을 하는 동안에는 몰랐지만, 내가 그곳에서 꼭 해야 될 일은 정해져 있지 않았다. 누구의 간섭도 받지 않았고, 시간을 확인하며 다음 일을 준비할 필요도 없었다. 내 삶에서 그런 시간이 사라져 버린 것은 아주 오래전이었다. 사회적 의무에 충실한 도덕적 인간과는 거리가 멀었지만, 생계를 위한 최소한의 행위를 거부하며 살아갈 수 있는 형편도 아니었다. 타인이 만들어 놓은 규칙에 따라야만 했고, 조직이 원하는 책임과 의무에 복종해야만 했다. 새벽에 일을 하고 낮 동안은 영화를 보며 지내겠다고 일방적으로 통보하는 순간, 나는 별종이 되어 그들에게 버림받을 것이었다. 그렇게 되면 미래는 불분명해지고 밥을 굶어야 하는 지경까지 이를 수 있었다. 간혹 과감하게 이런 일을 실행하는 사람들을 발견하기도 하지만, 아직 그들이 모범 답안으로 보이지는 않는다. 반대로 장애물과 구속을 견뎌 내고, 좋게 말해 자신의 자유를 찾아 노력한 인간들이 대접을 받고 있나. 과정이 어찌 되었든 그들은 자유를 살 수 있는 금전적 여유와 시간을 가지고 있다. 그들을 '성안의 사람'이라고 부르든 부르주아라고 부르든, 아니면 단순히 부자라고 부르든, 그들이 내가 살고 있는 세상에서 자유를 만끽하고 있고 내가 지향해야 될 목표점이라는 점은 확실했다. 그러니 그때가 올 때까지 자유가 구속당하는 것에 화를 내어서는 안 된다. 그날이 오지 않을지도 모르지만 자의든 타의든 긴 여정의 첫발은 내딛었다.

'시간 좀 내주세요. 성가신 일이 생겨서……. TT'

윤미에게서 온 메시지였다. 양치질을 한 다음 그에게 전화를 했다.

「마땅히 연락할 곳이 없어서……. 꽤 시간이 걸릴 것 같아요. 가능하면 정장 차림이었으면 좋겠어요. 무슨 일인지는 만나서 말씀드릴게요. 미안해요.」

「좋아. 타이를 매야 돼?」

「그러면 좋고요. 아니면 좀 점잖은 차림으로.」

내가 가져온 옷가지들을 생각해 보았지만 점잖아 보일 만한 옷은 떠오르지 않았다.

「노력해 볼게. 혹시 장례식 같은 거야?」

「아뇨. 그런 건 아니고. 설명은 나중에 할게요.」

「그럼 두 시간 후에 볼까? 이제 겨우 일어났거든.」

「좋아요. 제가 그리로 갈게요.」

「지금 어디야?」

「영월이에요.」

전화 목소리만으로는 윤미의 상태가 어떤지 파악하기 힘들었다. 서두르는 것 같지는 않았지만 그렇다고 평상심인 것 같지도 않았다. 아무리 생각해도 내가 도움이 될 만한 일은 없었다. 하지만 무턱대고 거절할 수도 없었다. 카지노와 관련된 일은 아니라는 짐작이 들긴 했지만, 장담할 수 없었다. 하지만 무슨 일이건 내가 관여한다고 해서 피해가 생길 것 같지는 않았다. 그리고 당장 내게 급한 일이 있는 것도 아니었다. 프런트로 전화를 걸었다.

「○○○ 씨와 통화할 수 있나요?」

「네, 고객님. 잠시만 기다려 주십시오.」

다행히 여자는 자리에 있었다. 얼마 있지 않아 귀에 익은 목소리가 나왔다.

「안녕하세요. 저 기억하시죠. 같은 이름을 쓰는 ○○○입니다.」

여자는 뜻밖의 대답에 움찔한 모양이었으나, 재빨리 상황을 파악했는지 명랑한 목소리로 응대했다.

「네, 기억합니다. 고객님. 무엇을 도와드릴까요?」

교육을 너무 잘 받은 것도 허점이 보이지 않아 인간미를 떨어뜨린다. 농담을 하려다 그만두고 본론을 이야기했다.

「정장이 필요한데, 제가 가져온 것이 없어서 빌렸으면 해서요.」

「정장 말씀입니까?」

「네.」

「죄송한데, 저희 호텔에서는 손님들을 위한 의류 대여 서비스는 하지 않고 있습니다.」

예상했던 대답이었다.

「혹시 투숙객이 놓고 간 옷들은 없나요? 아니면 호텔비 대신에 놓고 간 옷이라도.」

「죄송합니다. 도움이 못돼 드려서.」

한 번쯤은 웃음으로 받아 줄 썰렁한 농담이었지만 여자는 요지부동 꼿꼿한 자세였다. 일부러 그를 불러 이야기한 것이 후회되었다.

「곤란한데. 그럼 근처에 기성복을 살 만한 곳이 있나요?」

「고객님이 원하시면 알아봐 드리겠습니다.」

여자가 그렇게 말했지만 사북읍에 내려가 적당한 옷을 살 수 있을지 걱정이 되었다. 읍내에 직접 가보지는 않았지만, 백화점이나 아웃렛 매장이 있을 것 같지는 않았다. 내가 아무 말도 없자 여자가 한층 낮아진 목소리로 물었다.

「저기, 아주 급하시면 제가 개인적으로 빌려 드릴 수 있습니다. 괜찮으세요?」

「네, 물론이죠. 그렇게 해주시면 감사하겠습니다.」

「그럼 체형을 말씀해 주시겠어요?」

전화로 그런 질문을 받은 것은 처음 있는 일이었다.

「178센티미터에 조금 마른 체격입니다. 남들보다 팔이 조금 길긴 한데 오랑우탄처럼 길지는 않습니다.」

「다행이네요. 제가 아는 분과 비슷합니다. 시간만 주시면 제가 준비해 놓겠습니다.」

「혹시 남자 친구의 옷인가요?」

여자는 긍정도 부정도 하지 않고 웃음으로 말꼬리를 흐렸다.

「특별히 원하시는 색상이 있습니까?」

「짙은 색이면 상관없습니다.」

「한 시간이면 가능합니다.」

「그동안 수영장에 가 있어도 될까요?」

「룸서비스로 올려 드릴 테니 걱정하지 않으셔도 됩니다.」

그에게 전화를 한 것은 확실히 잘한 일이었다. 상황이 바뀌어 그

가 내 고객이 된다면 기꺼이 그의 부탁을 들어줬을 것 같은 기분이
들었다. 프로그램 코딩을 하는데 나와 같은 이름을 가진 여자 고객
에게서 전화가 온다. '여기 같은 층의 회사 화장실이에요. 급한 일이
터졌는데 화장지가 없네요. 슈퍼에서 화장지와 생리대를 사다 주실
수 있나요? 창피한 일이긴 하지만, 우린 같은 이름을 쓰는 사이잖아
요. 그리고 전 아무에게나 어려운 부탁을 하는 사람은 아니거든요.'
그러면 난 군말 않고 그의 심부름을 해준다. 물론 현실에서 일어날
일은 아니지만 꽤 괜찮은 스토리다. 그렇게 생각하면 흔한 이름을
가지는 것이 복이 될 수도 있겠다.

　두 번째 찾은 수영장은 여전히 한가했다. 마치 카지노를 찾는 사
람들은 물속에 들어가는 것을 끔찍하게 생각하는 사람들인 것처럼,
수영장은 버림받은 공간이었다. 어쩌면 그들이 수영장을 찾는 시간
이 나와는 전혀 다를 수도 있었다. 비밀 집회라도 하듯 수영장 문이
닫히고 나서야 그곳에 모여 물속으로 풍덩 점프를 할지도 모른다.
　사실이 어떠하든 비어 있는 수영장이 사람들로 북적대는 것보다는
좋았다. 비교적 짧은 거리 탓에 본격적인 체력 단련을 하기에는 적합
하지 않지만, 여유롭게 물살을 타는 기분을 느끼기에는 최상이었다.
수영 경력 십 년의 아줌마가 쉬지 않고 물을 튀기며 쫓아오는 일반
수영장보다 훨씬 좋았다. 하지만 첫날 수진과 함께한 것과 비교하면
외로운 장면이기도 했다. 호수에 한 마리보다는 떼를 지어 있는 플라
밍고가 행복해 보이듯. 그런 식으로 내 마음은 오락가락했다.

방으로 돌아오니 비닐 포장된 슈트 한 벌이 침대에 놓여 있었다. 샤워와 면도는 수영장에서 해결했기 때문에 그대로 입기만 하면 끝이었다. 유명 브랜드의 감청 색 옷이었다. 내가 가진 슈트보다 한 단계 위의 제품이었다. 타이는 사선 무늬로 사무적인 느낌이 났다. 입어 보니 마치 내 옷 같았다. 여자가 호텔 직원이 된 것은 아주 훌륭한 결정이었다는 생각이 들 정도로 만족스러웠다. 내게 여자가 있었다면 내 자신이 좀 더 나아졌을 거라는 생각도 들었다. 입고 있는 옷이 그의 남자 친구나 남편의 것이든, 아니면 동료 직원의 것이든 내가 관심 가질 일은 아니었다. 안타까운 점은 나를 빛나게 해줄 여자가 아직 내게 없다는 점이다.

방문을 닫고 나서면서 나와 같은 이름을 가진 여자의 얼굴을 상상해 보았나. 아무런 연이 없지만 이상하게 상상의 인물이 내 얼굴과 오버랩 되었다. 여자가 나와 같은 이름을 쓰는 것이 이상한지 아니면 비슷한 얼굴을 하고 있는 것이 이상한지는 알 수 없었다. 이름이 같은 여성과 데이트를 하는 것은 특이한 일이겠지만, 나와 닮은 여자와 길을 걷는 것은 고통스러울 것 같기도 했다. 그래서 호텔을 빠져나갈 때까지 여자의 얼굴을 궁금해하지 않기로 했다. 막연한 상상이 현실이 된다면 실망할지도 모른다. 빌려 준 옷을 입고 다니는 나를 보며 여자가 어떤 생각을 할 것인지도 신경 쓰지 않기로 했다.

카페 입구에 자리를 잡았기 때문에 에스컬레이터를 오르내리는 사람들의 모습을 모두 볼 수 있었다. 사람들의 수는 첫날과 비교해 별다르지 않았다. 카지노의 성수기가 언제인지는 모르겠지만 지금이 아니라는 것은 확실했다. 들뜬 표정의 인간들은 보이지 않았고 전부 선수라고 얼굴에 써 붙어 있었다.

전화를 하고 얼마 있지 않아 그랜드 피아노 곁으로 수진이 걸어오는 것이 보였다. 음악은 스팅이 부른 경쾌한 영화 주제곡이었지만 그의 걸음걸이는 경쾌하지 않았다. 나는 손을 흔들어 인사했다. 수진은 조금 놀란 듯한 표정을 지었다.

「무슨 일 있어? 타이까지 하고?」

「일단 식사부터 하자. 난 볶음밥. 넌?」

「나도 같은 걸로 할게.」

주문을 받은 여자가 돌아가자 수진은 말없이 팔짱을 끼고서 기다렸다. 옅은 화장에 나오는 달리 피부색도 밝았다. 긴 여행의 피로감도 찾아볼 수 없었고 카지노의 화려함과 어울리는 얼굴이었다. 수진에게는 모든 것이 자연스러워 보였다. 이 차이는 둘 모두 돈을 잃고 있는 처지이기는 했지만 받아들이는 강도가 다르기 때문일 것이다. 내가 가진 돈과 수진의 것과는 부정할 수 없는 간극이 있었다. 내가 잃고 있는 돈은 내가 현금으로 동원할 수 있는 전부였지만, 수진에게 그 정도는 꿈쩍할 만한 정도가 아니었다. 어디까지 가야 하는 것인지 알 수 없지만 수진은 정도를 넘어서는 행동을 할 사람이 아니었다. 그것은 첫 게임이 시작되면서 분명해졌다. 카지노란 공간에 어울리는 사람은 역시 나 같은 평범한 인간보다는 물질적 혜택을 누리고 사는 수진과 같은 사람들이었다. 돈을 잃어도 그저 웃어넘길 수 있고 다시 제자리로 돌아갈 수 있는 자들의 놀이터였다.

「얼굴은 좋아 보이네.」

수진은 나와는 다른 반응을 보였다.

「내가?」

「응. 정장으로 갈아입고. 뭔가 다른 계획이 있는 거야?」

내 차림새가 거슬리는 모양이다.

「설마, 여기서 헤어지자는 것은 아니겠지?」

「약속은 지키려고 하는 쪽이야. 걱정하지 마.」

「그건 순전히 오빠 생각이고. 지금도 그렇잖아? 뭔가 혼자서 다른 걸 꾸미고 있어. 여기 와서 우리 완전히 따로 놀고 있는 거 알지?」

「미안해. 의도적인 건 아냐. 그냥 그렇게 된 거지.」

「그렇게 말할 거라 생각했어. 항상 그런 식이야.」

다행히 화가 난 것 같진 않고, 투정에 가까운 얼굴이었다.

「미안한데, 오늘은 자리를 좀 비워야 될 것 같아. 윤미에게 연락이 왔는데 곤란한 일이 생겨서 내가 함께 있어야 될 것 같아.」

수진은 내 말이 잘 이해가 가지 않는다는 표정이었다.

「곤란한 일?」

「응. 나도 자세한 건 몰라. 문자로 연락이 왔거든.」

「그래서 정장 차림이야?」

「꼭 그런 건 아니지만 비슷한 부탁이 있긴 했어.」

「오빠 옷이야?」

「아니, 빌렸어. 호텔 직원이 도와줬어.」

「의왼데. 그런 타입 아니잖아. 남 일에 상관하지 않는 쪽이잖아?」

「내가 잘못하고 있는 건가?」

수진은 내 대답에 입을 다물었다. 수진의 기분을 이해하지 못할 정도는 아니지만, 나는 나대로 최선을 다하고 있었다. 수진이 처음 황당한 제안을 했을 때에도 순순히 받아 주었다. 이 정도는 이해해 줘야 한다고 생각했다.

「좋은 일은 아닐 거야. 비록 만난 지 얼마 되지 않았지만 도울 일이 있으면 도와야지.」

「나도 그렇게 생각해. 오빠는 그런 사람이니까.」

수진은 입을 다물고 식사에 열중했다. 길게 이야기해 봐야 달라질 게 없었기 때문에 나도 묵묵히 응대했다.

「언제 올 거야?」

「몰라. 연락할게. 일단 만나 보고.」

「그럼 난 뭘 할까?」

「게임.」

이상하게 웃음이 나왔다. 내 대답에 수진도 웃었다.

윤미가 만나자고 한 곳은 호텔 정문이었다. 결국 호텔 로비를 통과하지 않을 수 없게 되었다. 데스크에 사람들이 줄 서 있지 않는 한 여자가 나를 발견할 확률은 그만큼 높아졌다. 이런 경우 찾아가서 고맙다는 인사를 해야 하는 것인지 아니면 모른 척 지나치는 것이 현명한 처사인지 쉽게 답이 나오지 않았다. 하지만 아무런 용무도 없이 데스크로 가서 '나 어때요?' 하고 구경을 시켜 주는 꼴이 될 것 같아 무시하는 쪽을 택했다. 남들 앞에 서는 것을 두려워하는 것은 아니지만 불필요하게 나서고 싶지도 않았다. 그런 식으로 살다 보면 친구도 잃고 여자를 만날 기회도 줄어들겠지만 어쩔 수 없다. 관계를 맺은 후, 동반되는 번잡한 일에 무관심으로 대처해서 '지독한 놈'이란 소리를 듣는 것보다는 아예 관계가 깊어지기 전에 '싸가지 없는 인간'이란 지탄을 받는 쪽이 편했다. 호텔 로비의 카펫은 이제껏 밟은 것들 중에서 가장 푹신하고 부드러웠다. 그 느낌을 즐기며 재빨리 정문으로 나왔다. 데스크에 여직원 몇몇이 서 있는 것이 보였지만, 모처럼 카지노의 닫힌 공간을 벗어날 수 있게 되었다는 사실이 먼저 떠올라 마음은 가벼웠다.

미처 담배를 다 피우기도 전에 윤미가 도착했다. 극적인 반전 정도는 아니지만 그가 타고 온 차가 전혀 예상 밖의 것이었기 때문에, 창문이 열리고 윤미의 얼굴이 보였을 때 약간 얼떨떨했다. 차는 녹색 크라이슬러 네온이었다.

「이렇게 밖에서 만나니 좀 이상하네요.」

차 안에는 쇼팽의 피아노 곡이 흘렀다. 주인의 취향과는 상관없이 FM에서 흘러나오는 음악이었다.

「아저씨는 정장이 더 잘 어울려요.」

「칭찬?」

「당연하죠.」

「뜻밖인걸. 윤미가 나에게 관심을 보이는 것이.」

「너무 앞서 나가시는 것 아니에요? 난 그냥 옷을 말했을 뿐인데.」

「나도 농담한 거야. 핑크 공주께서 나 같은 평민에게 눈길을 주겠어?」

「히히. 보기보다는 기억력이 좋으시네요.」

「흔한 별명은 아니잖아.」

윤미는 염려했던 것과는 달리 심각해 보이지 않았다. 나를 불러낸 이유가 궁금했지만 먼저 이야기할 때까지 기다려 볼 작정이었다.

「근데 뭐 이상한 점 없어요?」

「뭐가?」

「이상하다. 이 차에 타는 사람들은 항상 묻는데. 나 같은 사람이 어떻게 이런 비싼 외제차를 타고 다니는지.」

「비싼 차는 아니잖아? 오히려 평범한 차에 가깝지.」

「그래요?」

「물론 한국에서 쉽게 볼 수 있는 차는 아니지. 그렇게 생각하면 좀 이상하긴 하네. 외제차를 굴릴 정도라면 네온을 사지는 않을 거야. 차 주인 성격이 아주 독특한 게 아니라면.」

「혹시 자동차 영업에 관련된 일을 하세요?」

「그건 아니지만, 예전에 유학할 때 이 차를 살까 고민했던 적이 있거든. 평범한 차란 이야기지. 그런 차를 한국에서 본다는 것도 이상한 일이고.」

「그래요?」

「이런 차를 굳이 비싸게 주고 살 이유는 없지.」

「전 주인이 아주 특이한 사람이었나 보죠?」

「그걸 내게 물으면 안 되지. 어떻게 갖게 되었어?」

「그냥. 흔한 이야기예요. 여기 왔다가 차를 버리고 가는 사람들이 한둘인가요. 전당포에서 너무 낮게 부르니까 아는 분을 통해 제 손까지 온 거예요. 500을 줬는데 손해 봤나요?」

주행 거리를 보니 16만 킬로미터였다.

「글쎄. 시세를 모르니 장담은 못하겠는데, 나 같았으면 좀 더 적게 줬을 거야. 급한 쪽은 윤미가 아니었잖아?」

「어쩔 수 없죠. 이미 지나 버린 일인데. 그리고 저도 그 심정은 어느 정도 이해해요. 자동차를 팔 정도면 거의 끝난 거예요. 현금화할 수 있는 것은 모두 처분한 다음에 버리는 것이 자동차라, 아마 그 사람은 빈털터리가 되어 집으로 돌아갔을 걸요. 어쩌면 아직 여기 있을 수도 있지만.」

「그렇게 생각하면 부담되지 않아? 누군가 자신이 타고 다니는 자동차를 보며 과거를 떠올린다면 썩 좋은 기분이 들 것 같지는 않은데.」

「처음엔 저도 그렇게 생각했는데, 아무런 일도 없었어요. 여기 있는 사람들이 스스로를 파괴하는 경향이 있긴 하지만 쉽게 타인을 해치는 건 아닌 것 같아요.」

「그걸 어떻게 장담해?」

「제가 속한 곳이니까. 거짓말 같아요?」

「아니 윤미는 그렇다 쳐도, 다른 사람들은 아직.」

「아저씨도 편견이 있구나?」

「어떤?」

「가난한 사람들에 대한.」

「가난한 사람이 아니라 노름을 하는 사람이 정확하지. 그리고 사람들을 믿지 말라고 한 건 내가 아니라 윤미가 한 말이야. 기억나?」

「몰라요. 하지만 이 차를 타고 있으면 그런 생각이 들긴 해요. '절대 이 차를 잃을 만큼은 되지 않겠다.' 도박에 빠진 주인 덕에 두 번이나 버림받는 것은 아무리 기계라 해도 있어서는 안 될 것 같거든요.」

「그래?」

「옛날 독일에서는 자유를 걸고 도박을 했대요. 주사위를 던져 진 사람은 자발적으로 노예가 되어 빚 청산을 했다나…… . 다른 경우는 내기 밑천이나 도박 대부를 위해 손가락이나 귀를 잘랐대요. 타고 다니던 차를 버린 건 그런 경우에 비교하면 다행이죠.」

차는 어느새 카지노를 빠져나와 영월로 가는 좁은 길에 들어섰다. 주변의 산들이 가까이에 꽉 들어차 있어 갑갑한 느낌이었지만 맑고 푸른 하늘을 가리지는 않았다. 창문을 여니 시원한 바람이 코로 빨려 들어왔다. 새로운 생명력을 느낄 만큼은 아니지만 분명 밀폐된 공간의 공기와는 차이가 있었다. 왜 카지노에 있는 사람들은 이런 자연의 공기보다 그곳의 공기를 사랑하는 것일까?

「담배 피워도 될까?」

「네. 그리세요.」

「고마워.」

「하지만 줄이도록 노력해 보세요. 담배도 중독이잖아요.」

「사실은 끊었는데, 여기 오기 얼마 전부터 다시 피웠어.」

「왜요? 걱정이 되셨어요?」

「아니. 물론 카지노가 겁나기도 했지만 그건 아니고, 정확히 말하면 여자 친구를 다시 만나고부터였지.」

「언니?」

「응.」

「흠. 이유가 있었겠죠?」

「꼭 그런 건 아냐. 오랜만에 만났는데 담배를 피우더라고. 그걸 보
니 왠지 나만 손해 보는 느낌이 들었어.」

「이상한 성격이시네.」

「하지만 당해 본 사람은 알아. 나는 열심히 살아도 별로 달라진 게
없는데 상대방은 그렇지 않은데도 잘살고 있는 거야.」

「그거 완전히 아저씨 생각이죠?」

「맞을 거야.」

「불안해 보이는 쪽은 언니였어요. 반대로 아저씨는 너부 정상적으
로 보여요. 세상을 달관한 사람처럼.」

「그렇게 보일 뿐이지. 카지노만 해도, 내가 지금 재산을 날리고 있
다면 수진은 쇼핑을 하는 중이야.」

윤미는 나를 향해 고개를 돌렸다. 다행히 길은 직선이었고 앞에
차도 없었다.

「언니에게 그런 이야기 했어요?」

「아니. 그 정도로 정신이 없지는 않아.」

「다행이네요.」

윤미는 카지노에 있을 때와는 느낌이 달랐다. 검은 재킷에 블라우
스를 입고 있어 나이가 들어 보였지만, 움직임이나 표정은 훨씬 무게

가 떨어졌다. 카지노 불빛 아래에서 그의 행동과 동작은 거침없었다. 반면, 밝은 태양 아래의 그는 평범한 20대 초반의 어린 여성에 불과했다. 그런 여자가 산전수전 다 겪은 사람들 틈에 섞여 도박을 하고 있다는 것 자체가 부조리한 장면이었다. 인생을 망쳐 버리기에는 너무 일렀다.

「학교 이야기 물어봐도 될까? 수진이는 꽤 놀란 것 같던데.」

「히히. 그렇죠. 절 모르는 사람들은 내가 거길 나왔다고 하면 전부 믿지 않아요. 언니의 반응이 당연한 거죠.」

「나도 좀 의외였어. 엘리트 코스를 밟는 사람들은 일탈 행위를 자제할 줄 알잖아? 카지노 출입과는 거리가 멀지?」

「그렇게 돌려서 말하지 않아도 돼요. 어차피 원색적인 비난에는 이골이 나 있으니까. 그리고 내가 그 학교를 다닌 사실을 아는 사람은 아직 카지노에 없어요. 이야길 해봐야 나만 바보 되는데 나서서 떠들고 다닐 필요는 없잖아요. 날 아는 사람들은 카지노에 다니지 않고 반대로 카지노에서 알게 된 사람들은 남의 과거 따위에는 관심 없어요. 그러니까 일부러 숨기는 것도 아닌 셈이죠. 이중생활이긴 하지만.」

「그러면 왜 우리한테 그런 이야길 한 거야?」

「글쎄요, 저도 잘 모르겠어요. 그냥 언니와 아저씨를 보니까 말이 자연스럽게 나왔어요. 나도 정상적인 인간이라고 보이고 싶었나 봐요. 꾼들끼리는 가능하면 그런 이야기는 하지 않거든요. 과거에 뭘 했고 어떤 사람이었다는 이야기는 하지 않아요. 오늘 내가 이 겼느냐 졌느냐가 최대 관심사에요. 물론 과거의 이야기를 떠벌리며 다니는 사람들도 꽤 있죠. 하지만 그게 다 무슨 소용 있겠어요? 올인 되면 누구나 비참해져요. 예외가 없죠.」

「그럼 내가 좀 더 깊이 알고 싶어 하면 실례가 되는 거야?」

「그럴 수도 있고 아닐 수도 있죠. 아저씨 하기 나름이에요. 상대방에 대해 알아 가는 것은 피곤한 일이잖아요. 아저씨가 내게 의미 있는 존재가 된다면 자연스레 알게 되지 않을까요?」

「그런가?」

「네.」

그렇게 말하는 윤미는 영락없이 착실한 모범생이었다. 윤미의 이중생활이 어떤 식이든 그에게 좀 더 어울리는 자리가 있을 것이다.

「학교 이야기를 더 해줄 수 있어? 그냥, 그곳 생활이 궁금해서 묻는 거야.」

「못할 것도 없지만 별로 해줄 말도 없어요. 따분한 기숙사 생활에다 엄청난 과제에 눌려 산 기억밖에. 어느 선생님이 그런 말을 했어요. '여기 있는 동안은 죄수다'라고. 그 말이 딱 맞았어요. 물론 여러 명의 아이들이 함께 생활하다 보니 재미있는 일도 많이 있었죠. 하지만 지금 생각나는 건 영어 책을 통째로 외웠던 것과, 3일 동안 잠도 자지 않고 수학 문제 하나를 풀었던 기억밖에 없어요. 그리고 난 이방인에 가까웠어요.」

「이방인?」

「당시에는 그런 생각을 하지 않았는데 돌이켜 생각해 보면 틀림없어요. 처음부터 나는 그 자리에 들어갈 수 없었던 거였어요.」

「어떤 점에서?」

「대부분 대도시 출신이었고 모두 경제적으로 넉넉한 편이었어요.
나 같은 사람이 낄 자리가 아니었죠. 하지만 그런 이유보다는 내
가 내 자신에 대해서 너무 과신했던 탓이 컸어요. 그 학교에 들어
가기 전까지 전 아주 특별한 존재였거든요. 난 내가 빛나고 있다
고 생각했죠. 공부라면 누구에게도 뒤지지 않는다고 믿었어요. 그
래서 입학하게 되었을 때에도 마냥 좋아하기만 했어요. 그런데 막
상 학교에 가보니 나는 평균 이하였어요. 영어는 말할 것도 없고
수학이나 과학 과목에서도 한참이나 뒤쳐졌어요. 얼른 정신을 차
리고 따라잡기 위해 노력했는데 쉽지가 않았어요. 내가 하는 만큼
다른 아이들도 공부를 했기 때문에 격차는 거의 줄어들지 않았죠.
그리고 아이들이 누리는 혜택을 나는 포기해야만 했어요. 아주 사
소한 것에서부터 내가 꿈꿀 수 없는 환경까지, 도저히 따라갈 수가
없었어요. 나중엔 거의 흉내만 내는 것으로 끝내고 말았죠.」
「대충 이해가 가. 지방에서 올라온 수재들이 대학 생활 초기에 경
험하는 소외와 비슷한 것 같은데.」
「그럴 수도 있겠지만, 그것보다 백배 정도는 더 힘들었어요.」
백배의 고통을 이해하는 것은 쉬운 일이 아니었다. 고통을 수치화
하는 것은 어려운 일이다. 아무튼 윤미의 이야기는 그라이슬러 네온
이 영월이 아닌 뉴욕의 거리를 달리는 장면을 그려 보면 상상할 수
있었다. 영월 시내에서는 네온이 시선을 받겠지만, 뉴욕에서는 폭발
을 하지 않는 한 누구의 주목도 받지 못하는 평범한 차가 된다. 네온
마니아들에게는 미안한 일이지만.
「부모님은 어떤 분이시죠?」

「왜?」

「말해 봐요.」

「아버지는 의사였고 어머니는 교사였어.」

「거 봐요. 역시 내가 짐작했던 것과 같아요. 아저씨 같은 사람은 이해 못해요.」

「오해야. 우리 집은 윤미가 생각하듯 대단하지는 않아. 그냥 평범한 쪽이지. 경제적인 어려움은 없었지만 그렇다고 마음 놓고 돈을 써본 적도 없어. 가끔 큰 싸움이 벌어지기도 하고.」

「친구들도 그렇게 말했어요. 우리 집도 평범하다고. 결국 그 평범한 틀 속에 들어가지 못해서 전 이상한 아이가 되었어요. 이해하시겠어요? 엄마는 일찍 죽었고 아빠는 광산에서 광부로 일하다 나중엔 읍내에서 철물점을 했어요. 그리고 아빠마저 돌아가셨어요. 정말 내가 이상한 건가요?」

나는 차마 그렇다고 말할 수는 없었다. 하지만 윤미의 환경이란 적어도 내 생각에는 특수한 상황이었다. '보통'이란 기준을 절대화하지는 못하겠지만, 윤미처럼 부모님이 일찍 죽고 혼자 남은 경우란 생각보다는 흔치 않다. 그가 자라난 환경에서는 광부인 아버지가 흔했는지는 모르지만 이 또한 특별한 경우였다. 물론 농부, 어부, 도시 빈민 하는 식으로 묶어 가면 그 수가 상당해지겠지만, 어쨌든 어려서 광산에서 생활해 봤다는 것 자체가 특이한 이력이다. 그렇게 본다면 윤미가 그런 엘리트 학교에 들어간 것은 기적에 가까웠다. 지식과 정보가, 권력과 금권을 쥔 이들에게 집중된 지는 오래됐다. 착실히 공부만 해서 성공하기는 어려운 시대가 되었다. 아마 그가 학업을 포기한 이유에는 그런 것도 포함되었을 것이다. 궁금하긴 했지만 꼬치꼬치 캐묻지는 않았다. 그의 이야기를 들어준다고 해서 그가 변할 것 같지도 않았고, 무엇보다 그가 이야기하고 싶어 하지 않을 것이라고 생각했다. 바로 옆에 있는 사람이 우울해하면 피곤해진다. 난 결국, 또 나 자신만을 생각했다.

이런 식으로 사고하게 된 것은 오래전부터였다. 대학 신입생 시절 우연히 친구의 하숙집에서 빌린 《소외된 삶의 뿌리를 찾아서》라는 책을 읽은 적이 있었다. 의식화를 위한 입문서로 여겨졌던 그 책은 내게 상당한 충격을 주었다. 물론 그 이전에도 가난한 사람들의 이야기는 몇 가지 책을 통해 알고 있었다. 예를 들면 《죄와 벌》의 라스콜리니코프나 현진건의 소설에 등장하는 인물들이다. 하지만 친구에게 빌린 책에 등장하는 인물들은 예전에 내가 알았던 '빈자의 삶'이란 형식에서는 동일했을지 몰라도 그 이후의 감상은 달랐다. 기획 의도가 분명한 책이었기 때문에, 읽은 다음에는 뭔가 다른 방식의 해결 점을 찾아야 한다는 결론에 이르게 되었다. 단순히 그들의 삶을 엿보고 동정하는 게 아니라, 적극적인 실천 의지가 일어났다. 혁명이란 단어를 두려워했지만, 책을 읽는 동안에는 그런 막연한 두려움이 사라졌다.

그 책이 금서 목록에 들었던 때도 있었지만, 이제는 대학의 교양 도서에서 고등학생의 추천 도서 목록에까지 들어 있는 시대가 되었다. 하지만 그런 외양적인 변화가 일어났다고 해서 뭔가 달라진 것은 없다. 그 시절 책을 읽으며 울분을 삼켰던 많은 이들이 아직도 같은 공기를 들이쉬고 있다. 그래도 '많은 진보가 이루어지지 않았나?'라고 한다면 대꾸하고 싶지는 않다. 나 역시 그 정도 선에서 마무리를 하는 것이 편하다. 이제껏 내가 해온 일이 그랬고, 앞으로 할 일도 그런 일들과는 무관하기 때문이다. '가난한 자들이 고통받는 것은 안됐기는 하지만 자연스러운 일이다. 그리고 내 일도 아니다.'

좁고 구불구불한 도로였지만 비교적 한산했기에 답답함을 느낄 정도는 아니었다. 그리고 윤미의 이야기를 듣는 것은 예상외로 즐거웠다. 함께 바카라를 할 때처럼 긴장되지는 않았지만, 윤미의 리드미컬한 목소리가 귀에서 울리는 느낌이 좋았다. 시니컬한 면이 없지 않았지만, 그의 이야기는 대체로 공감을 이끌었다. 지치면 자연스럽게 내 이야기를 이끌어 내었다. 하지만 그것도 잠시. 한 시간은 많은 대화를 나누기에는 짧았다. 어느덧 영월이었다. 윤미는 익숙한 솜씨로 차를 읍내로 몰고 갔다.

차를 세운 곳은 시장 통에서 조금 떨어진 인적이 드문 거리였다. 옆으로 주점을 겸한 식당들이 늘어서 있었고, 아직 손님들이 들 시간이 아니어서인지 거리는 텅 비어 있었다. 윤미는 핸드 브레이크를 올리며 마지막 다짐을 했다.

「그냥 옆에만 있어 주세요. 모든 일은 제가 알아서 처리할 거예요. 지금이라도 싫으면 저기 분식점에서 기다리셔도 돼요.」

「아냐. 난 신경 쓰지 않아도 돼. 옷도 빌렸는데.」

「좋아요.」

윤미는 결심했다는 듯 입술을 깨물었다. 그리고 경운기와 손수레가 길을 막고 있는 골목길로 앞장섰다. 담벼락에는 인근 주민들이 버린 듯한 쓰레기와 취객들이 남기고 간 흔적이 뒤범벅되어 있었다. 코를 막을 정도는 아니었지만 빌린 옷에 묻을까 신경이 쓰였다. 골목을 벗어나자 다시 2차선 도로가 나왔다. 주도로는 아니었지만 제법 차들이 다녔다. 그는 차들의 행렬이 끊어지자 도로를 건넜다. 그러고는 '동강 나이트'란 간판이 걸린 건물로 들어갔다. 3층 건물로, 위에는 기원과 당구장이 있었다. 나머지 층은 모두 동강 나이트가 전용으로 사용하는 것 같았다. 규모가 크지는 않았지만 작은 도시인 점을 감안하면 터무니없이 작은 것도 아니었다. 복도로 된 건물 입구 벽은 업소에서 걸어 놓은 포스터들로 가득했다. 내가 아는 가수들은 없었고, 비슷한 이름을 가진 이들이 반짝거리는 옷을 입고 활짝 웃고 있었다. 바닥에는 원래 색깔이 구분되지 않는 얼룩투성이 카펫이 깔려 있었고 작은 화분 서너 개가 놓여 있었다. 계단으로 내려가는 입구에 20대의 한 사내가 책상에 앉아 손톱을 깎고 있었다. 우리를 발견하자 입술을 한 번 쑥 내밀고는 일어섰다.

「노시게요?」

「사장님을 뵈러 왔어요. 약속이 되어 있어요.」

윤미의 목소리는 낮았지만 분명했다. 떠는 것 같지는 않았다. 기도로 보이는 사내가 윤미의 이름을 확인하고 나를 한번 힐끔 보고는 안으로 들어갔다. 사내가 들어가자 그는 짧게 한숨을 쉬었다. 오는 동안 무슨 일인지 묻지 않은 것이 후회가 되었지만 어쩔 수 없었다.

벽에 세워진 거울을 보니 정장 차림의 남녀가 서 있는 것이 보였다. 아무리 봐도 나이트 복장과는 거리가 있었다. 어떻게 보면 보험 영업을 하는 사람들로 보일 수도 있었다. 잠시 후 사내가 나타나 계단 밑에서 손짓을 했다. 계단 주변으로는 알록달록한 조명이 켜져 있었다. 아직 영업이 본격적으로 시작되지 않았는지 홀 안의 탁자는 텅 비어 있었고 웨이터로 보이는 젊은 사내가 걸레질을 하고 있었다. 사내는 입구에서 가장 가까운 테이블로 우리를 안내하고는 조금 큰 소리로 잠시 기다려 달라는 말을 남기고 사라졌다. 실내에는 음악이 흐르고 있었기 때문에 얼굴을 가까이 대지 않고서는 대화를 나눌 수 없었다. 무대 한구석에는 종업원인지 손님인지 구분이 되지 않는 사내 둘이 마주 보고 춤을 추고 있었다. 둘 다 양복 차림이었고 짧은 스포츠형 머리였다. 나도 기억하는 이른바 무게 춤을 추고 있었다. 어깨를 들썩이며 발이 교차로 뻗어 나오는 춤이었다. 나이트에 온 지는 오래되었지만, 그런 춤이라면 나도 출 수 있을 것 같았다. 하지만 이런 상황에서 윤미에게 함께 춤을 추자고 권할 수는 없었다. 실내를 메운 음악은 모던 토킹의 노래였다. 윤미는 꿈적도 않고서 무대의 사내들을 바라보았다. 사내들은 우리에게는 관심 없다는 듯 서로 마주 보며 춤추는 일에만 열중했다.

　나 역시 할 일이 없었기 때문에 의자에 몸을 기대고 음악에 귀를 기울였다. 모던 토킹의 노래가 거리를 점령했을 때와는 사뭇 다른 느낌이었다. 그때 나는 어렸고 10대들이 출입할 수 있는 불법 나이트를 갔었다. 고객의 대부분은 학교에서 쫓겨났거나 문제아로 이름을 날리던 아이들이었다. 듀란듀란의 스타일과 패션이 유행할 때라 모두 비슷한 복장과 헤어스타일을 하고 있었다. 가끔 싸움이 나기도 했지만 큰 문제는 없었다. 그런 옛날 일들이 향수로 남아 있지는 않지만, 음악을 들으니 자연스럽게 기억이 되살아났다. 사소한 다툼 끝에 내 코뼈를 부수고 달아난 한 녀석의 얼굴이 떠오르기도 했다. 내가 그런 일탈을 한 기간은 길지 않았다. 모던 토킹의 음악이 거리에서 사라졌듯 나도 물이 흐르듯 그곳을 벗어났다.

넌 형편없어, 그것도 모르니 브라더 루이, 루이, 루이.

난 사랑에 빠졌어. 널 자유롭게 해주지.

오, 그녀는 나만 바라보고 있어.

사랑만이 그녀의 마음을 깰 수 있지 브라더 루이, 루이, 루이.

오직 사랑의 파라다이스만이

오, 그녀는 나만 바라보고 있어.

− 모던 토킹, 〈Brother louie〉 중에서

가사의 뜻을 생각하지 않고 따라 부를 때와는 확실히 느낌이 달랐다. 언뜻 들으면 유치하기도 했지만, 동강 나이트의 분위기에 잘 어울렸고, 무대 위의 사내들이 마주 보며 춤을 추기에도 어울리는 가사였다. 그들이 동시에 사랑하는 여자가 있다면 금상첨화였다. 하지만 내가 이런 상상으로 동강 나이트의 분위기를 파악하는 동안, 윤미는 미동도 하지 않은 채 스테이지만을 바라보고 있었다. 긴장한 것 같지는 않았지만 표정이 무거웠다. 어찌 보면 둘의 나이가 바뀐 상황이 되었다. 나는 10대로 돌아가 춤을 췄고, 그는 어른의 전유물인

상념에 잠겨 있었다.

노래가 바뀔 때쯤 한 사내가 다가와 우리에게 일어나라고 손짓했다. 손님을 대하는 태도로는 불손했고, 사업상의 상대를 맞는 예의로도 적절치 못한 행동이었다. 하지만 내가 어떤 자리에 와 있는지 몰랐기 때문에 화를 낼 수는 없었다. 사내는 홀의 중앙을 가로질러 무대 옆에 나 있는 작은 문으로 우리를 안내했다. 문 앞에는 '직원 전용'이란 문구가 쓰여 있었다. 음악은 런던 보이즈로 바뀌었고 춤을 추는 사내들은 여전히 무대 위에 있었다.

빈 맥주 박스와 잡다한 청소 도구들이 뒤섞인 복도는 공기가 제대로 통하지 않아서인지 정체를 알 수 없는 냄새로 차 있었다. 아무렇게나 물건들이 놓여 있었기 때문에 냄새의 진원을 알아내는 것은 힘들었다. 그런 냄새를 맡으니 앞으로 벌어질 일이 내게 호의적이지 않을 것 같다는 예상이 들었다. 분명히 돈과 관련된 일일 것이라는 생각도 들었다. 돈 냄새를 싫어하는 것은 아니지만 어딘지 모르게 구린내가 났다. 사내는 ㄱ자로 꺾인 복도의 끝에 이르자 다시 작은 문을 열었다. 미로만큼 복잡하지는 않았지만 건물 규모로 봐서는 불필요한 동선이었다. 하지만 음악 소리가 잦아진 것을 보면 나름의 이유가 있는 구조이기도 했다.

형광등이 켜진 실내는 생각보다는 넓었다. 그리고 예상보다 많은 사람들이 자리하고 있었다.

「어서 오시오.」

중앙 탁자에 앉은 사내가 인사를 했다. 그의 뒤로 양복을 차려입은 두 명의 사내가 손을 앞으로 가지런히 모은 채 서 있었다. 갱스터 영화에서 흔히 볼 수 있는 구도로 상대방의 기를 누르겠다는 의도인 듯싶었다. 천장은 낮았고, 실내는 보스로 보이는 사내가 피우는 담배 연기로 자욱했다. 실내에는 그들 외에 한 여자가 정신 나간 듯한 표정으로 우리가 들어오는 것을 응시했다. 파마머리는 아무렇게나 헝클어져 있었고 옷도 단정치 못했다. 여자의 무표정한 얼굴은 윤미에게 고정되었다. 하지만 윤미는 그의 시선에는 관심 없다는 듯 곧 탁자의 사내에게로 고개를 돌렸다.

「이야기가 길어질 것 같으니 앉으시오.」

영화 속 마피아 두목의 느리고 중저음인 목소리와는 거리가 멀었다. 어딘지 비꼬는 듯한 뉘앙스가 묻어 있었다. 하지만 험한 욕설과 반말로 나오지 않은 것만으로도 첫 대면은 성공적이라는 생각이 들었다. 상대가 거칠게 나오면 방법이 없었다.

탁자 위는 비교적 단출하게 정리가 되어 있었다. 두툼한 서류 봉투와 백색 기름통이 놓여 있고 옆에는 먹다 만 사과가 있었다. 사과 옆에는 과도라고 하기에는 특이하게 생긴 칼이 놓여 있었다. 칼은 흐린 형광등 불빛에도 빛이 났다. 우리가 앉은 맞은편 소파에 여자가 고개를 숙이고 있었다. 머리 회전이 빠른 편은 아니었지만, 어느 정도 상황 설정을 할 수 있을 것도 같았다.

「옆에 같이 오신 분은?」

「서울서 오신 사촌 오빠예요.」

윤미의 말에 나는 묵묵부답으로 보스를 쳐다봤다. 윤미가 유독 서울에서 왔다는 것을 강조한 것이 침을 삼킬 때 걸렸다. 이럴 때 내 태도는 강경해야 되는 것인지 상황에 따라 유연하게 적응을 해야 하는 것인지 구분이 되지 않았다. 할 수 없이 고개는 숙이지 않고 눈인사만으로 대신했다.

「이런 일은 가족이 모두 나서야지. 하하.」

호쾌한 웃음은 아니었다. 동강 나이트로 들어오면서 만난 남자들의 수를 헤아려 봤다. 열 명이 넘지는 않았지만 업소의 규모로 봐서는 많은 숫자였다. 그들이 모두 한패인지는 확신할 수 없었다. 하지만 만일의 경우에 적대적으로 응해 오리라는 것만큼은 확실했다. 내가 폭력배들과 맞부딪혀 이길 확률은 거의 제로에 가까웠다. 물론 그들을 조폭으로 단정 지을 수는 없지만 그들이 나보다는 폭력적인 상황에 더 많이 노출되어 있는 것은 분명했다.

「어떤 일을 하시는지 물어봐도 될까요?」

사내는 내게 관심을 보였다. 윤미는 꼼짝 않고 사내를 응시했다. 내가 나설 때였다.

「프로그래머입니다.」

「오호. 그래요? 아주 좋은 일을 하시는군요. 지금은 내가 촌구석에서 이러고 살지만 한때는 미적 감각이 뛰어나 그런 일을 종종 권유받은 적이 있었소. 이곳의 인테리어도 내가 직접 했지요.」

사내는 프로그래머와 디자이너를 혼동하는 것 같았다. 이럴 때 그의 잘못을 지적하는 것은 그다지 현명한 일은 아닌 듯싶었다. 그제야 나는 그를 찬찬히 살펴봤다. 나이는 40대 후반으로 보였고 운동을 많이 한 탓인지 얼굴빛이 밝았다. 가운데 머리가 조금 벗겨진 것을 제외하고는 건강해 보였다. 나이트클럽 사장답게 옷차림은 밝은 색이 주를 이루었다. 베이지 색 재킷의 깃은 넓었고 자주색 타이도 과장되어 보였다. 평범한 사람이 그런 옷차림을 소화해 내기란 힘들 것이다.

「구체적으로 말해 주겠소?」

사내가 눈을 가늘게 뜨며 물었다.

「컴퓨터 보안에 관련된 일을 하고 있습니다. 주로 불법 해킹을 차단하는 프로그램을 만들고 있습니다.」

사내는 내 말에 조금 당황했다.

「알고 계시겠지만 컴퓨터도 범죄에 활용되는 시대라 그것을 방지하기 위한 시스템도 필요하게 되었죠.」

「아주 흥미로운 일이겠군요. 소속을 물어봐도 실례가 되지 않을지?」

사내는 생쥐의 꼬리를 발견했다는 눈빛이었다.

「일반 민간 기업입니다. 이름을 밝히고 싶지는 않군요. 하지만 일이 일이다 보니 정부와 협의를 하는 일도 빈번합니다. 가끔은 사이버 수사대에 계약직으로 일을 맡기도 합니다. 아직 정부 측에서도 순비가 덜 된 관계로 큰일이 터지면 민간 기업과 공소하시 않을 수 없거든요. 은행의 전산망이나 공공 기관의 네트워크를 순전히 그들만의 보안 프로그램으로 방어한다는 것 자체가 불가능하니까요.」

「쉽게 말하면 컴퓨터상에서 도둑을 잡는 것이군?」

「전부는 아니지만 그런 일을 할 때도 있죠.」

「경찰과 손을 잡고?」

그 질문에는 대답을 하지 않았다. 다행히 사내는 더 이상 추궁하지 않았다.

「아무튼 바쁘신 분이 이런 일로 멀리까지 오셨군.」

「제가 도울 일이 있다면 도와야죠.」

나는 비교적 단호하게 말했다. 어차피 말도 안 되는 거짓말을 한 상태기 때문에 가능한 세게 나가야 했다. 포커에서 블러핑을 하려면 주저하면 안 된다. 윤미는 여전히 사내를 쏘아보고 있었다.

「그럼 본격적으로 사업 이야기를 해볼까?」

사내는 손바닥을 서로 마주쳤다. 마치 이제 서로에 대한 탐색은 그만두자는 신호로 들렸다.

「전화로 말했듯이 이런 경우는 나도 처음 당해 본 일이라 어떻게 해야 될지 모르겠지만, 어쨌든 아가씨가 이렇게 찾아왔으니 우리도 좋게 해결을 봤으면 해요.」

사내의 시선은 윤미에게 고정되었다. 어차피 일의 당사자는 윤미였다. 사내는 내가 그의 부하들처럼 들러리라는 것을 눈치 챈 듯싶었다. 가볍게 보이는 옷차림과는 달리 상당히 눈치가 있었다.

「혹시나 해서 여기 몇 개의 증거 자료를 준비했어.」

사내는 탁자에 놓인 서류 봉투에서 물건들을 쏟아 내었다. 여러 장의 사진과 라이터, 로프, 장갑 등이 섞여 있었다.

「그리고 여기 시너 통도 있고.」

사내는 만족스러운 웃음으로 플라스틱 통을 두드렸다.

「믿지 못하겠다면 확인해도 좋소. 내가 의심쩍어서 조사를 좀 했거든. 방화 미수 전과가 있더군. 그것도 두 번씩이나.」

나는 그가 말한 방화라는 단어를 곱씹어 보았다. 그러자 머릿속에 맹렬히 타오르는 불길이 선명히 나타났다.

「피해액은 얼마나 되나요?」

「아! 그건 전에도 말했듯이 정확하게 몰라. 아가씨에겐 이런 일이 흔했는지는 모르지만, 우리는 경황이 없었거든. 아가씨 집에 불이 났다고 생각해 봐. 손해가 얼마인지 금방 알아내겠어? 문제는 불이 났다는 사실이야. 이건 단순한 물질적 피해 보상과는 차원이 다르지.」

「그렇게 말씀하시면 저도 어쩔 수 없어요. 그리고 제가 해결해야 할 문제도 아니고. 아저씨가 합의를 하지 않겠다면 경찰에서 문제를 해결하도록 맡기는 수밖에 없어요.」

「허! 그 아가씨 성격도 참 불 같구먼. 언니하고는 확실히 달라.」

나는 맞은편의 여자를 쳐다봤다. 여자가 무릎에 고개를 파묻고 있었기 때문에 내가 볼 수 있는 것은 그의 맨발과 헝클어진 머리카락이 전부였다. 무릎을 잡고 있는 가느다란 손이 떨렸다. 나는 용기를 내어 일어서서 탁자에서 사진을 집어 들었다. 사진 속에는 검게 그을린 철제 대문과 타다 만 신발장과 깨어진 그릇 등이 보였다. 내가 사진을 한 장 한 장 넘기는 동안 윤미는 꿈쩍 않고 사내만 바라봤다.

「이런 경우는 정신적인 피해가 아주 크지, 암.」

사내가 힘주어 말했다.

「내 동생과 아가씨의 언니가 어떤 사이였는지는 궁금하지 않아.

중요한 건 내 동생이 충격을 받아 병원에 실려 갔다는 거야.」

「책임을 전적으로 언니에게 돌릴 수 있나요? 둘은 동거 중이었고 사실혼이라고 해도 무방해요. 그런 상태에서 남자가 바람을 피웠으니 책임은 양쪽 모두에게 있죠.」

윤미도 물러서지 않겠다는 태도였다.

「그리고 저도 조사를 해봤는데 동생 분이 유부녀 갈취 죄로 감옥에 간 적이 있더군요.」

「이 아가씨가!」

사내가 손바닥으로 탁자를 세게 내리쳤다. 순간 실내에는 팽팽한 긴장감이 돌았다. 서 있는 사내들의 얼굴도 더욱 험악해졌다. 하지만 윤미는 굳어 버린 돌처럼 꿈쩍 않고 사내를 노려보기만 했다.

「이래서 서로 만나지 않는 것이 좋을 거라 말씀드렸던 거예요.」

사내는 탁자 위의 물을 마신 다음 담배를 꺼내어 물었다. 연기가 눈에 들어갔는지 심하게 인상을 찌푸렸다.

「좋아. 아가씨가 언니를 꼭 감옥에 보내야겠다면 나도 어쩔 수 없지. 하지만 지난번에도 말했듯이 그 집은 엄연히 내 사유 재산이야. 난 내 것을 뺏기고는 못 참는 성격이거든.」

「언니를 감옥에 보내야겠다는 말을 한 것은 아니에요. 제가 합의를 볼 수 있는 선에서 책임을 지겠어요.」

윤미는 약간 물러섰다. 짜증이 났는지 사내는 신경질적으로 담배를 비벼 껐다. 고개를 숙인 여자의 몸이 전체적으로 흔들리기 시작했다. 하지만 울음소리가 나지는 않았다. 윤미가 지갑에서 수표를 꺼내어 소파 앞에 놓인 탁자 위로 펼쳐 놓았다. 모두 열 장이었다. 이상하게도 그 장면에서 바카라 테이블에 펼쳐졌던 수표들이 떠올랐다.

「이야기했던 금액의 반이에요. 나머지는 석 달이 지난 다음 집수리가 끝나고, 더 이상 이 일과 관련된 이야기가 나오지 않게 되면 드리도록 하겠어요. 그동안 어떻게 해서든 돈을 만들 거예요. 지금은 이것이 제가 가진 전부예요.」

「맹랑한 아가씨군.」

사내는 서랍에서 손수건을 꺼내어 이마를 닦았다. 땀이 흐를 정도로 덥지는 않았다.

「날 시장 통의 양아치들과 혼동하나 본데. 이러면 곤란하지.」

「부탁드립니다.」

윤미는 고개를 숙여 말했지만 진심에서 우러나오는 말이 아니라는 것은 누구라도 알 수 있었다. 사내는 회전의자를 옆으로 돌리고 천장을 올려다보며 골똘히 생각했다. 그러고는 결정을 굳혔다는 듯 서랍에서 뭔가를 꺼내었다. 그의 손에는 카드 한 벌이 있었다. 그것을 옆에 있던 사내에게 주었다.

「이런 경우는 처음 있는 일이긴 하지만, 젊은 아가씨가 부탁을 하는 것이니 내가 양보하도록 하지. 다만 아가씨의 운이 좋다면 말이야.」

옆의 사내가 그에게 몇 장의 카드를 넘겨주었다.

「여길 봐.」

사내의 손에는 다섯 장의 카드가 있었다. 스페이드 10, J, Q, K, A. 로열 스트레이트 플러시.

「다섯 장의 카드 중에서 에이스 카드를 뽑으면 아가씨가 원하는 방식으로 해주지. 어때?」

「그 외에는 방법이 없는 거잖아요?」

「그렇지.」

「하겠어요.」

「좋아.」

동강 나이트를 나와 차가 있는 골목까지 가는 길은 예상외로 힘들었다. 윤미의 부축을 받은 여자가 몇 발짝 걷다가 힘없이 주저앉기를 반복했기 때문이었다. 돕고 싶었지만 윤미는 한사코 거절했다. 내 안주머니에는 사내와 윤미가 도장을 찍은 각서가 있었다. 각서는, 석 달 후 지정된 통장으로 약속한 금액이 송금되지 않는다면 모든 것이 무효라는 조항도 들어 있었다. 나는 증인 자격으로 지장을 찍었다. 윤미가 그럴 필요까지는 없다고 했지만, 직접적인 피해가 있을 것 같지도 않았기 때문에 선뜻 응했다. 오히려 그 정도밖에 해주지 못해 미안한 심정이었다.

「운전 좀 해주세요.」

백미러로 보이는 두 여자는 피곤에 지친 모습이었다. 윤미는 멍한 표정이었고, 여자는 눈을 감고 있었다. 하지만 둘 다 눈물을 보이지는 않았다.

윤미가 안내한 곳은 천변 길에 붙은 2층 연립 주택이었다. 문을 열자 한동안 사람이 살지 않아서인지 냉기가 엄습해 왔다. 집 안에는 사나운 개가 갇혀 있었던 것처럼 제멋대로 물건들이 흩어져 있었다.

부축을 받아 겨우 계단을 올라온 여자는 조용히 방문을 열고 안으로 들어가 문을 닫았다. 윤미는 이불이 아무렇게나 놓인 방바닥에 풀썩 주저앉았다. 바닥에는 갓난아이를 위한 유아용품들이 어지럽게 널려 있었다. 하지만 어디에도 아이가 있었던 흔적은 없었다. 윤미가 아무런 움직임을 보이지 않았기 때문에 나도 어쩔 수 없이 방바닥에 앉았다. 담배를 피우고 싶었지만 창문이 닫혀 있었다. 호텔에서 옷을 빌릴 때부터 나는 의문을 버리기로 작정했었다. 어차피 윤미는 내게 타인이었다. 잠깐 인연을 맺었다고 해서 그의 삶에 내가 관여할 필요는 없었다. 이런 내 태도가 올바른 것인지는 자신할 수 없지만, 나는 내가 할 수 있는 일만 하기로 결심했다. 계속해서 이런 태도를 버리지 못하는 한 내 삶이 공허해지는 것 또한 분명했다. 좀 더 건전한 사고를 지닌 사람이라면 그들을 위로하기 위한 최소한의 노력을 할 것이다. 더러운 집을 청소하고, 새로운 날을 위해 밥을 짓고, 그들이 원한다면 노래라도 불러 줄 것이다. 하지만 나는 그저 그의 곁에 앉아서 똑같은 표정을 짓고 있었다.

「어떻게 단번에 에이스를 뽑을 수 있었지?」

윤미가 흐릿한 눈빛으로 나를 올려다봤다.

「정말 궁금해요?」

「……」

「갑은 을에게서 빚을 받아 내려 하다가 어느 날 시장에서 예기치 않게 을을 만나게 되었어요. 그런데 바로 그날, 을은 물건 대금을 받았고요.」

「우연?」

「아리스토텔레스의 《물리학》에 나오는 이야기에요. '우연'이 아니라 '두 개의 별개 사건이 우연히 동시에 교차한 경우'라고 설명했어요.」

「그게 그거 아냐?」

「아리스토텔레스는 우연은 인과 관계의 부재가 아니라 우연히 일치된 원인의 예라고 했어요. 우연을, 목적인 원칙의 한 부분으로 고려한 거죠.」

「…….」

「처음으로 목돈이 생겼어요. 그리고 언니에게 일이 터졌고요. 어떻게 내가 에이스를 뽑지 않을 수가 있죠?」

나는 일어나 창문을 열고 담배를 꺼내어 물었다. 어둑해진 주변은 개천에서 올라온 비릿한 냄새로 채워져 있었다. 고양이 소리인지 아이 울음소리인지 구분이 되지 않는 흐느낌이 멀리서 들렸다.

혼자 가겠다고 했지만 윤미는 한사코 따라나섰다. 방에 틀어박혀 아무 소리도 없는 여자가 안심이 되지 않았지만, 윤미는 묵묵부답이었다. 하지만 윤미의 확고한 태도로 보아 더 이상 나쁜 일이 일어날 것 같지는 않았다. 네온을 모는 느낌이 특별하지는 않았다. 캐나다에서 탔던 차는 포드 에스코트였지만 결국 다를 것이 없는 차들이었다. 비평가들의 눈에는 차이점이 보일지 몰라도 직접 운전을 하고 생활을 하는 운전자의 입장에서는 두 차를 맞바꾼다고 해도 득실을 따질 수 없을 정도였다. 하지만 길은 분명 달랐다. 캐나다가 더 먼 나라 땅이었지만, 이상하게 영월을 벗어나 고불고불한 산길로 들어설수록 이곳이 더 비현실적인 공간으로 느껴졌다. 꼭 카지노로 가는 길이기 때문은 아닌 것 같았다. 윤미는 등받이에 몸을 깊숙이 누인 채 눈을 감고 있었다. 그리고 갑자기 생각이 났다는 듯 말문을 열었다.

「죽은 아빠의 딸이에요.」

나는 듣기만 했다.

「어느 날 아빠의 손을 잡고 간 집에서 언니를 처음 봤어요. 그때 언니는 고등학생이었어요. 언니의 엄마가 죽고 얼마 되지 않았을 때였어요. 아빠가 함께 집으로 가자고 했는데도 언니는 그대로 방문을 닫고 나오지 않았어요. 지금처럼. 그때나 지금이나 변한 건 없어요. 언니가 처음 불을 지른 건 아이가 죽은 다음 날이었어요. 그리고 감옥에 갔어요. 두 번째 불은…… 기억하고 싶지 않아요.」

「…….」

「언니를 미워해 본 적은 없어요. 둘 다 엄마가 없는 처지였기 때문에 공평하다고 생각했어요. 하지만 언니는 그렇게 생각하지 않았나 봐요. 항상 내게 미안해했어요. 마치 자신이 태어난 것이 저주받은 일인 것처럼 행동했어요. 난 그런 언니를 이해할 수 없었어요. 내가 고등학교에 들어가 멀리 떠나게 되었어도 언니는 끝내 집으로 들어오지 않았어요. 그런 딸을 아버지는 가게에 앉아 기다렸겠죠. 그렇게 영원히 기다렸으면 좋았을 텐데.」

윤미의 이야기는 귀에 익었다. 가까운 이의 이야기를 반복해서 듣는 느낌이었다. 하지만 언뜻 얼굴이 떠오르지 않았다.

어둠이 짙어지면서 산도 더욱 깊어졌다. 하늘과 경계를 이루는 선은 분명했지만 현실적인 공간이 아닌 것 같았다. 계곡을 끼고 도는 도로 위로 산이 무너지는 형상이었다. 뒤따라오던 차들이 맹렬한 속도로 추월해 갈 때마다 불빛을 받은 산이 깜짝 놀라 은밀한 내부를 보여 주었다. 그들이 애타게 달려가는 곳이 어딘지는 쉽게 추측할 수 있었지만, 정말 그들이 가는 곳이 현실에 존재하는 장소인지는 확신할 수 없게 되었다. 마치 깊이를 알 수 없는 어둠 속으로 빨려 들어가듯 빛은 사라져 갔다.

「영월에 단종의 묘가 있지 않아?」

「…….」

윤미는 그새 잠들어 있었다. 허튼소리를 듣지 않아 다행이었다. 이런 상황에서 한가하게 유람의 소재가 된 역사 따위를 떠올려 봐야 무슨 소용이 있을까.

카지노에 가까워지자 윤미는 눈을 떴다. 어쩌면 처음부터 잠을 잔 것이 아니고 단지 눈을 감고 있었던 건지도 모르겠다. 거리를 두고 바라본 밤의 카지노는 또 다른 느낌이었다. 건물이 산 정상에 세워졌기 때문에 불빛만 보면 공중에 떠 있는 성처럼 보였다. 성은 밤하늘을 밝히고 축제가 열리고 있음을 알렸지만, 주변의 어둠을 완전히 걷어 내지는 못했다. 오히려 검은 그림자가 작고 요염한 불빛을 키우고 있는 것 같았다. 축제에 초대받은 차들의 불빛이 허공을 향해 올라가고 있었다. 고원의 성에 공주가 살고 있는지 마녀가 살고 있는지 확인을 해봐야 직성이 풀리는 사람들의 행렬이었다.

「저기로 가요. 가볼 곳이 있어요.」

영문을 몰랐지만 윤미가 가리킨 방향으로 운전대를 돌렸다. 차는 카지노를 비켜 돌아갔다. 새로 포장이 된 길은 내리막길이었다.

「골프텔이라는 표지가 보이죠? 그 길을 따라가세요.」

골프텔 역시 ○○랜드에서 운영하는 곳으로 ○○랜드 로고가 선명히 보였다. 윤미는 텅 비어 있는 주차장에서 굳이 한 장소에 차를 주차시키도록 했다. 정면의 건물은 카지노보다는 훨씬 규모가 작은 아담한 건물이었다. 특별히 닮은 것 같지는 않았지만 완전히 다른 곳에 와 있는 느낌도 아니었다. 건물 주변에 켜진 불빛이 아늑한 분위기를 이끌었다. 연인들이 사람들의 눈을 피해 데이트하기 적당한 장소처럼 보였다. 창밖으로 새어 나온 불빛은 따뜻했다.

「내릴 거야?」

「아뇨. 여기서 잠시만 쉬었다 가요.」

윤미가 함께 호텔로 가자고 할까 봐 겁을 먹은 것은 아니었지만 안심이 되기는 했다. 윤미는 말없이 건물을 쳐다보기만 했다. 인적 하나 없이 지나는 바람만 작은 소리를 내었다. 깊게 숨을 들이쉬자 바람 소리는 좀 더 커졌나. 시간이 지날수록 고요는 깊이졌고, 손가락을 움직이는 동작에도 공기의 파동이 반응을 해왔다. 윤미는 다시 눈을 감았다. 마치 세상이 만들어 내는 침묵의 소리까지 모두 받아들이겠다는 듯.

「키스해 주세요.」

윤미는 눈을 감았다. 속눈썹이 떨리는 것이 보였다. 입술도 메말라 있었다. 얼굴을 가까이 대자 그의 심장 소리가 귀에 울렸다. 꿈속에서나 들을 수 있는 북소리처럼 점점 커졌다. 그 소리를 멈추기 위해서라도 입술을 대어야 했다. 입술은 바싹 마른 장미 줄기처럼 따가웠다. 하지만 곧 부드러운 향기가 공기를 타고 머리 위로 피어올랐다. 젖은 수액은 넝쿨을 키웠고 곧 앞이 보이지 않을 만큼 무성해졌다. 코끝으로 진한 꽃향기가 올라왔다. 혀에 부딪힌 그의 이는 해변에서 주운 조약돌처럼 딱딱했다. 그의 손이 내 손을 이끌어 심장으로 향했다. 심장은 여름날의 소나기처럼 요동쳤지만 그가 내게 깊이 들어올수록 잦아들었다. 성난 고양이의 잔털을 쓰다듬듯 조심스럽게 그의 가슴을 어루만졌다. 눈물이 내 뺨에 부딪히고서야 입술을 뗄 수 있었다.

순간 모든 환상이 사라졌다. 키스를 한 것만 놓고 보면 잘못된 것은 하나도 없었다. 하지만 그의 눈물이 그치지 않는 모습을 보자 명치끝이 아렸다. 고개를 창밖으로 돌린 채 윤미는 울기 시작했다. 비가 내리는 것도 아닌데 머리칼이 젖어 드는 느낌이었다. 내가 할 수 있는 건 아무것도 없었다. 진정될 때까지 기다리는 수밖에 없었다. 그리고 한 가지 사실이 분명해졌다.
'돌아갈 시간이 되었다.'
첫 키스의 감상치고는 비겁했다. 육중한 성문이 열리고 그 안에서 혼자 걸어 나오는 사내의 그림을 떠올려 보았다. 왜 자꾸 같은 일이 반복되는지 나도 모를 일이다.

272

「여기였어요.」

울음은 그쳤지만 그의 목소리는 여전히 젖어 있었다. 나는 잠자코 그의 이야기를 들었다.

「아버지가 바로 이곳에서 죽었어요.」

잘못 들은 것 같지는 않았다.

「겨울날이었어요. 몹시 추웠겠죠. 카지노 문이 열리기를 기다리며 차 안에서 히터를 켜놓고 잠이 든 거예요.」

「여기까지 와서?」

「아버지가 도박에 빠졌을 때 카지노는 이곳에 있었어요. 스몰 카지노란 이름으로. 바로 저기 보이는 건물에 카지노가 있었어요.」

윤미의 손이 건물의 왼쪽을 가리켰다. 그런 이야기를 들어 본 것도 같았지만 기억이 나지 않았다.

「메인 카지노가 개장하고서는 사라졌어요. 저들은 아니라고 하겠지만 불과 얼마 되지 않아 큰 건물을 지을 수 있었던 것은 모두 스몰 카지노 덕분이었어요. 모두들 제정신이 아니었어요. 아버지가 카지노 주차장에서 죽었다는 소식을 들었을 때 전 믿지 않았어요. 믿을 수 없었어요. 가난했지만 성실한 아버지였어요. 턱없이 높은 학비를 대기 위해 힝잉 궁핍하게 살아야만 했죠. 아저씨는 믿을 수 있을 것 같아요?」

「……..」

「누군가 날 위로한다고 그런 말을 했어요. 아버지가 이곳에 온 것은 일자리를 알아보기 위해서였다고. 그 말을 들으니 더 화가 났어요. 어떻게 그런 일이 일어날 수 있죠? 그냥 잠깐 들렀을 뿐인

사람을 어떻게 죽음으로 내몰 수 있는 거죠? 아버지가 도박에 손
을 대었다는 것도, 그래서 모든 것을 잃어버린 것도 전부 거짓말
처럼 여겨졌어요.」

「…….」

「내가 고개를 젓는다고 현실은 사라지지 않았어요. 어쩔 수 없이
난 아버지를 의심하게 되었어요. 어느 날 갑자기 언니를 데려왔듯
이. 아버지는 악마의 유혹에 쉽게 넘어가는 사람이라고.」

윤미의 이야기를 들으니 내가 앉아 있는 곳이 바로 관 속이라는 생
각이 들었다. 서리가 낀 창문으로는 아무것도 보이지 않았고, 숨을
쉴 때마다 영혼이 조금씩 빠져나갔다.

「카지노에는 온갖 이상한 이야기들이 떠돌아요. 아버지 이야기도
그중의 하나일 뿐이에요. 나만 제외하고는 아무도 그 이야기를 기
억하지 않아요. 모두 잊어버렸어요. 매일같이 반복되는데도 기억
하는 사람은 없어요. 이젠 나도 그 사람들 중의 하나가 되었고요.」

「…….」

「아버지가 죽고 난 후 카지노는 주차장에 직원들을 배치했어요.
사람들이 히터를 켜놓고 잠들지 못하도록 조치를 취한 거죠. 그게
다예요.」

「…….」

윤미의 눈에서 긴 눈물이 흘러내렸다. 하지만 흐느끼지는 않았다.
참을성 있고 고집 센 아이처럼 눈물을 삼켰다.

「가요. 아직 게임이 끝나지 않았어요.」

「운전할 수 있겠어?」

다행히 윤미는 언니에게로 돌아간다고 했다. 피곤하고 지친 상태에서는 게임을 하지 않는다고 말했지만, 그보다는 다른 이유가 컸을 것이다. 혈육의 정이란 생각보다 깊다.

「저기…… 어려우면 내가 나머지 돈을 빌려 줄 수도 있어.」

윤미는 내 얼굴을 빤히 쳐다보았다.

「고마워요, 그렇게 말해 줘서. 하지만 걱정하지 마세요.」

「내 생각엔, 게임을 해서 그 돈을 마련하는 것이 쉽지 않을 것 같아.」

「돈은 가지고 있어요. 그 사람들에게 줄 것인지는 석 달 후에 생각하면 돼요. 물론 그 돈으로는 게임을 하지 않을 거예요.」

「잘 생각했어.」

「그보다는 아저씨 걱정부터 하세요. 키스 한 번 했다고 선뜻 천만 원을 빌려 주겠다고 해서는 안 되죠.」

「그건 아니고…….」

「알아요. 당분간 여기 오지 않을 수도 있어요. 아저씨는 곧 여길 떠나겠죠?」

「그래야지.」

「운명이라면 우연을 가장해서 다시 만날 수도 있을 거예요.」

「그럴까?」

「하지만 일부러 카지노에 오진 말아요. 여기에 어울리는 사람이 아니니까.」

「그런 사람이 따로 있어?」

「네. 그런 사람들이 있어요. 아주 소수지만.」

「윤미 같은?」

「아뇨. 나 같은 사람은 꿈도 꾸지 못해요. 이기든 지든 상관하지 않는 사람들이 있어요. 카지노를 벗어나면 항상 이기기 때문에 여기는 그냥 재미 삼아 오는 사람들. 그런 사람들이 이런 카지노를 만드는 거예요.」

「알 것도 같아.」

「그렇죠?」

「…….」

「다시 연락해도 되죠?」

「물론.」

「키스해 주세요.」

「…….」

「농담이에요. 그럼 갈게요.」

윤미에겐 웃는 것이 잘 어울렸다. 나를 위한 행동이었는지는 몰라도 그가 이전의 얼굴로 돌아왔다는 것만으로도 안심이 되었다. 그를 실은 네온은 이내 눈앞에서 사라졌다.

엘리베이터 앞에서 카지노로 내려갈까 방으로 올라갈까 고민이 되었다. 하지만 그보다는 어둠 속으로 사라진 윤미가 차 안에서 혼자 눈물을 훔치고 있을지가 더 궁금했다. 여자 아이 혼자 울면서 달리기에는 외로운 길이었다. 보이지 않는 것을 예측하기란 어렵다.

수진이 결혼을 하고 1년쯤 지났을 때, 그에게 전화를 건 적이 있었다. 일요일이었고, 한낮이었다. 제정신이 아니었다. 수진이 혼자서 집을 지키고 있길 바랐지만 전화기를 통해 생생한 가족들의 목소리가 들려왔다. 집안 잔치라도 벌어진 모양이었다. 풍성하고 화목한 가정이 만들어 내는 소리가 귀에 윙윙거렸다. 어렵게 미안하다고 말을 하고 전화를 끊으려 했다.

「아냐, 괜찮아. 정말 반갑다. 이게 얼마 만이니?」

수진은 나를 자신의 여자 친구처럼 들리도록 거짓말을 했다.

「결혼했다고 들었어. 신랑은 뭘 하니?」

그 말을 들으니 마치 내가 진짜 수진의 친구가 된 듯한 기분이 들었다. 전화기 사이로는 아이들이 뛰어노는 소리와 어른들의 넉넉한 웃음이 들려왔다. 나는 아무 말도 하지 않고 수진이 거짓말을 하며 웃는 소리를 듣고 있었다. 전화를 끊어야 했지만 수진은 계속해서 말을 걸어왔다. 소리만으로 저편의 공간에서 벌어지는 그림을 그려 보는 것은 생각만큼 쉽지 않았다. 수진은 혼잣말을 하면서 즐거움을 가장하고 있었다. 하지만 정말 그가 행복한 것인지 아니면 행복을 꾸며 내고 있는 것인지 알 수 없었다. 언제까지 그런 식으로 듣고만 있을 수는 없었다. 미처 수진이 말을 마치기 전에 전화를 끊었다. 그러자 텅 빈 아파트는 다시 고요와 적막 속으로 가라앉았다. 바닥에 드러누워 귀를 대니 전화에서 들려오던 소리가 다시 들리는 것 같았다. 소리는 점점 더 커졌다. 그 소리를 떨쳐 내기 위해 스스로에게 약속했다. 그의 삶을 방해하지 않기로. 그러자 소리는 거짓말처럼 사라졌다.

방에 수진은 없었다. 카지노 어디에선가 게임을 하고 있을 것이다. 기계음이 나는 슬롯머신 앞일 것이다. 어쩌면 사라져 버린 나를 원망하고 있을지도. 그래서 옆 자리에 앉은 사내에게 친절하게 말대꾸를 하고 눈웃음을 짓고 있을지도 모른다. 나는 비어 있는 그의 침대에 들어가 누웠다. 더블베드는 확실히 내 침대보다 넓었다. 수진은 나보다 넓은 침대에서 편안했을까? 이불을 당겨 머리까지 끌어올리니 예전에 들었던 소리가 들려왔다. 전화기 사이로 들려오던 수진의 목소리와 평화로운 가족들의 웅성거림.

'네 목소리를 들으니 너무 좋다.'

수진이 웃었고 나는 귀를 바닥에 대고 누워 있었다. 간지러움이 귀를 파고들었다. 하지만 이번엔 어떤 약속도 하지 않기로 했다. 아이들이 뛰어노는 소리도, 어른들의 웃음소리도 내버려 두기로 했다. 그러면 언젠가는 사라질 것이다. 세상에 영원한 것은 없다. 키스의 추억도, 윤미가 뽑은 에이스 카드처럼 언젠가는 폐기 처분될 것이다.

11

　눈을 뜨니 수진이 옆에 누워 있었다. 맨발이었지만 입고 있던 옷은 그대로였다. 그가 들어오는 것을 알아채지 못할 만큼 깊이 잠들었나 보다. 얼굴 위로 몇 가닥의 머리칼이 흘러내려 와 있었다. 시간을 속일 수는 없는지 그의 얼굴에도 세월의 흔적이 묻어 있었다. 처음 대학 때 봤던 복숭아 빛 피부는 말끔히 사라졌다. 하지만 불행한 일은 아니다. 그가 변하지 않았다면 오히려 내가 당황했을 것이다. 흘러내린 머리칼을 올려 주고 욕실로 향했다.

　샤워를 끝내고 나오자 수진은 깨어 있었다. 완전히 잠을 털어 내지는 못했는지 침대맡에 등을 기대고 앉아 고개를 숙이고 있었다.

「어제는 어땠어?」

먼저 선수를 쳤다.

「잃었지 뭐. 소질이 없나 봐.」

「각오했던 일이잖아. 신경 쓰지 마.」

「응. 근데 윤미 씨 일은 어떻게 됐어?」

「뭐, 그럭저럭.」

「말 안 해줄 거야?」

「그건 아니지만, 아무튼 사생활에 관계된 문제라 좀.」

「그렇게 말할 줄 알았어. 피곤해. 좀 더 자도 되지?」

수진은 등을 돌리고 이불 속으로 들어갔다. 수진에겐 미안한 일이지만 어쩔 수 없다.

오전의 호텔 프런트는 한산했다. 체크아웃을 하는 사람이 두엇 있을 뿐 서너 명의 직원들이 저희끼리 이야기를 나누고 있었다.

「○○○ 씨 계신가요?」

「오늘은 비번입니다. 제가 도와드릴까요?」

「아, 네. 옷을 빌렸는데 돌려드리러 왔습니다. 세탁은 하지 못했는데, 어쩌죠?」

「제가 처리해 드리겠습니다. 호텔에서 제공하는 세탁 서비스를 신청하고 영수증 처리를 해드리면 될까요?」

「네, 그렇게 해주십시오.」

그의 얼굴을 보지 못한 것이 좀 아쉬웠다. 같은 이름을 가진 이성을 만나기란 쉽지 않은 일이다. 상상 속의 인물은 반듯한 옷차림에 밝은 미소를 지닌 젊은 여자다. 나와는 다른 아주 긍정적인 사고를 가지고 있다. 아쉽지만 그 정도로 만족해야만 했다. 특급 호텔 프런트에서 근무할 정도면 내 생각이 많이 빗나가지는 않을 것이다.

아래층의 키즈월드로 내려갔다. 카지노를 떠나기 전에 명혜와 작별 인사를 하고 싶었다. 다시 만날 가능성은 없겠지만, 사람의 일이란 누구도 장담하지 못하는 법이다. 내게 관심을 보여 준 것만으로도 명혜는 특별했다. 하지만 명혜도 없었다. 마치 약속이나 한 듯. 바카라에서 뱅커가 연속으로 나온 것처럼 이런 일은 종종 일어났다. 두 가지 사건이 연속성을 띤 것은 아니지만 당하는 사람 입장에서는 참 운도 없다는 심정이 된다. 그래서 도박이 어려운 것이다. 직원은 내가 명혜를 찾는 것이 의아하다는 표정을 지었다. 그는 명혜의 아빠를 기억하고 있는 듯했다.

「저기 미안하지만 컴퓨터 좀 사용해도 될까요? 잠깐이면 되는데.」

「네. 그렇게 하세요.」

명찰을 단 여자는 아이들을 상대하는 일을 하는 만큼 친절했다. 실내에는 이른 시간이어서인지 두 명의 아이만이 있었다. 내가 너무 일찍 왔는지도 몰랐다. 유아용 의자는 생각했던 것보다 불편하지 않았다. 옆에 있던 아이는 처음에는 관심을 보였지만 내가 컴퓨터 앞에 앉자 이내 자신의 놀이에 몰두했다. 구글 검색창에 '카지노, 주차장, 히터'라고 입력했다. 검색어 선택을 잘했는지 첫 페이지 맨 위에 원하는 기사가 떴다. 이런 경우는 흔치 않았다. 온전히 운이 나쁜 날이라고는 단정할 수 없었다.

지난 2월 20일 오후 9시 30분 내국인 전용 카지노 ○○랜드 다이아몬드 주차장에 주차한 프린스 승용차 안에서 카지노 고객 K모 씨가 히터를 틀어 놓고 잠자다 질식해 숨진 사건이 발생했다. 이 사건은 기사를 다 읽고 나서도 그것이 윤미의 아버지에 관한 기사인지는 확신할 수 없었다. 하지만 핵심은 그것이 아니다. 문제는 그런 식의 죽음이 이곳에서 일어났다는 것이다. 다시 구글에 '카지노, 자살, 죽음'이란 키워드를 입력했다. 처음보다 많은 페이지가 열렸다.

성탄절인 25일 새벽 1시 20분께 정선군 사북읍 ○○랜드 호텔 4층 카페테리아에서 카지노 고객 A모 씨가 게임으로 재산을 탕진한 것을 비관해 3층 로비 대리석 바닥으로 투신자살했다. 이에 앞서 지난 15일에는 ○○랜드 카지노 VIP 객장에 출입하던 중소기업 대표 C모 씨가 게임장에서 20여억 원의 재산을 탕진한 것을 비관, 카지노 호텔 방에서 유서를 남긴 채 목을 매 숨졌다. C모 씨는 채권자들에게 남긴 유서에서 '개미처럼 열심히 일해 자수성가했는데 한순간에 도박에 빠져 가정을 파탄시키고 평생 모은 재산을 다 날렸다. 부모 형제 주변 사람에게 피해를 주어 제 목숨으로 대신하려 한다'며 '채무를 변제할 능력이 없어 이 방법(자살)을 택했습니다. 정말 죄송합니다'라고 했다.

– 《○○일보》

다시 '도박, 자살'로 검색해 보았다.

앵 커 : 차 안에서 40대 부부와 두 자녀가 극약을 마시고 숨진 채 발견됐습니다. 경마와 경륜 등에 빠져 생활고에 시달려 왔던 것으로 보입니다. ○○○ 기자입니다.

기 자 : 승합차 안에 농약병과 신발 등이 어지럽게 널려 있습니다. 오늘 오전 11시 반쯤 경기도 시흥시 월곶 해안 도로에서 43살 김모 씨 부부와 15살, 11살 난 남매가 숨진 채 발견됐습니다.

목격자 : 이렇게 보니까 자고 있는 것 같았어요.

기 자 : 몇 명 정도?

목격자 : 아이들은 둘이서 뒤에 전부 덮고……

기 자 : 김씨는 4장의 유서를 남겼습니다. 유서에서 김씨는 모든 사람들에게 '미안하다, 경마와 경륜, 경정에 미쳐 나쁜 짓을 너무나 많이 했다'고 밝혔습니다. 차 안에서는 지난 두 달 동안 매주 금, 토, 일요일마다 경마나 경륜, 경정을 한 일지가 나왔습니다. 부인의 손가방에서도 마권이 발견됐습니다. 광

고업을 하는 김씨는 최근 아파트 관리비도 못 내는 등 생활
고를 겪었지만 경마 등으로 재산을 탕진한 줄은 아무도 몰
랐습니다.

유가족 : 하는 일이 잘 안 되다 보니까 이렇게 된 것 같아요…….
기 자 : 김씨는 유서 끝에 경마 등에 빠진 사람들이 중독에서 헤어
날 수 있도록 도와 달라고 적었습니다.

- ○○ 뉴스

원한다면 몇 시간이고 앉아서 기사를 읽을 수 있었다. 카지노와
죽음이란 단어는 서로 절친한 친구라도 되는 듯 함께 있었다. 컴퓨
터를 끄고 직원에게 인사를 한 다음 키즈월드에서 나왔다. 누가 본
다면 카지노 내에서 그런 이야기를 찾고 있는 나를 별종으로 볼 수
도 있었다. 남의 잔치에 재를 뿌릴 정도는 아니라도 절 앞마당에까
지 와서 천국으로 가는 길을 전도할 필요는 없다. 절이 싫으면 중이
떠나야 된다고 하지 않은가.

신선한 공기를 찾아 건물 밖으로 나와서는 담배를 찾아 꺼내 물었
다. 멍하니 허공을 바라봤다. 나쁜 일은 누구에게나 일어난다. 어쩌
면 윤미 아버지처럼 사고를 당하는 쪽이 자살을 선택하는 것보다는
나을지도 모른다. 그리고 윤미가 한 말이 떠올랐다. '눈에 보이지 않
을 뿐이지 여긴 공동묘지 같은 곳이에요.' 담배를 비벼 끄고 돌아서
서 다시 카지노 건물을 보았다. 아무리 봐도 공동묘지처럼 보이지는
않았다. 슬롯머신이 강도처럼 보이지 않고, 바카라 테이블이 함정처

럼 보이지 않는 것처럼, 눈은 항상 보이는 것에 현혹되었다. 카지노
는 거대하고 화려했다.

작심을 하고 다시 카지노로 들어갔다.

본격적인 게임을 하기 전 슬롯머신 앞에 앉아서 그동안의 일을 정
리해 보았다. 모든 일에는 긍정적인 측면과 부정적인 측면이 있기
마련이다. 양지와 음지가 있고 동전에도 앞뒤가 있다. 실이 있으면
득을 본 날도 있어야 한다. 하지만 세상사를 그런 이분법적인 잣대
로 나누기란 생각처럼 쉬운 것이 아니다. 특히 나처럼 흐리멍덩한
사고의 소유자는 그런 일이 곤혹스럽다. 금전적으로 손실을 본 것을
제외하고는 명확한 것은 아무것도 없었다. 수진과의 관계가 그랬고,
윤미와의 일도 마찬가지다. 좋은 추억으로 남겨도 좋을지, 아니면 지
워 버려야 할 기억인지 판단을 내릴 수가 없었다.

요즘은 그런 혼돈이 나만의 문제로 국한된 것 같지는 않다. 예를
들면, 예전에 내가 속했던 사람들 입에서 ‘적’으로 규정되었던 사람
들이 지금은 동지가 되어 있다. ‘부르주아’나 ‘자본가’라는 표현으로
두루뭉술하게 묶여 있던 자들뿐 아니라 ‘살인마’ 소리를 듣던 사람들
조차 한편이 되었나. 그것이 그들이 말한 역사의 발전 과정이라고
우긴다면 별로 대꾸하고 싶지 않다. 솔직히 말해 내가 그에 대한 답
을 가지고 있지 못하기 때문이다. 그래서 새로운 대통령이 옛 대통
령을 만나 악수를 하는 장면을 바라봐도 그저 ‘그럴 수도 있는 거지’
하면서 바라본다. 그렇지 않고서는 제대로 살아갈 수가 없다. 내 생
각만 고집하고 살아갈 수 없게 되었다. 그런데도 이상하게 적극적인

타협은 하지 않고 있다. 아직 미련이 남아 있기 때문이다. 한심한 일이다. 위안을 삼는다면 '혁명의 시대'가 끝났기 때문에 나의 이런 어정쩡한 태도도 별 비판 없이 넘어간다는 것이다. 좀 더 일찍 태어나 전쟁이라도 겪었으면 양쪽으로부터 못 믿을 놈이라는 소리를 들었을 것이다. 다이사이 테이블에서 대에 놓을지 소에 베팅을 할지 결정을 내리지 못하는 소심한 갬블러처럼 왔다 갔다 했다. 이러는 내가 나도 싫다.

그래서 미래를 볼 수 있는 눈이 있다면, 그것이 악마의 눈이라 할지라도 갖고 싶다. 주사위가 어떻게 떨어질지, 슈뢰딩거의 고양이가 죽었는지 살았는지 상자를 열어 보지 않고서 내가 어떻게 안단 말인가?

수진의 옷차림은 전날에 비해 한결 무거웠다. 단순히 두껍고 짙은 색의 옷을 입은 탓은 아니었다. 어쩐지 거리에서 길을 물어보게 된다면 반드시 제외시켜야 될 대상처럼 보였다. 눈빛은 어두웠고 짙은 밤색 립스틱은 메마른 고목의 가지를 연상케 했다. 그는 팔짱을 낀 채 나를 바라봤다. 기습 시위 전, 어두운 골목길에서 사람들이 눈치 채지 못하도록 조용히 빠져나갔을 때 나를 바라보던 눈이었다. 수진을 남겨 놓고 내가 어디로 갔는지는 기억나지 않는다. 아마 차갑고 어두운 내 자취방이었을 것이다. 그 외에 내가 갈 장소는 없었다.

「오늘은 뭘 할 거야?」

「그냥, 이것저것. 마지막 날이니까 행운을 기대해 보는 것도 좋겠지?」

분위기를 바꾸기 위해서 목에 힘을 주어 말했다.

「그럼, 오늘은 같이 있을 거야?」

대답 대신 커피를 마셨다. 지독한 맛은 아니었지만 목구멍에 걸리는 것은 어쩔 수 없었다.

우리의 감정이 어떻든지 카지노는 변함없이 움직이고 있었다. 현금을 던지고, 칩을 날리고, 한숨을 짓고 뒤돌아선다. 영화 속에서 보았던 설렘과 기대는 없다. 피곤에 지친 사내가 구겨진 지폐를 펼치고 작은 구멍 속으로 밀어 넣는다. 화장실에서 손도 닦지 않고 나온 여자가 칩을 주물럭거린다. 그러고는 손톱을 깨문다. 담배를 피우던 남자가 피곤한 딜러에게 욕을 한다. 딜러는 사과를 하지만 진심이 느껴지지는 않는다. 종이 울리면 주사위가 돌고 테이블에 불이 켜진다. 불이 켜진 자리에 칩을 놓은 사람들은 안심하고, 나머지는 실망한다. 버스트가 된 플레이어는 뒷목을 긁고, 블랙잭을 잡은 이에게는 1.5배의 칩이 돌아간다. 스플릿을 하고 더블 다운을 한다. 빅휠 앞에는 연인처럼 보이는 한 쌍이 칩 하나를 올려놓고 발을 동동 구른다. 슬롯머신 스핀 버튼에다 종이를 꽂고 자동으로 기계를 돌리는 사내는 재널이가 있는네노 가셋 위에나 새를 딘다. 사내의 손에는 한 뭉치의 지폐가 있고 머리 위에는 1억 7,839만 8,837원의 잭팟이 쉴 새 없이 올라간다. 게임은 하지 않고 그저 카지노 안을 빙글빙글 돌고 있는 사내도 있다. 발걸음이 바른 것은 직원들뿐이다. 현금 인출기 앞에 사람들이 줄 서 있고, 직원 전용 출입구에서는 딜러들이 저희끼리 인사를 하며 농담을 주고받는다.

걸음을 옮기기 무섭게 새로운 카메라가 따라온다. 누군가 카메라를 통해 우리를 쫓고 있겠지만 상관하지 않는다. 환전소 앞에서 칩을 현금으로 교환한 사내는 발걸음이 가볍지만, 이 기계에서 저 기계로, 이 테이블에서 저 테이블로 옮겨 다니는 사람들은 점점 피곤해진다. 사방은 막혀 있고 태양도 없고 바람도 없다. 신의 심판이라고 하기에는 너무 많은 판결이 동시다발적으로 일어난다. 그리스 신화에서 신들이 주사위로 세계를 분할한 것에 비하면 너무 가벼운 게임이다. 하지만 사람들은 그들이 원하는 결과를 얻기 전까지는 신에게 질문하는 것을 멈추지 않을 것이다. 바깥세상에는 그들을 비판하는 목소리로 가득 차 있지만 격리된 공간은 모든 것을 차단시켜 놓았다. 누가 뭐래도 상관하지 않는다. 설령 유령이 될지라도.

12

「이것이 마지막 만찬이겠지?」

「그래야지.」

「게임 더 할까?」

「아니, 이쯤에서 그만두자.」

수진은 대답 대신 고개를 끄덕였다.

「오빠는 여기에 다시 올 것 같아?」

「글쎄. 그럴 일이 생긴다면.」

수진은 민기를 생각하는 눈빛이다.

「윤미 씨?」

「아니. 그건 아닐 거야. 장담하진 못하지만.」

수진이 원했던 답은 아니지만 그것이 솔직한 내 생각인 것은 분명했다.

「여기에 오면 뭔가 다른 일이 생길 것 같았는데. 실제로는 아무 일도 일어나지 않았어. 이상해.」

수진의 말대로였다. 특별한 기대를 한 것은 아니었지만 진부할 정도로 평범했다. 많은 돈을 잃은 것은 특이한 경험이 틀림없지만 카지노 밖으로 나가기 전에는 실감하지 못할 것이다. 카지노는 외부와 격리되어 있고, 특별한 규칙들이 통용되는 세계이다. 하지만 잘 살펴보면 일상 세계 안에 있는 또 하나의 세계에 불과함을 알 수 있다. 이런 가상의 현실을 사랑할지 말지는 전적으로 참가하는 사람의 의지에 달려 있다. 서울에 살면서 아직도 프롤레타리아 혁명을, 대한민국의 전복을 꿈꾸는 사람이 있다고 해서 그를 미쳤다고 비난할 수는 없다. 오히려 카지노에서 대박을 꿈꾸는 것보다 현실성이 있을지도 모른다. 인식에 머무르는 한 변하는 것은 없다. 지루한 반복만 있을 뿐이다.

식사를 마친 후 곧장 엘리베이터로 향했다. 입장권은 휴지통에 버렸다. 카지노의 시간 패턴으로 보면 잠을 자기에 일렀지만 새벽에 다시 카지노를 찾고 싶지는 않았다. 돌아가는 길은 올 때보다 더 멀고 힘들게 느껴질 것이다. 잠을 충분히 자두는 것이 현명했다. 엘리베이터로 향하는 동안 수진은 굳게 입을 다물고 있었다. 그리고 문이 열리자 벽을 보고 꼼짝 않고 서 있었다. 밖을 볼 수 있는 구조라 심심하지는 않을 것이다. 나는 엘리베이터의 번호판을 물끄러미 올려다보았다. 엘리베이터는 바로 위층의 호텔 로비에서 멎었다.

문이 열리고 세 명의 남자가 안으로 들어왔다. 그중 한 남자와 눈이 마주쳤다. 남자는 내게 잠깐 인상을 써 보인 다음 함께 있는 사내들에게 황급히 시선을 돌렸다. 남자가 카드를 꽂자 그들이 가는 층에 자동으로 불이 들어온다. 수진은 여전히 등을 돌리고 있었다. 정장을 입은 젊은 남자와 달리 골프 복장을 한 사내들은 모두 중년이 넘어 보였다. 그들의 하얗고 부드러운 피부가 카지노에 있는 사람들과 비교되었다. 중년의 사내는 젊은 남자를 김 사장이라고 부르고, 남자는 회장님, 교수님이란 호칭을 사용했다. 엘리베이터를 타기 전부터 이어진 대화인지 막힘없이 흘러갔다. 다행스러운 일이다. 그들의 낮고 굵은 웃음소리가 내부를 메웠다. 육중한 힘이 느껴지는 엘리베이터가 부드럽게 상승한다. 나는 곧 시선을 떨어뜨리고 바닥을 보았다. 13층은 꽤나 높은 층이다. 생각처럼 빨리 도달하지 못한다. 그들의 대화에 집중해 보려고 했지만 잘 되지 않았다. 대신 목덜미가 선뜩해졌다. 수진과는 등을 맞대고 있었기 때문에 수진이 어떤 모습으로 있을지 그려지지 않았다.

마침내 차임이 울리고 엘리베이터가 13층에 멎자 문을 가로막고 있던 중년의 사내들이 길을 터준다. 다리가 풀렸는지 걸음을 제대로 옮길 수 없었다. 밖으로 나오자 수진이 뒤따라 나왔다. 엘리베이터 안의 환한 조명에 비해 복도는 어두웠다. 문이 닫히고 둘만 남자 주위는 바람이 잦아든 깊은 호수의 수면처럼 고요했다. 그 위를 수진이 걸어갔다. 나는 고개를 돌리고 엘리베이터의 숫자가 올라가는 것을 지켜보았다. 고개를 돌리니 복도를 걸어가는 수진의 뒷모습이 제멋대로 흔들렸다. 수진의 걸음걸이가 이상한 것인지 내 눈이 잘못된 것이지 분간이 되지 않는다. 수진은 방 안으로 들어가기 전 고개를 돌려 나를 돌아봤지만, 먼 거리라 그의 눈은 보이지 않았다. 이제 남은 것은 나뿐이다. 주위는 더욱 잠잠해졌고 빛은 더 어두워졌다. 엘리베이터가 다시 내려온다. 나는 즉시 다운 버튼을 눌렀다. 엘리베이터가 내려오는 동안 등 뒤로 땀이 배었다. 13층에 가까워질수록 심장의 박동 소리가 커졌다. 하지만 피해서는 안 된다. 심호흡을 하고 긴장을 가라앉혔다.

차임이 울리고 엘리베이터가 멎었다. 안은 텅 비어 있었다. 운이 좋으면 젊은 남자만 태운 엘리베이터가 내려오지 않을까 생각했지만, 그런 행운은 없었다. 버튼을 누르지 않아도 엘리베이터는 하강한다. 등의 땀이 식는다. 문이 열리자 다시 원점으로 돌아왔다. 카지노다. 입장권을 버린 것이 생각났다. 어쩔 수 없다.

기훈 선배. 심기훈. 수진의 전 남편.

기훈 선배의 등장이 극적인 반전이라고 할 것까지는 없지만, 내가 그런 경우의 수를 내다보지 못했다는 점이 충격적이었다. 생각해 보면, 수진과 가장 가까웠던 사람을 수진과 함께 있는 시간에 만날 확률은 상당히 높았다. 어째서 나는 그런 가능성을 배제했던 것일까? 어쩌면 수진은 엘리베이터 안으로 기훈 선배가 들어왔을 때 '한 번쯤은 일어날 일이 일어난 것' 정도로 생각했을 수도 있다. 그렇지 않더라도 카지노에 발을 들여놓는 순간부터 '우연'에 대한 가능성을 염두에 두었을 것이다. 만약 수진도 나처럼 확률 제로인 일로 받아들였다면 정말 이상한 일이 되고 만다. 기훈 선배와 뗄 수 없는 악연이 있거나, 반대로 함께 있어야 되는 운명적 관계가 되어 버리는 것이다.

292

수진을 의심하지 않을 수 없었다. 그가 나를 속이고 있든지 아니면 내가 수진이란 사람을 잘못 이해하고 있는 것이다. 화가 나는 것은 어쩔 수 없었다.

슬롯머신의 릴이 돌면서 조금씩 안정을 되찾았다. 사람들 틈에 끼어서 넋 나간 표정을 짓고 싶지 않아서인지는 몰라도 태연하게 게임을 했다. 돈을 잃고 있는 사람들이 태반이고, 그들의 표정이라는 것이 별반 다를 게 없으므로 나는 누가 봐도 그저 게임에 지고 있는 인간에 불과했다. 나쁜 일이 일어났음을 굳이 숨기지 않아도 되는 장소였다. 일반론에 따르면 도박은 인간을 황폐화시킨다. 따라서 내 얼굴이 어두운 것은 아주 자연스러웠다. 누구도 그런 나를 주목하지 않는다.

하지만 언제까지 게임만 하고 있을 수도 없는 노릇이었다. 두 가지 가능성이 있었다. 하나는 내가 적극적으로 나서서 일을 해결하는 것이고 다른 하나는 기다려 보는 것이다. 수진을 통해 내가 먼저 접촉을 시도하는 것은 주도권을 갖는다는 의미는 있겠지만 원하지 않는 바다. 입장을 바꿔 놓고 생각해 보면 기훈 선배도 나 못지않게 놀랐을 수도 있다. 엘리베이터 안에서 황급히 고개를 놀리던 것을 보면 제법 설득력이 있다. 만약 그 자리가 아주 중요한 자리라면 선배는 평상심을 잃고 일을 망치고 있을지도 모른다. 헤어진 전처를 카지노 엘리베이터 안에서 만나리라고는 생각지도 못했을 것이다. 후자가 사실이라면 그가 내게 연락을 해올 것이다. 수진이 이혼한 것이 틀림없다면, 그가 수진에게 연락할 확률은 아주 낮다. 나와 비슷한 이유에서다.

릴이 돌고 내 신경은 바지 주머니에 있는 휴대폰으로 쏠렸다. 하지만 도착한 메시지는 수진도 기훈 선배도 아닌 윤미였다.
'뭐 하세요? 난 책 읽고 있는데……. 초서의 《캔터베리 이야기》에 나오는 말이에요. 아저씨도 한번 보세요. ㅎㅎ'
두 번째 메시지는 멀티 메일로 도착했다.

폭음에 대해 말했고,
이제 도박에 대해 말하겠다.
너희들에게 우연의 저주와 도박의 모든 해악을 말할 것이다.
도박은 거짓 맹세와 속임수,
신성 모독, 살인 그리고 무엇보다도,
재산과 시간의 낭비를 낳는다.

윤미가 메시지를 쓰기 위해 휴대폰을 누르고 있는 장면이 그려졌다. 베팅을 하는 것보다는 그게 더 어울린다. 하지만 장담할 수는 없다. 그에게 이끌린 것은 어찌 되었든 도박을 하는 모습이었다. 평범한 얼굴로 휴대폰에 메시지를 누르고 있었다면 그냥 지나쳤을지도 모른다. 카뮈의 말처럼 '부조리한 삶'이다.

드디어 기다렸던 전화가 울렸다. 처음 보는 번호였다. 목소리는 엘리베이터에서의 우연한 만남보다 현실적이었다. 결과적으로 내가 예상했던 것이 맞았다. 이런 일은 흔하지 않다. 어쩌면 내게도 미래를 볼 수 있는 감각이 있을지 모른다는 착각이 들 정도였다. 그동안 숨어 있어서 인식하지 못하고 살았는지도 모른다.

「만나서 이야기하자. 올 수 있지?」

나는 아주 짧게 대답했다.

윤미에게 짧은 답을 보낸 다음 자리를 떴다.

'사랑도 재산과 시간의 낭비를 낳는다.'

윤미의 의아해하는 표정이 떠올랐다.

13

수진의 BMW는 한동안 꿈쩍 않고 그늘에서 자고 있었음에도 키를 돌리자 즉각 반응했다. 마치 달리고 싶다고 말하는 것 같았다. 자동차 따위가 그런 의지를 표현할 수는 없다. 그렇다면 달리고 싶은 것은 나인지도 모른다. 택시를 타지 않고 수진의 차를 탄 것은 일종의 오기였다. 수진의 차를 타고 그에게 간다고 해서 잘못된 것은 없다는 식의. 이제 어떻게 보면 둘의 관계는 평등해진 것이다. 내가 수진을 만나는 것은 불륜이 아니다. 선배가 간섭할 일이 아니다. 나는 옛 남자 친구이고, 그는 전 남편이다. 어느 쪽에 무게를 실을 것인지는 수진이 판단할 문제다. 하지만…….

그가 묵고 있는 골프텔로 가는 동안 나는 의기소침해졌다. 심각한 잘못을 저지른 후 사과나 변명을 하러 가는 것처럼. 계약이 끝난 것만으로 인간관계를 새롭게 정립한다는 것은, 그런 환경에 노출된 적이 없는 인간에게는 어려운 일이다. 이혼한 전 부인을 거리에서 폭행한다 해도 별다른 제지를 받지 않는 것이 엄연한 현실이다. 수진과 만난 것도, 여행을 간 것도, 잠을 잔 것도 내가 먼저였다는 정당성 따위는 없다. 신성한 결혼 의식에 참가한 사람은 결국 그다. 결과가 어떻든 칩을 올리고 베팅을 한 것은 선배였다. 나는 물끄러미 구경만 했다. 아니, 도망쳤다. 예전처럼 그는 나를 가르치려고 할지도 모른다. 이런 사회에 태어난 것을 억울해할 수밖에 없다. 모든 잘못은 미련을 버리지 못한 나에게 있다. 이런 일을 당하지 않으려면 냉정했어야 했다.

선배가 왜 메인 호텔에 묵지 않고 골프텔에 투숙한 것인지는 짐작되지 않았다. 순수하게 골프를 치기 위해 ○○랜드를 찾았을지도 모른다. 이상한 일이지만 한국 사람들은 어느 정도 경제적 여유를 갖게 되면 골프장으로 간다. 마치 통과 의례처럼. 골프채를 사들이고 의기양양하게 잔디를 밟는다. 한국 사람의 체형에는 별로 어울리지 않는 체크무늬 바지와 밝은 색의 조끼를 입고 값비싼 장갑을 착용한다. 허리가 굳어서 돌아가지 않아도 골프 용품만큼은 최상의 것이다. 그러면서 골프란 스포츠가 인적 네트워크를 활용하는 데 최고라는 것에 합의한다.

인적 네트워크. 말만 들어도 짜증 나고 성가신 단어다. 흔히 '사람이 돈을 벌어 준다'는 말과 함께 사용되어 나를 합동으로 괴롭힌다. 물론 그 안엔 긍정적인 측면이 있을 것이다. 사람이 사람의 도움을 받고 사는 것은 피할 수 없다. 카스트로는 게바라를 만났고, 전두환은 장세동을 만났다. 하지만 가진 자들의 '네트워크'란 정말 구역질

나는 단어다. 가능한 내 세계 밖에서 일어나는 일에 대해 시니컬한 태도를 갖지 않으려고 하지만 이 단어만큼은 예외다. 컴퓨터 네트워 킹을 직업으로 하는 프로그래머로서 인적 네트워크라는 말을 아무 렇지도 않게 해대는 사람들을 보면 정말 때려 주고 싶을 만큼 화가 난다. 자기들끼리 아무렇게나 뭉쳐서 불법을 합법화시켜 놓고 서로 잘한 일이라고 치켜세운다. 룰도 없고 기준도 없다. 있다면 조니 워 커 블루가 있고, 사과 상자가 있고, 룸살롱 여자의 가슴과 엉덩이가 있다. 거기에 골프도 끼어 있다. 골프를 사랑하는 스포츠팬과 프로 페셔널들에게는 미안한 일이지만 어쩔 수 없다.

나는 예민했고 긴장했다.

「오랜만이다.」

선배는 손을 내밀었다. 학생회실에서 처음 악수했을 때의 기억이 났다. 그때보다는 힘이 덜 들어 있고 손마디에 살집도 붙어 있었다. 철제 간이침대에서 잠을 자고 일어나 머리도 엉망이고 맨발로 구두 를 구겨 신고 있을 때와는 완전히 다른 모습이었다. 머리는 단정히 정리되어 있고, 셔츠도 다림질이 잘 되어 있다. 목소리는 낮았고 상 대방에게 호감을 주는 훈련이 잘 된 미소를 지었다. 변하지 않은 것 은 그의 눈빛이었다. 강하고 살아 있는 느낌. 더블베드가 놓인 방은 메인 호텔에 비하면 단순하고 소박한 느낌을 주었다. 인테리어 자체 는 크게 다른 점을 발견할 수 없었다. 낯선 장소에 들어온 것 같은 느낌이 들지 않아 다행이었다.

「늦은 시각이어서 이쪽으로 불렀다. 괜찮지?」

「…….」

「자, 앉자.」

그가 침대 옆의 둥근 테이블을 가리켰다. 탁자 위에는 밸런타인과 맥주, 얼음이 준비되어 있었다. 안주로 삼을 포와 땅콩도 있었다. 세팅된 것으로 보아 룸서비스를 받은 것 같았다.

대화는 중구난방으로 흘어졌다. 자주 끊어졌고 핵심도 없었다. 둘 다 수진과 관련된 이야기를 회피했다. 직관력이 뛰어난 선배는 내 몇 마디 말로 이미 사태를 파악했는지 우리가 함께 카지노에 온 사실에 대해 묻지 않았다. 또한 타인과의 대화에 익숙했기 때문에 내 신경을 거스르는 질문도 하지 않았다. 문제는 반응 속도가 느린 나였다. 선배가 카지노에 온 것과 우연히 만난 것에 대한 해답을 구할 수가 없었다. 하수이긴 하지만 먼저 도발을 해서는 안 된다는 원칙이 있었기 때문에 직접적인 질문은 하지 않았다. 이리저리 뒤엉켜 버린 실타래를 한 아름 안고 있는 기분이 들었다. 술이 빠른 속도로 넘어가면서 그 양은 점점 늘어났다.

「분명한 건 난 이곳에 도박을 하려고 온 것이 아니라는 거야. 그 점을 알아줬으면 해.」

나는 '도박을 하려고 카지노에 온 것이 아니다'라는 말을 곱씹었다. 그래도 달라지는 것은 없었다. 이상한 논리다. 카지노는 도박을 위한 장소이고 당연히 도박을 하지 않으려면 카지노에 와서는 안 된다. 하지만 나는 그를 이해한다는 듯 고개를 끄덕이며 맞장구를 쳐

주었다.

「《게임 이론과 경제 행위》를 쓴 폰 노이만은 성공 확률이 가장 높은 선택은 단순히 우연을 최소화하는 것이라고 말했는데 기억해 둘 만한 가치가 있어. 너도 경제 활동을 하고 있고, 이 바닥에서 살아남기 위해서는 전력을 다해야 하는 것쯤은 알 거야. 그래서 때로는 싫어도 남을 밟고 일어서야 한다는 것도.」

무슨 말인지 정확히는 모르겠지만 볼셰비키 혁명이나 제국주의 이론을 설명할 때보다는 명확하다. 그는 술보다는 얼음을 채우는 데 열중하며 말을 했다.

「엘리베이터에서 본 그 양반들이 내 대신 도박을 해. 정확히 말하면 내가 그 사람들 판돈을 대주는 거지. 게임은 그 사람들이 하고 나는 승패에 상관없이 이기게 된다. 난 이상하게 우연히 일어나는 일들에 대해서는 자신이 없어. 도박 따위로 이기고 싶다는 생각을 해본 적은 없다. 그래서 이런 선택을 하게 된 거지. 내 말 이해할 수 있겠니?」

이전에 알던 모습과 완전히 달라진 것이 그리 큰 충격은 아니었다. 극단적으로 변해 버린 그의 모습을 여러 형태로 상상했기 때문에 오히려 자연스럽게 받아들였다. 언뜻 그의 이야기는 카지노를 돈세탁의 창구로 이용한다는 소문의 실체처럼 들리기도 했고, 고위층의 불법적인 뒷거래 현장을 보는 듯한 느낌도 들었다. 구체성은 없었지만 흐릿하게나마 윤곽이 그려졌다.

「넌 어떤 게임을 하니?」

「주로 슬롯머신을 했어요. 그 외에는 조금씩 맛만 본 정도고요.」

「음. 짐작은 했다. 넌 어쨌든 자의적으로 카지노에 온 것이 아닐 거야. 하지만 카지노 게임은 모두 위험을 안고 있어. 그것도 아주 큰. 가장 바람직한 것은 시도조차 하지 않는 거지만 불가피하다면 어쩔 수 없지. 우연을 기대할 수밖에.」

「이길 수 있을 거라 생각하지는 않았어요.」

그는 미간을 좁히며 나를 바라봤다.

「그럼 넌 왜 게임을 하니?」

나는 대답 대신 짧게 웃어 주었다. 달리 할 말이 없었다.

「비록 연관은 있지만 위험은 우연과는 다른 개념이야. 우연이 세계의 기본 원칙으로 존재하고, 삶에 무작위성이 실제로 존재한다는 것을 표현하는 것인 반면, 위험은 우연이 세상에 끼치는 영향과 효과에 대해 지식을 기반으로 해서 가능한 결과들을 계산하는 것을 말해. 즉, 위험이라는 개념은 지식과 관련된 거야.」

더웠고, 술 때문인지 그의 말을 제대로 쫓아갈 수가 없었다.

「너 담배 있니?」

던힐을 주자 그는 내게도 한 개비를 권했다. 불을 붙이고, 쓰지 않는 잔에다 재를 털었다. 그는 몇 번인가 기침을 했지만 이내 담배를 깊이 들이마셨다.

「수진이를 보고 나니까 이상하게 담배를 피우고 싶다는 생각이 들었다.」

그와 나의 공통점이다. 알고 보면 그는 나와 공유하는 것이 많은 사람이기도 했다.

「다시 말하면 위험을 감수할 수는 있지만 우연을 기대해서는 안 된다. 이게 나의 원칙이야.」

밀폐된 공간은 순식간에 담배 연기로 가득 찼다. 하지만 자취방의 낮은 천장에서 피우던 그때와는 확실히 다른 느낌이었다. 그때나 지금이나 미래에 대한 전망이 불분명한 것은 같지만 많은 것들이 변해 있었다.

「재미있는 이야기 해줄까?」

내가 알기로 그의 재미있는 이야기란 로자 룩셈부르크의 계급투쟁이나 마오쩌둥의 대서천(大西遷) 같은 것들이었기 때문에 큰 기대는 하지 않았다.

「'파스칼의 내기'라고 들어 봤니?」

「아뇨.」

핀트가 어긋나긴 했지만 많이 벗어난 것도 아니었다.

「우연의 게임에 대한 계산법을 불확실한 상황에 일반적으로 적용해 추론의 방법으로 사용할 수 있다는 것을 보여 준 하나의 예야.」

「…….」

차마 재미있겠다고 거짓말을 할 수는 없었다.

「화두는 이렇다. '신은 존재하거나 존재하지 않는다. 어느 쪽을 믿어야 하나?' 결론적으로 파스칼은 신이 존재하는 것에 내기를 거는 것이 신이 존재하지 않는다는 것에 거는 것보다 합리적이라고 주장했어. 넌 이런 생각해 본 적 있니?」

당연히 없다. 신이란 존재는 내게 있어도 그만, 없어도 그만인 존재다.

「만약 신이 존재하지 않는다면, 믿거나 말거나 우리에게는 아무런 영향을 주지 않는다. 하지만 반대로 신이 존재한다면, 존재하지 않는 것에 내기를 건 사람은 천벌을 받을 것이다. 같은 이유로 신이 존재한다는 것에 내기를 건 사람은 구원을 받을 것이다. 천벌은 최악의 결과이고, 구원은 최상의 결과이므로 우리는 신의 존재를 믿는 것처럼 행동해야 한다. 이상이 파스칼이 한 말이야. 어때, 재미있지?」

재미있지는 않지만 파스칼의 논리는 설득력이 있다. 비록 신이 존재할 확률이 극히 미미하더라도 신이 존재한다면 신은 믿음을 갖지 않은 자를 처단할 것이다. 이런 위험한 내기는 피하는 게 상책이지만 불가피하다면 당연히 신이 존재하는 것에 걸어야 한다.

「난 불확실한 세계에 존재하고 싶지 않다.」

그는 그렇게 말하고서는 술잔을 들어 단번에 마셨다. 처음보다 자세가 흐트러졌고 눈빛도 흐릿해졌다. 난 그가 말한 불확실성의 세계를 그려 봤다. 그건 내가 아는 세계이기도 하다. 내가 속한 세계이고, 내가 벗어나지 못하는 세계다. 하지만 그런 세상으로부터 떨어져 나갈 방법이 무엇인지는 떠오르지 않는다. 그건 불가능하다. 신이 아닌 이상 확실성이란 존재하지 않는다.

「어떻게 생각할지 모르겠지만, 이런 생각을 아주 오래전부터 해왔어. 결국 네가 생각하는 것만큼 많이 변한 것은 아니야. 예나 지금이나 내가 속한 세계의 확실성을 높이기 위해 노력하는 중이야. 그리고 지금까지는 큰 실수 없이 잘 돌아가고 있고.」

그는 두 번째 담배를 꺼내어 물었다.

「형이 그렇게 생각하든 말든 다른 사람들은 형이 변했다고 생각할

걸요.」

그는 담배에 불을 붙이며 나를 노려봤다. 한쪽 입술이 올라가며 희미한 미소가 번진다. 어디에선가 본 얼굴이다. 정확히 기억이 나지는 않지만.

「솔직히 말하면 형이 이렇게 변할 거라고 생각하지 못했어요. 내가 단순한 건지도 모르겠지만, 형이 예전에 원했던 세계와 지금의 형이 살고 있는 세계가 일치한다고는 생각하지 않아요. 형이 아니라고 한다면 할 말은 없지만.」

「비난하는 거냐?」

「아뇨. 그런 뜻은 아니에요. 단지 형이 말한 확실성의 세계가 존재하지는 않을 거라는 생각이 들어서요.」

그는 술잔을 내려놓고 아주 천천히 웃었다. 그것은 아주 깊은 곳에서 들려오는 울림이었다.

「그렇게 말할 줄 알았다. 너는 변한 것이 없구나.」

처음부터 술잔을 부딪치지 않았다. 술잔이 비면 각자 알아서 잔을 채웠다. 마치 매일매일 함께 술자리를 한 사람들처럼 그런 행동이 어색하지 않았다.

「전화번호를 알아내기 위해 이리저리 알아보다가 몇 가지를 알았는데, 아주 흥미로운 일을 하고 있더구나.」

그렇게 생각하지 않기 때문에 대꾸하지 않았다.

「너도 알고 있겠지만, 예전에 나도 그쪽 계통에서 일한 적이 있어서 아는 사람들도 꽤 있다. 혹시 도움이 될 일이 있을지도 모르니

가지고 있어라.」

그는 내게 명함을 건넸다. 이름만 확인하고 명함을 지갑에 넣었다. 내 명함은 주지 않았다. 필요하다면 언제든지 알아서 연락할 것이다.

「그리고 네가 모르는 것 같아서 알려 주는 말인데, 수진이 가진 돈은 모두 수진이 스스로 만든 거야. 나와는 상관없어. 내가 변한 만큼 수진도 많이 변했어. 알고 있었으면 한다.」

그런 이야기를 왜 내게 하는지 알 수 없었다. 돈 이야기를 들으니 머리가 아파 왔다. 역시 난 그와는 달리 강한 인간이 아니다.

「난 사업상 여자를 만날 때도 있다. 하지만 맹세코 수진에게 의심받을 짓을 하지는 않았다. 이제 다 지나가 버린 이야기지만.」

그는 세 번째 담배를 꺼내었으나 도로 탁자 위에 올려놓았다.

「수진이 더 이상 내 주변을 맴돌지 않았으면 한다.」

그렇게 말하고는 눈을 지그시 감았다. 나의 다음 말은 듣고 싶지 않다는 투였다. 한동안 나는 남은 술잔을 말없이 바라만 봤다. 그 외에는 달리 할 수 있는 일이 없었다. 그의 왼쪽 손등을 살펴보았다. 아무리 살펴봐도 내 기억 속에 남아 있던 상처는 보이지 않았다. 전경이 던진 돌에 화염병이 깨지면서 그의 손과 어깨에 불이 붙었었다. 나는 멀찌감치 떨어져 있었기 때문에 그 장면을 자세히 보지는 못했다. 사방은 온통 최루 가스로 뒤덮여 있었다. 때문에 사람들이 비명을 지르고 고함을 질렀을 때에도 무슨 일이 일어났는지 알지 못했다. 내가 현장에 달려갔을 때는 그의 낡은 셔츠만이 아스팔트 위에 나뒹굴고 있었다. 누군가 그것마저 집어 들었고 바닥에는 깨어진

돌과 유리 조각만이 남아 있었다.

다음 날 병원에서 본 그는 이집트의 미라처럼 상반신의 반을 붕대로 감고 있었다. 내가 병문안을 하는 동안 수진은 자리를 피했다. 그리고 내가 병원을 나오자 다시 병실로 들어갔다. 나는 수진이 순번으로 병실을 지키는 중이라고 생각했다. 그건 굳이 확인하지 않아도 되는 사실이었다. 하지만 이상한 불안감이 나를 둘러쌌다.

「나는 상자에 든 고양이가 살았든 죽었든 관심 없다.」

일어서서 나가는 내 등에 대고 그가 말했다. 어디서 들어 본 이야기다. 왜 그가 그 이야기를 하는 것일까?

「고양이가 죽었다면 새 고양이를 사면 그만이다.」

14

술을 마시고 운전해서는 안 되지만 카지노 안에서는 괜찮다는 생각이 들었다. 경험한 바로 카지노는 경찰력이 미치지 않는 공간이었다. 이유를 따지고 싶지는 않다. 카지노의 규칙과 질서가 바깥세상과 분리되어 있음은 분명하다. 그것이 음주 운전을 해도 된다는 정당성을 부여하는 것은 아니지만, 나는 그대로 운전석에 앉았다. 시동을 켰지만 감각이 제자리를 찾지 못했다. 술 탓만은 아니었다. 기운이 없었고, 이대로 누워 잠들고 싶다는 생각이 간절했다. 히터를 틀고 좌석을 뒤로 젖히고 누웠다. 그렇게 해야만 될 것 같은 기분이 들었다. 생각을 집중해 보려 했지만 어림없는 일이었다.

대신 윤미의 입술이 닿은 감촉이 되살아났다. 말랑한 젤리를 입 안에 넣은 것처럼 어떻게 해야 될지 몰랐다. 볼을 타고 흘러내린 눈물에서 짠 내가 났지만 바람 한 점 없는 해변을 맨발로 걸을 때처럼 기분이 좋아졌다. 발가락 사이로 모래가 파고들수록 이대로 푹 파묻히고 싶다는 생각이 들었다.

그리고 실제로 잠에 빠져 들었다. 죽음의 기운은 느껴지지 않았다. 앞으로 어떤 일이 일어날지 모르지만 누구처럼 허무하게 생을 마감할 거라는 예감은 들지 않았다. 자동차에 잠들어 있는 윤미의 아버지가 그려졌다. 그는 죽음의 순간에 행복했을까? 어디까지 가야 그것을 직접 경험할 수 있을까? 사랑하는 사람들의 얼굴이 그 순간에 떠올랐을까? 내가 윤미와의 키스를 기억하는 것처럼 그도 누군가를 기억해 냈을까? 모든 것이 의문이고 불확실했다. 다시 눈을 떴다. 모든 것은 내가 아직 살아 있음을 확인하는 의식에 불과했다. 흉내를 낸다고 올바른 가르침이 내려지는 것은 아니었다. 조금은 거칠게 핸들을 돌렸다.

골프텔에서 메인 호텔로 운전해 오는 것은 어렵지 않았다. 술을 먹었지만 누구도 그런 나를 주목하지 않았다. 수진의 BMW는 다시 얌전히 주차장으로 들어갔다. 카지노는 그런 일에는 관심이 없는 듯했다. 내게 무슨 일이 일어나든 절대로 상관하지 않겠다는 의지처럼, 모든 것이 그대로였다. 내가 베팅을 하지 않는 한 아마 계속해서 나를 무시할 것이다.

바에는 드문드문 사람들이 자리를 잡고 있었다. J&B를 주문했다. 내가 원하는 술이었다. 혼자 마시기에는 많은 양이었지만 함께 있어 줄 사람은 없었다. 무엇보다 나는 술을 마시고 싶었다. 취하고 싶지는 않았지만 술을 마시는 것밖에 할 수 있는 일이 없었다. 이런 상태로 게임을 하고 싶지는 않았다. 전략 전술 따위와는 상관없다. 단지 좀 쉬고 싶을 뿐이었다.

술을 마시면서 생각을 정리한다는 것은 역시 어려운 일이었다. 수진이 한 말과 기훈 선배가 한 말이 뒤섞여서 뒤통수를 때렸다. 그런 점에서 보면 둘이 환상의 커플까지는 아닐지라도 호흡이 맞는 짝이라는 생각이 들었다. 수진의 의도가 무엇이었는지는 짐작조차 못했지만 내가 그 속에서 허우적거리고 있다는 것만큼은 확실했다. 어쩌면 수진도 자신이 피해자라고 주장할지도 모른다. 하지만 난 더 이상 그런 이야기를 듣고 싶지 않았다. 이대로 모든 것이 셧다운 되는 편이 오히려 편했다. 미련도 남지 않을 것이고 후회도 하지 않을 것이다. 더 이상 나빠질 것도 없었다. 평소보다 빨리 술잔을 비웠다.

「안녕하세요. 잠깐 앉아도 될까요?」

눈앞에 한 여자가 서 있었다. 술 탓인지 그의 얼굴이 빨리 떠오르지 않았다. 카지노에서 우연히 마주칠 사람이 또 있을 거라는 생각은 들지 않았다. 다행히 여자가 설명하기 전에 기억이 났고, 나는 다소 엉거주춤 일어나 그를 맞았다.

「명혜 어머니?」

「네. 기억해 주셔서 고마워요. 서로 한참 망설였는데 역시 맞네요.」

여자는 내가 당황할 만큼 큰 미소를 지었다. 근심거리를 막 벗어던진 듯한 표정이었다.

「돌아가려 했는데, 아는 분이라 인사를 하는 것이 옳을 것 같아서요.」

그가 자리에 앉자 나도 안심이 되었다. 여자는 이전에 봤던 것과는 사뭇 다른 분위기였다. 흰 블라우스에 무릎까지 내려오는 검은 스커트를 입었고 검은 하이힐을 신었다. 카지노에 어울리는 복장은 아니었지만 트레이닝 복에 비하면 훨씬 여성스러움이 묻어났다. 단정하게 옷을 차려입는 여자 아이의 엄마다웠다. 웃는 얼굴이 딸과 꼭 닮았다. 차이점이 있다면 명혜가 조심스러운 반면 여자는 대담하다.

「잠이 오지 않아 술 한잔 하러 왔어요.」

어두운 조명 아래에서 그의 귀에 걸린 귀걸이가 반짝거렸다. 잠을 청하려다 일어난 사람처럼 보이지는 않았다. 하지만 세상에는 나와 다른 사람들이 얼마든지 있다. 양치질을 하기 위해 넥타이를 하는 인간이 존재하지 말라는 법은 없다.

「명혜는?」

「네. 자고 있어요. 남편은 아직도 게임 중일 거고요. 걱정하지 않으셔도 돼요.」

여자가 뭘 걱정하지 말라는 건지는 모르겠지만 난 다행이라는 표정으로 웃었다.

「혼자서 드시기에는 술이 너무 많네요.」

웨이터를 불러 잔을 하나 더 청했다. 어쩔 수 없다. 가던 길을 가라며 밀쳐 낼 수는 없었다. 혼자서 술을 먹는다고 뭐가 제대로 정리될 것 같지도 않았다. 외로운 사람은 외로운 사람들끼리 통하는 법이다. 그런 건 굳이 묻지 않아도 알 수 있다.

나와 마찬가지로 여자도 전작이 있었던 것처럼 보였다. 여자는 잔에 가볍게 입술을 댈 뿐 급하게 마시지는 않았다. 언뜻 보면 긴장한 것처럼 보이기도 했다. 의도적으로 명혜와 관련된 이야기는 묻지 않았다. 이런 자리에 어울리는 주제도 아니었고, 오히려 그의 상처를 찌르는 꼴이 될 것이었다.

「너무 많이 잃어버렸나 봐요.」

어렴풋이 무엇을 말하려는 것인지 알 수 있었다. 잃은 사람의 줄을 세운다면 카지노에 있는 모든 사람들이 서야 할지도 모른다. 물론 그 긴 줄을 바라보며 손을 바지 주머니에 찔러 넣고 있는 사람들이 있을 수도 있다. 많은 사람들을 비웃으며.

「처음엔 이렇게까지 되리라고는 상상하지 못했어요. 첫 오르가슴 때처럼 마냥 신기하고 좋기만 했어요.」

「…….」

「둘이서 손을 잡고 기계 앞에서 폴짝거리며 뛰었어요. 흥분은 집에 돌아갔을 때도 남아 있었어요. 마치 남편의 성기가 아직 몸속에 남아 있는 것처럼.」

난 여자가 아니기 때문에 그런 느낌을 알지 못한다. 하지만 사정을 할 때와는 분명 다른 느낌일 것이다. 어느 쪽이 더 좋을까?

「아직 완전히 무너진 것은 아니지만 이대로 가다가는 끝이라는 생각이 들어요. 내가 정말 잘못된 짓일까요?」

대답 대신 술잔을 들었다. 이상하지만 술을 먹을수록 정신은 더 맑아졌다.

「생각해 보면 나쁜 일은 항상 내가 정신을 차리고 있는 동안 일어났어요. 반대로 뭔가 비정상적으로 행동했을 때에는 좋은 일이 일어났어요. 부끄러운 일이지만 전 공부를 잘하는 축에 들지 못했어요. 그래서 하마터면 고등학교에도 들어가지 못할 뻔했죠. 시험 당일 날 우리 반 반장이 옆 자리에 앉지 않았다면 전 분명 떨어졌을 거예요. 그런 경험해 보신 적 있나요?」

「저도 커닝은 해본 것 같아요.」

「그 정도가 아니었어요. 어쩌면 그날이 제 삶을 결정지었는지도 몰라요. 그때 실력만으로 시험을 봤다면 전 아마 아주 다른 인생을 살았을 거예요. 그날의 일이 절 괴롭힌 적은 단 한 번도 없어요. 착한 반장 아이가 답안지를 보여 줬고, 그 사실은 누구도 알지 못했죠. 전 당당하게 고등학교에 들어갔고 반장과는 자연스레 헤어지게 되었어요. 그리고 어떻게 하다 보니 대학까지 가게 되었죠. 지금의 남편도 만나게 되었고. 남편네 집은 아주 부자거든요.」

「…….」

「그러니까 나쁜 일이나 부정직한 일이 꼭 좋지 않은 결과를 가져오는 건 아니라는 거예요. 이상하죠? 남편을 만나기 전에도 난 아주 옳지 못한 짓을 했고 그것을 숨겼는데도 아무런 문제없이 살고 있어요. 바보같이 내가 솔직해진다면 모든 것이 엉망이 될 거예요. 누구도 알고 싶어 하지 않는 진실을 굳이 들추어 낼 필요는 없잖아요?」

무슨 말을 하려는 건지 정확히는 모르겠지만 짐작이 되긴 했다. 한 인간이 완벽하게 상대방에게 솔직해진다는 것은 있을 수 없는 일이라고 생각한다. 그것은 편의상 그럴 때도 있고 평화를 유지하기 위해서이기도 하다. 특히 복잡하고 예민한 남녀 관계에서는 오히려 정직이 독이 될 수도 있다.

「명혜에게 동화책을 읽어 주다 섬뜩한 느낌이 들 때도 있어요. 내가 살아가는 방식은 동화책에서 그려 놓은 것과는 전혀 반대이거든요. 때로는 정직하지 못하고 이기적으로 살아가는 것이 훨씬 도움이 되었어요.」

「…….」

「내가 다시 반장 아이를 만날 일은 없어요. 분명 위험을 감수할 만한 일이었죠. 간혹 백지 답안지를 제출하는 악몽을 꾸긴 해도 성인이 된 지금 문제될 건 없어요.」

나는 그가 여중생이 되어서 반장의 답을 훔쳐보는 장면을 그려 보았다. 여린 손목의 소녀가 감행하기에는 스릴 있는 일이다. 하지만 모든 것이 지나간 다음에는 오직 안도의 한숨만이 남는다. 백지 답안지를 힘없이 제출하는 장면보다는 행복한 결말이다. 고지식하게 정직을 고집했다면 결말은 아주 달랐을 것이다. 소녀가 감당하기에는 벅찬 시련이다.

「그런데 요즘 제게 나쁜 일이 반복해서 일어나고 있어요. 그리고 그때의 일과는 아무런 상관이 없는데도 그때 일이 기억나요. 이상하죠? 그날처럼 기뻤던 적도 없었는데, 왜 나쁜 일이 생기면 그날이 기억나는 걸까요? 잊어버렸던 반장 아이의 얼굴도 떠올라요.」

여자의 나쁜 일이 무엇인지는 모르지만 적어도 카지노에서 돈을 잃는 것만을 의미하는 것은 아닌 듯했다. 세상의 모든 일이 그런 식으로 연결된다면 제대로 살아갈 인간이 몇이나 되겠는가. 가령 평범한 한 사내가 일곱 살 때 처음으로 만화책을 훔치고, 중학교 때 여선생님을 상상하며 자위를 했다고 해서 성공을 보장받지 못하고 행복과 거리가 먼 인생을 살아야 한다면 분명 억울한 일이다. 키스를 하고 가슴을 만진 다음 여자를 차버렸다고 해서 카지노에서 큰돈을 잃는 벌을 받아야 한다는 것은 너무 억지다. 이건 윤리 의식과는 상관없다.

「그 정도 일이라면 무시해도 되지 않을까요? 남을 해친 것도 아니니까, 그냥 특별한 경험 정도로 남겨 둬도 될 것 같은데.」

「그렇죠? 나 때문에 떨어진 아이가 있긴 했겠지만, 누군지도 모르잖아요.」

말은 그렇게 했지만 여자의 눈빛은 젖어 있었다. 단정히 빗어 올린 머리칼 아래로 반짝이는 귀걸이처럼 빛이 났다.

술을 남겨 둔 채 바를 나왔다. 그리고 조금 거리를 두고 걸었다. 손을 들자 대기 중이던 택시가 달려왔다. 늦은 시각이라 건물 밖에는 사람들이 없었다. 여자가 자리를 옮겨 술을 더 하자고 했을 때, 그런 적은 없었지만 친한 친구가 답안지를 보여 달라고 요구하는 것 같았다. 잠깐 생각한 다음 그러겠다고 말했다. 잘못될 일은 없다. 카지노에서 사북읍으로 내려가는 길은 계속 내리막이었다. 속도가 빠르지 않았는데도 현기증이 났다. 과속 방지 턱에 제동이 걸릴 때마다 몸이 앞으로 쏠렸다. 등 뒤의 카지노는 높은 곳에 있었고, 불빛은 꺼질 기세가 아니었다. 반대편 차선으로 불빛에 유혹당한 나방처럼 몇몇 차들이 가파른 고개를 올라가는 것이 보였다. 다행히 택시 기사는 시시한 농을 걸지 않았다. 여자는 고개를 돌린 채 창밖의 어둠을 바라보고 있었다. 검은 석탄 무덤은 밤에 더 부풀어 오른 것처럼 보였다. 그 앞에 마치 바람과 유령이 살고 있을 듯한 낡은 아파트가 버림받은 여자처럼 서 있었다.

 택시가 선 곳은 편의점과 식당이 있는 2차선 도로였다. 새롭게 지어진 모텔 건물들을 제외하고는 특별히 눈에 띄는 게 없었다. 광산업이 한창이었을 때보다 좋아진 것인지 알 수 없었다. 월급봉투를 손에 쥔 광부들이 거리를 활보할 때와 카지노에서 돈을 잃은 인간들이 거니는 것 중에서 어느 쪽이 더 어울리는지 확인할 수 없었다. 갱도가 무너져 사람들이 죽어 가는 것과 비교한다 해도 어느 쪽이 더 나쁠지 자신할 수 없었다.
 「술은 이제 그만 해요.」
 마땅한 술집을 찾아 발걸음을 옮길 때, 여자가 뒤에서 내 팔을 잡아끌었다. 내가 그의 얼굴을 쳐다보자 고개를 옆으로 돌렸다. 이번에도 기대하지 않은 그림이 나왔다. 왜 하필이면 슬롯머신 앞에 앉아 있는 듯한 착각이 드는 것일까?

 모텔의 엘리베이터는 두 명이 정원인 것처럼 좁았다. 내부는 카드 문양으로 장식이 되어 있고 '집도 반값처럼 빌립니다'라는 푯말이 붙여 있었다. 밀폐된 공간이어서인지 그의 몸에서 나는 냄새가 밀려왔다. 수진의 향수와 달랐고, 윤미의 머리칼에서 나는 향과도 달랐다. 잊어버린 기억을 떠올리게 하는 냄새였다. 그의 머리를 보는 동안 명혜의 검은 눈동자가 연상되었다. 유혹하듯 나를 바라보던 눈빛이었다. 나비가 팔랑거리며 비행하는 것처럼 느리고 유연하다. 불경스러운 연상이다. 마치 발기를 막으려는 듯 나는 귀에다 손가락을 넣어본다. 바보 같은 행동이지만 효과는 있다. 기훈 선배가 했던 말이 되살아났다. 정확히 말하면 니체가 한 말이다. 니체는 또 자라투스트라를 통해 말했다. '나는 만물에서 다음과 같은 만족스러운 확실성을 발견한다. 즉, 만물은 우연의 발로 춤추기를 선호한다. …… 이런 상황에서 개인이 택할 수 있는 유일한 길은 권력에의 의지로 자기 극복의 가능성을 찾는 것이다. 삶의 혼돈은 삶을 극복하는 것으로 바뀔 수 있고, 이를 실행하는 방법은 위험하게 사는 것, 즉 실제로 위험 속에 뛰어드는 것이다.' 기훈 선배를 좋아한 적은 없지만, 이 말만큼은 인정하지 않을 수 없다. 그의 방법론이 틀렸느냐 하는 것은 부차적인 문제다. 우연에 의지해서는 승자가 될 수 없다. 그가 옳다.

막 지은 모텔에는 화공 약품 냄새가 남아 있었다. 코를 막을 정도는 아니었지만 창문부터 열었다. 이럴 때 올바른 일이란 여자를 먼저 안아 주는 것이다. 그런데도 창문을 열고 먼 산을 보고 담배를 꺼내었다. 여자는 재킷만 바닥에 내려놓고서 그대로 욕실로 들어갔다. 샤워기에서 떨어진 물이 바닥에 부딪히며 내는 소리가 들려왔다. 걱정스러운 마음이 들었다. 그래서 욕실 문 앞에 기대어 앉았다. 현관 입구에 그가 벗어 놓은 검은 구두가 가지런히 놓여 있다. 마치 절벽 위의 편평한 바위 위에 놓인 것 같은 착각이 든다. 욕실에서 들려오는 소리는 단절 없이 이어진다. 정상적인 소리는 아니다. 좀 더 변주가 필요하지만 소리는 변함이 없다. 확실하게 위로하지 못한 것이 후회된다. 친구의 답안지를 훔쳐보는 것 정도로 삶이 황폐해지지는 않는다고 이야기했어야 했다. 명혜를 남겨 놓고 도박을 하는 것도 큰 문제는 아니라고 말했어야 했다. 돈을 잃는 것도 생각하기에 따라 한 번쯤은 해볼 만한 경험이라고 위로했어야 했다. 모든 것이 후회된다.

귀를 문에 대고 눈을 감자 귀가 눈이 된다. 욕실 안의 여자가 보인다. 여자는 옷도 벗지 않고서 변기에 앉아 고개를 숙이고 있다. 욕조 바닥에는 맹렬히 물이 떨어진다. 여자는 천천히 눈물을 흘린다. 어느새 눈물은 오열로 바뀐다. 두 팔로 몸을 감싸 안고 더 크게 소리 내어 운다. 더 이상 나쁜 일이 일어나지 않도록, 삶이 예측하지 않은 방향으로 흘러가지 않도록 저항한다.

나는 그 소리를 듣고 있었다. 그렇게 소리만 들어서는 슬픈 것인지 아픈 것인지 알 수가 없다.

욕실 문을 열고 나온 여자는 바닥에 앉아 있는 나를 발견하고는 놀란 표정을 지었다. 옷은 그대로였고 세수만 한 것인지 얼굴에 물기가 남아 있었다. 머리칼을 젖히며 희미한 미소를 짓는다. 모든 것이 다행이라는 생각이 든다.

「미안해요.」

있는 힘을 다해 나온 목소리였다.

「걱정하지 마세요. 전 괜찮습니다.」

「함께 가시겠어요?」

뒤끝이 흐려진다.

「아뇨. 전 여기에 있겠습니다.」

바닥에 놓인 그의 재킷을 집어 주었다. 구두를 신는 그의 발목이 아주 가늘다. 바보같이 아쉽다는 생각도 든다.

「저, 실례가 되지 않으면 죽은 강아지 이름을 물어봐도 될까요?」

「강아지요?」

「네. 명혜가 이전에 이야기를 한 적이 있거든요. 아빠에게 강아지가 있었다고.」

「강아지를 키운 적은 없는데요. 뭔가…….」

여자의 얼굴이 깊은 상념에 빠지려고 한다.

「아뇨. 제가 다른 아이와 착각했나 봅니다. 워낙 건망증이 심해서요.」

「그럼, 이만.」

여자는 내게 고개를 숙이며 인사를 했고 나도 되받아 인사를 했다. 모텔 방에서 나누는 인사치고는 이상했지만, 아침에 흔적도 없이 사라지는 것보다는 나았다. 문이 닫히고 그의 발소리가 점점 멀어졌다. 좁은 엘리베이터 속으로 그의 몸이 사라지는 것이 그려진다. 어떤 표정일지는 상상할 수 없다.

그대로 침대에 누웠다. 잠은 생각보다 쉽게 찾아왔지만, 명혜가 말한 천국으로 갔어야 할 강아지의 행방은 묘연했다. 다시 명혜를 만날 일은 없을 것이고, 왜 아이가 내게 그런 거짓말을 했는지도 영원히 알 수 없을 것이다. 이유야 어쨌든 그 정도 거짓말을 한 것이 용서받지 못할 일은 아니다. 재미 삼아, 일상의 권태를 부수기 위해 그랬다면 그만이다. 정작 내가 힘들어하는 것은 여자의 탄력 있는 몸과 사라져 버린 구두다. 왜 이성이 허락하지 않는 것에는 항상 미련이란 그림자가 따라다니는 걸까? 위험해서? 아니면 아름다워서?

멈추어야 한다.

15

나는 침착함을 잃었고, 긴장했고, 요행을 바라기 시작했고, 안달이 났고, 내 시스템은 무너졌고, 그래서 아무렇게나 베팅을 했다. 그리고 졌다.

……

내가 도대체 무엇을 하였기에 이런 패배를 당하는가? 내 방법이 마구잡이였나? 내가 제멋대로 삶을 꾸려 온 것은 인정하지만, 부르주아 정신이란 도대체 무엇인가!

— 도스토예프스키

정신을 차린 후 확인한 모텔 방은 낯설었다. 밤사이에 벌어진 일들이 모두 거짓말처럼 느껴졌다. 시기심 많은 자가 나에 대해 악의적인 소문을 내고 다닌 사실을 알아차렸을 때처럼 힘이 빠졌다. 승부욕이 강하지 못한 나는 항상 타인과의 갈등을 피해 다녔다. 상대방이 거칠게 나오면 이내 포기하는 쪽이었다. 등을 돌리고 묵묵부답으로 다른 길을 간다. 물론 미움은 싹튼다. 하지만 그것뿐이다.

기훈 선배의 카지노 출입을 수진이 사전에 알았다고 해도 변하는 것은 없었다. 물론 수진에게 섭섭한 감정이 든다. 하지만 수진을 따라나선 것은 분명 내 의지였다. 수진 탓만 할 수 없다. 수진은 내가 아니고, 내가 아닌 모든 것들은 이해하지 못할 특질을 가지고 있다. 앞서 판단해서는 안 된다. 손에서 떠난 주사위가 표면에 안착하기 전까지, 딜러가 마지막 히든카드를 오픈하기 전까지, 결정된 것은 아무것도 없다. 나약한 인간이 할 수 있는 일이란 결과에 대한 시시한 분석과 그에 대한 상벌을 받는 것뿐이다.

휴대폰에 남은 메시지는 모두 네 통이었다. 윤미와 수진에게서 부재중 통화가 한 통씩, 문자 메시지로 각각 한 통씩 왔다.

‘벌써 도망가 버린 건 아니죠? 꼭 연락 주세요.’

‘미안해. 걱정이 돼서, 연락해.’

간밤에 낯선 여자와 모텔에 들어간 사실을 알게 되면 둘의 얼굴이 어떻게 변할지 궁금했다. 아무 일도 일어나지 않았다고 말하면 믿어 줄까? 그럴 수도 있고 아닐 수도 있다. 분명한 건 내가 책임질 일이 아니라는 거다. 그들이 내게 베팅을 하지 않은 것이 분명하듯. 오히려 내 안부를 궁금해할 사람은 내가 휴가에서 돌아오길 기다리는 회사의 사장일 것이다. 긴 휴가의 여파로 부하 직원의 작업 능률이 떨어진다면, 그에게는 곤란한 일이다. 그에게 나는 절대적이진 않지만 필요한 존재다.

수진은 모든 짐을 꾸려 놓았다. 옷장과 화장대 위에 있던 그의 물건들은 깨끗이 정리되었다. 수진이 방에 없는 것은 다행이었지만, 내가 없는 동안 가방을 쌌다는 사실이 탐탁지는 않았다. 그렇게 철저하게 준비하지 않아도 우리가 헤어져야 한다는 것은 변하지 않는다. 나름의 서운함을 표시하는 것인지도 몰랐다. 이유는 모르지만 항상 그런 식이었다. '내게도 잘못은 있다.' 구체성은 없지만 인정하지 않을 수 없다. 손바닥도 부딪혀야 소리가 난다는 원리에 근거한 사실이다. 나는 '내게도 잘못은 있다'라고 반복해서 중얼거린다. 그러면 모든 것이 진실이 된다.

옷가지 몇 개를 넣고 나니 가방 정리는 끝났다. 침대에 걸터앉아 수진에게 전화를 걸었다. 수진은 내가 담배를 피우는 동안 방으로 돌아왔다. 금연인 방에서 담배를 피운 것이 호텔 측에 미안하긴 했지만 잃은 돈을 생각하면 그 정도는 눈감아 줘야 되지 않나 싶었다. 이유야 어쨌든 간에 나는 그들의 유혹에 걸려든 먹이었다. 잃어버린 돈을 회복하려면 아주 긴 시간의 노동을 해야 한다.

수진은 카지노에 올 때와 같은 옷차림이었다. 아무것도 묻지 않을 것이라는 짐작은 맞았다. 숲 속으로 들어갈수록 침묵의 무게가 커지듯이, 그는 점점 깊숙한 곳으로 들어갔다. 다음에 다시 나올 때 어떤 모습을 하고 있을지는 짐작이 가지 않지만 지금은 그때가 아니다. 일상의 권태에서 빠져나오기 위해 나를 다시 이용할는지도 장담할 수 없다. 어쩌면 그런 날은 영영 오지 않을 수도 있다.

　나는 그에게 차키와 호텔 카드를 넘겨주었다. 처음엔 체크아웃 비용을 공평하게 나누려고 했지만 마음이 바뀌었다.
「함께 가지 않을 거야?」
「여기서 헤어지자. 그게 좋아.」
　수진의 마음을 아프게 하려는 의도는 없었다. 수진은 입술을 다문다.
「오빠가 어떻게 생각하든 그게 전부는 아닐 거야.」

　수진은 BMW에 천천히 올랐다. 짙은 선글라스를 쓰고 창문을 내리고 나를 바라봤다. 어디에선가 바람이 불어와 그의 머리를 올리고 귀를 보여 주었다. 예쁜 귀라고 나는 생각한다.

　가방을 호텔 데스크에 맡긴 채 다시 카지노로 향했다. 카지노에 들어서자 모든 것이 정상적인 흐름으로 돌아왔다. 밝은 조명은 꺼지고 무대 위의 커튼이 올라간다. 그리고 앉은 자리에서 무대를 바라본다. 그렇게 하는 동안에는 무대 밖의 일들은 완벽히 사라져 버린다. 옆 자리에 앉은 사람이 기침을 하기도 하지만 무대 위의 이야기는 끊어지지 않고 이어진다. 이런 일이 반복된다면 결국 나를 잃어버릴지도 모르겠다는 두려움이 엄습해 오지만 사고는 멈춘다. 무대 위의 장면이 빠르게 바뀌기 때문에 그 속도를 따라잡는 것만으로도 버겁다. 무대는 비어 있기도 하고, 때론 나를 위한 특별한 물건들로 채워져 있을 때도 있다. 나는 내가 도박을 하고 있음을 자각하지 못한다. 슬롯머신 앞에서 나는 그들에게 말을 걸어 본다. 냉정히 돌아서는 것들이 대부분이지만 몇몇은 내 말에 대꾸해 준다. 살금살금 놀리며 달아나기도 하고 후하게 안아 주는 것도 있다. 화끈하게 이성을 빼앗는 기계는 없지만 언젠가는 그런 일이 실제로 일어날 것 같기도 하다. 모든 것이 반복되지만 이상하게 지루하지 않다. 지고 있다는 현실의 고통도 잊은 지 오래다. 그걸로 족하다.

카지노를 빠져나왔다. 마치 자동 세차를 받은 자동차처럼 멀쩡한 얼굴로 바람을 맞았다. 상처로부터 치유된 것 같은 기분이 들기도 한다.

고한역은 텅 비어 있다. 기차가 오려면 한 시간 정도 남아 있다. 위로 하늘이 펼쳐져 있고 작은 정원이 있어 시간을 보내는 것은 힘들지 않다. 맞은편 선로 위에는 화물용 화차가 움직이지 않고 있다. 기차가 다니지 않는 길은 발소리에도 반응한다. 가방을 세워 두고 그 옆에 서서 담배를 피운다. 느낌이 낯설지 않다. 언젠가 이곳에 와본 듯한 착각이 든다. 꿈이었는지도 모른다. 그런 이야기를 몇 번인가 누구에게 들려주었지만 아무도 내 이야기를 진지하게 들어준 것 같지는 않다. 설명이 부족했기 때문이다. 감정 이입은 기대할 수 없다. 그들을 이해시키려고 한 시도 자체가 잘못이었을 것이다. 나는 누구도 이해시킬 수 없다. '그건 운명적인 것이다'라고 생각한다. 그래도 난 또다시 헛된 시도를 한다.

전화를 걸었다. 윤미의 목소리는 기대했던 것보다 밝았다. 그 나이에는 모든 것을 쉽게 잊는다. 그래야 정상이다. 내가 많은 것을 잊어버렸듯 그도 세월이 흐름에 따라 망각의 길을 걷게 될 것이다. 슬프고 고통스러운 일 따위는 빨리 잊을수록 좋다.

「자주 꾸는 꿈이 있는데, 지금 내가 그 꿈속에 있는 것 같아.」

「재미있는 꿈이에요?」

「아니, 그렇지는 않아. 듣고 싶지 않으면 그만둘게.」

「아뇨. 듣고 싶어요.」

윤미는 나이에 비해 집중력이 강한 편이다. 상대방에 대한 배려가 깊다고 해도 좋다.

「도시에서 길을 잃는 꿈이야. 자전거를 탈 때도 있고 무작정 걸을 때도 있어. 한번은 비행기를 타고 내려 보기도 했어. 큰 건물들이 주위에 있고 도로도 넓어. 주위에 바다가 있는지 갈매기가 날아다녀.」

「해몽엔 소질 없는데.」

「항상 같아. 꿈을 꾸고 난 다음 느낌도.」

「나도 자주 꾸는 꿈이 있긴 해요. 그래서 다음은 어떻게 돼요?」

「그냥 그걸로 끝이야. 퍼펙트 시티를 방문한 다음 다시 떠나는 거지. 도시를 벗어날 때에는 주변에 아무도 보이지 않아. 넓은 해변이 있고 숲이 있을 때도 있지만 아무튼 도시는 사라지는 거야. 정확히는 내가 그곳을 떠나는 것이지만.」

「퍼펙트 시티?」

「워낙 자주 꾸는 꿈이라 그런 이름을 붙여 봤어.」

「재미있네요. 꿈에 이름을 붙이고.」

「악몽이나 길몽은 분명 아니거든. 그렇다고 평범한 꿈이라고 하기에는 다른 의미가 있는 것 같기도 하고.」

「흠. 그런 것 같기도 하네요.」

「이상한 건 깨어나면 다시 그곳에 가보고 싶은 생각이 든다는 거야. 그러면서 왜 항상 도망쳐 나오는 걸까?」

「도망치는 거였어요?」

「몰라. 내가 이런 이야길 하면 대부분 그렇게 받아들여.」

윤미의 목소리는 잠시 끊어졌다. 내게 익숙한 침묵이다.

「들어가는 순간에는 기대에 넘치는데 나오는 장면은 항상 쓸쓸해.」

「잘못된 꿈이에요. 아니, 꿈 탓이 아닐 거예요.」

「그렇지? 아마 내가 잘못 생각하고 있는 거겠지?」

전화로 그런 이야기를 하는 것은 처음이었다. 그래서 윤미가 어떤 얼굴을 하고 있는지 상상하기 어려웠다. 실은 얼굴을 맞대고 있어도 나는 타인의 표정을 제대로 읽어 내지 못했다.

「이번에 가면 언제 다시 올 거예요?」

「글쎄. 모르겠어. 도박에 흥미를 붙였으니 한 번쯤은 오게 되지 않겠어? 정해진 것은 아무것도 없으니까.」

「그런 이야기가 아니에요.」

윤미의 목소리는 낮아졌다. 역시 얼굴은 그려지지 않는다. 답이 있다고 한들 말이 나오지도 않을 것 같았다. 발 옆의 가방이 눈에 들어온다. 고개를 들어 하늘을 보고 주변을 돌아봐도 아무도 없다. 기차가 오지 않을 것 같은 예감이 든다.

얼마나 기다려야 지독한 꿈속에서 벗어날 수 있을까? 사람들은 모두 어디로 가버린 것일까? 어느새 모든 것이 침묵 속에 가라앉는다. 꿈속에서 나는 그런 길 위에 혼자 버려져 있다. 정말 내가 원한 것인지, 아니면 누군가가 의도한 것인지 알 수가 없다. 침묵이 길어질수록 꿈에서 깨어나고 싶은 열망도 커져 간다. 나를 기다리는 다음 세계가 정말 존재하는 것인지 확인하고 싶다.

하지만 슬픈 결말은 아니다. 어떻게 되어 버리든, 그렇게 슬픈 일은 아니라고 생각한다. 전화는 끊겼다. 소통의 끝이다. 나는 다시 하늘을 본다. 달라진 것은 아무것도 없지만 하늘이 변하지 않은 것은 아니다. 그렇지 않다면 이 지루함을 견뎌 낼 수가 없다.

위험하게 살라! 베수비어스(Vesuvius, 폼페이를 멸망시킨 화산)의 언덕에 너의 도시를 지어라!

– 니체

본문에 등장한 《엄격한 베팅》의 저자로 소개된 라스베이거스 전설적 게이머 스티브 핀은 작가가 만들어 낸 가상의 인물이며, 라스베이거스 카지노 업계의 대부로 알려진 스티브 윈과는 아무런 관계가 없습니다.
그 외 직접 인용된 글들은 원문 수정 없이 그대로 인용하였습니다.

거다 리스,『로마제국에서 라스베가스까지 우연과 확률 그리고 기회의 역사 도박』, 김영선 옮김, 꿈엔들, 2006
데보라 J. 베넛,『확률의 함정』, 박병철 옮김, 영림카디널, 2004
모니카 봄 두첸,『세계 명화 비밀』, 김현우 옮김, 생각의나무, 2006
앨런 피즈, 바바라 피즈,『말을 듣지 않는 남자 지도를 읽지 못하는 남자』, 가야북스, 2006
츠즈키 타쿠지,『신은 주사위 놀이를 하지 않는다 ─ 불확정성 원리』, 김하경 옮김, 도서출판 홍, 2004
David Flanagan, *Java in a Nutshell*, U.S: Oreilly&Associates Inc., 2002
Elliot B. Koffman, *Turbo Pascal*, U.S: Addison Wesley, 1993
Frank Scoblete, *Break the One-armed Bandits*, Chicago: Bonus Books Inc., 1994
______________, *Guerrilla Gambling*, Chicago: Bonus Books Inc., 1993
______________, *Secrets of Modern Slot Playing*, California: L&M Publications, 2003
Jerry L. Patterson, *Casino Gambling*, New York: A Perigee Book, 2000
Saeed Ghahramani, *Fundamentals of Probability*, New York: Prentice Hall, 2004

세계일보 제정, 제3회 세계문학상 당선작 심사평

많은 응모작 중에서 최종적으로 토론 대상이 된 작품은 『침묵의 소리』(현강), 『노예, 틈입자, 파괴자』(이치은), 『슬롯』(신경진) 세 편이었다.

『침묵의 소리』는 비극적인 분단 상황을 날줄로 삼고 추리 기법을 원용한 드라마틱한 서사를 씨줄로 삼은 작품으로서 서사의 실종이 지적되고 있는 한국 문학의 오늘을 두고 볼 때, '이야기'를 되살려 내고자 했다는 점에서 심사 위원들의 호의적 반응을 얻었다. 그러나 '이야기'에 대한 욕구가 너무 지나쳐서 개연성이 부족한 대목도 눈에 띄었고, 문체 또한 진부하고 고루한 느낌을 주었으며, 무엇보다도 전체적으로 내면화에 실패함으로써 시대를 뛰어넘은 인간 본질의 보편성과 형식 안에서의 소설 미학을 확보하는 데까지 나아가지 못했다는 점이 깊이 있게 지적됐다.

남은 두 편, 『노예, 틈입자, 파괴자』와 『슬롯』을 놓고 심사 위원들 사이에 매우 치열한 논의가 벌어졌다. 소재와 주제는 물론이고 말하기 방식에 이르기까지 대조적인 작품이었기 때문이다. 『노예, 틈입자, 파괴자』는 유려한 문체와 세련된 접근법, 그리고 도저한 문학적 야심이 느껴지는 작품이라는 데 이의가 없었다. 소설 미학에 대한 기본적 감수성이 잘 닦여 있다고 보았고, 형식에 대한 실험 의욕은 높이 살 만했으나, 가독성이 문제였다. 작가의 지나친 야심이 오히려 독자와의 소통을 어렵게 만드는 인위적 장치처럼 작용했고, 문장은 너무 현란해서 때로 유희적, 현학적으로 느껴졌을 뿐 아니라 과도한 장치와 알레고리에 비해 주제에의 집중도가 떨어져서 공소함을 면할 수 없다는 점이 이 작품의 큰 문제였다.

『슬롯』은 그것에 비해 잘 읽힌다는 가독성이 장점이었다. 더러 형식 안에서의 절제가 부족하다거나 오문이 있다는 지적이 있었으나 감상에 특별히 빠지지 않고 허장성세로 목청을 높이지도 않으면서 모든 것이 불확실한 현대인의 내면세계를 비교적 차분히 그려 냈다는 점엔 특별히 이의가 없었다. 다 읽고 나면 정체성의 상실로 가파른 자본주의적 경쟁의 바다에서 엉거주춤 부유하는 존재의 아릿한 슬픔을 만날 수 있다는 것 또한 이 작품의 장점이라 할 만했다.

작가의 정진을 기대한다.

— 박완서(소설가)·현기영(소설가)·박범신(소설가)

소설은 새로운 질문을 던져야 한다. 그런 면에서 본심에 올라온 세 편 중에서 『침묵의 소리』가 제일 먼저 제외되었다. 이 소설이 제기하는 질문에 깊이가 없어서가 아니다. 오히려 국가 이데올로기의 폭력성이 어떻게 '국민'이라는 '노예'를 생산해 내는지 납북 및 탈북의 과정을 통해 그리고 있는 진지한 소설이다. 문장도 안정되어 있고 디테일에 공을 들인 흔적이 역력하다. 그러나 이 소설만의 개성이 절대적으로 부족했다. 다큐멘터리 같은 평면적 구성이나 계몽적인 서술, 추리 소설적 기법이나 상황 설정의 작위성이 소설적 매혹을 더욱 경감시켰다.

소설은 다양한 스펙트럼을 보여 주어야 한다. 『노예, 틈입자, 피고자』는 신선하고도 지적인 실험 소설이다. 자신의 이야기를 뚝심 있게 끌어 나가는 문학적 패기나 오기도 만만찮다. 그러나 언어가 더 이상 소통의 도구로 작용하지 못하는 새로운 바벨탑의 시대를 문제 삼는 형식 자체에 너무 과부하가 걸려 가독성이 떨어지는 소설이 되고 말았다. 현학적 태도에 빠지다 보니 읽어 내려 갈수록 공소해지기도 한다. 읽기 어려운 소설이라고 해서 깊이가 담보되는 것은 아닐 것이다.

소설은 살아 있어야 한다. 당선작으로 결정된 『슬롯』은 도박과 여자에 관한 소설이다. 이런 대중적인 소재가 가질 수 있는 위험을 현명하게 비껴간 작가의 진정성이나 역량에 우선 신뢰가 갔다. 물론 도박들에 관한 다양한 역사를 정보 소설적 인용으로 전달하는 형식이 상투적으로 느껴지기도 했다. 하지만 그로 인해 소설을 읽는 재미가 배가되고, 소설의 디테일이 살아났다. 무엇보다도 도박이 또 다른 일상 세계에 불과하다는 것, 그래서 도박을 통해서도 인생의 불확정성이나 지루한 반복을 피할 수 없다는 것에 이르는 통찰이 신선하다. 도박에 기대면서 도박을 불신하는 도둑 같은 이 소설에 긴장감을 느끼게 된다. 이 긴장감이 이 소설을 생물로 만들고 있다.

— 성석제(소설가)·김형경(소설가)·하응백(문학평론가)·박철화(문학평론가)

김미현(문학평론가)·하성란(소설가)

슬롯

초판 1쇄 발행일 · 2007년 3월 15일
초판 9쇄 발행일 · 2007년 3월 30일
지은이 · 신경진
펴낸이 · 임성규
펴낸곳 · 문이당

등록 · 1988. 11. 5. 제 1-832호
주소 · 서울시 성북구 동소문동 4가 111번지
전화 · 928-8741~3(영) 927-4990~2(편)
팩스 · 925-5406
© 신경진, 2007

홈페이지 http://www.munidang.com
전자우편 webmaster@munidang.com

ISBN 978-89-7456-358-5 03810